爱你的安东尼

[美] 莉萨·吉诺瓦/著
陈嘉宁/译

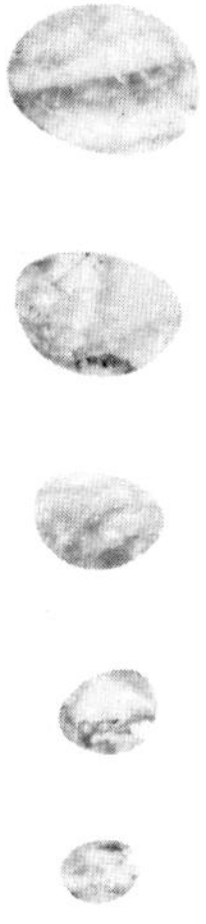

中信出版集团·北京

图书在版编目（CIP）数据

爱你的安东尼 /（美）莉萨·吉诺瓦著；陈嘉宁译
. -- 北京：中信出版社，2017.10
书名原文：Love Anthony
ISBN 978-7-5086-8005-7

I. ① 爱… II. ① 莉… ② 陈… Ⅲ. ①长篇小说－中国－当代 Ⅳ. ① I712.45

中国版本图书馆 CIP 数据核字（2017）第 195381 号

爱你的安东尼

著　　者：[美] 莉萨·吉诺瓦
译　　者：陈嘉宁
出版发行：中信出版集团股份有限公司
（北京市朝阳区惠新东街甲 4 号富盛大厦 2 座　邮编　100029）
承 印 者：北京盛通印刷股份有限公司

开　　本：880mm×1230mm　1/32　　印　　张：11　　字　　数：230 千字
版　　次：2017 年 10 月第 1 版　　印　　次：2017 年 10 月第 1 次印刷
京权图字：01-2017-5728　　广告经营许可证：京朝工商广字第 8087 号
书　　号：ISBN 978-7-5086-8005-7
定　　价：42.00 元

服务热线：400-600-8099
投稿邮箱：author@citicpub.com

谨以本书献给特蕾西

并纪念拉里

目录

序 / 章

今天是哥伦布日①小长假的周末，恰逢天气风和日丽，是 10 月里一个和煦的小阳春日。她坐在沙滩椅上，靠着直立起来的椅背，将脚后跟插进暖洋洋的沙子里。面前的大海在阳光下闪耀着银白色的光泽。放眼望去，看不到一艘渔船或游艇，近岸的水域里也没有人在冲浪或游泳。今天呈现在眼前的就是一幅纯净的海洋美景。她深深吸了口气，又呼了出来。

尽情感受这一切吧。

她的三个女儿正忙着盖沙堡。她们离水太近，用不了一个小时，沙堡就会被海水淹没，彻底冲毁，但她们完全不理会妈妈的警告。

大女儿快 8 岁了，担任着建筑师和工头的角色——这里再放点儿沙子，那里插根羽毛，去拣些贝壳做窗户，这个洞再挖深点儿。两个妹妹都是她忠实的建筑工人。

① 哥伦布日：即纪念哥伦布发现美洲的节日，1971 年以前为每年的 10 月 12 日，现改为每年 10 月的第二个星期一，为全美法定节日。——译者注

“再来点儿水!”

还不满4岁的小女儿非常热爱这项工作。她拎着小水桶欢快地跑开，冲进海里，走到水面齐膝的地方，把水桶装满后拎了回来。她一路上都在和沉甸甸的水桶搏斗，像喝醉了一样，摇摇晃晃、东倒西歪地回到姐姐们身边。桶里的水至少溅出了一半，但她笑得很开心，为自己在这个项目中做出的贡献兴高采烈。

她喜欢这样看着女儿们，看她们全神贯注地玩耍，完全不理睬她。她欣赏着她们年幼的身体，穿着儿童款式的比基尼，肌肤尚未褪去夏天在户外晒成的深褐色。她们一会儿跳跃，一会儿蹲下，一会儿弯腰，一会儿坐下，无拘无束，自由自在。

拜好天气和假期所赐，小岛吸引了很多游客前来。和劳动节①后的几周相比，今天的海滩上多了不少来散步和做日光浴的人。就在昨天，她还在同一片海滩上走了一个小时，只遇到了一个人。但那毕竟是周五上午，而且是个寒冷的大雾天。

海边的一对母子吸引了她的注意。女人坐在一把海滩椅上，和她的这把很相似，她的儿子独自在旁边玩耍。小家伙很瘦小，没穿上衣，只穿了条蓝色的泳裤，可能比她的小女儿小一岁。他正将一堆白色的石头在地上一字排开。

每次海浪冲来，白色的泡沫暂时淹没了石头，他都会尖叫着上蹿下跳，然后跑进海水中，像在追逐海浪，接着再跑回来，脸上露出灿烂的笑容。

① 美国的劳动节是每年9月的第一个星期一，放假一天，一般与周末连在一起。——译者注

她目不转睛地望着他，不知出于什么原因，像着了迷一样，望着他在一长排石头后面井然有序地加上一颗又一颗石头。

“格蕾西，去找那个小男孩，问问他愿不愿意和你一起盖城堡。”

开朗友好又惯于听从安排的格蕾西蹦蹦跳跳地去了。她看到女儿把小手搭在屁股上，主动和他说话。但他们离她太远，她听不清女儿说了什么。小男孩似乎没什么反应，他的妈妈扭头向身后看了看。

格蕾西一个人跑回了她们的沙滩浴巾旁。

“他不想来。”

“好吧。”

海水很快就浸透了沙堡，但她们反正也厌烦了这个游戏，开始哼哼唧唧地抱怨肚子饿。已经到了午餐时间，她没带任何食物，到了该回家的时候了。

她闭上眼睛，呼吸了最后一口温暖清新、带有海洋气息的空气，然后站起了身。她收起散落在地上的沙铲和沙堡模具，拿到海水里冲了冲。海水漫过脚面，冰冷刺骨。她一边冲洗着女儿们的海滩玩具，一边在沙子里搜寻贝壳或海玻璃①的踪影，想找些漂亮东西带回家。

她没发现什么值得捡的物件，却看到一枚漂亮的白石头从沙地里露了出来。它是椭圆形的，已经被海水冲刷得光滑无比。她把它捡了起来，朝小男孩走去，然后弯下身，小心翼翼地将那枚石头放在了他那排石头的队尾。

---

① 海玻璃：在海水中或海滩上，被水流、沙砾长时间打磨后失去棱角，变得如同鹅卵石般光滑的人工废弃玻璃。——编者注

他飞速瞥了她一眼，这是一个一不小心就会错过的眼神，他漂亮的棕色眼睛在阳光下神采奕奕地望着她，对她对自己的工程做出的贡献感到开心。他跳着叫着，拍着双手，像在快乐地舞蹈。

她冲着男孩的妈妈笑了一下。那位妈妈也笑了一下，以示回应，但那个笑容透露着戒备和疲倦，显然并不欢迎进一步的交流。她确定自己并不认识这个女人和她儿子，也没有什么特别的原因会再见到，但在转身离去时，她还是朝他们挥了挥手，非常肯定地说了句："回头见!"

第 *1* 章

贝丝独自待在屋里，听着窗外的暴风雨呼啸肆虐，不知道该干点儿什么。其实，她也并非孤身一人，吉米正在楼上睡觉，但她依然感觉很孤独。现在是上午 10 点钟，女儿们都在学校，而吉米至少要睡到中午。她蜷缩在沙发上，手里端着她最心爱的蓝色马克杯，呷着里面的热巧克力，望着壁炉中的火焰，听着窗外的风雨声。

打在窗玻璃上的雨点和沙砾就像正在发动进攻的敌军。风铃在远方吹来的一阵阵狂风中乱舞，不断丁零作响。狂风咆哮着，就像一只在绝望哀号的动物、一头野兽。冬季楠塔基特岛①上的暴风雨就是如此狂野而猛烈。她曾经感到过害怕，但那是很多年以前的事了，那时她刚刚搬到这儿。

暖气片咝咝作响，吉米打着鼾。

她已经洗完了衣服，女儿们还要再过几个小时才回家，现在准备

---

① 楠塔基特岛（Nantucket）是美国马萨诸塞州南部的一个岛屿，是著名的避暑胜地。这里是捕鲸业繁荣时期的世界中心之一，赫尔曼·梅尔维尔的名著《白鲸》（*Moby-Dick*）开篇即以此地为背景。——译者注

晚餐还为时尚早。她很庆幸昨天去超市采购了生活用品。家里还需要用吸尘器清扫一遍，但她会等到吉米起床后再进行。他凌晨 2 点才下班回家。

她真希望手头已经有了读书会下个月要读的书，她一直忘了去图书馆借。这个月的书是马克·哈登的《深夜小狗神秘事件》[1]，从一个自闭症少年的角度讲述了一起神秘谋杀案，通俗易懂，很快就能看完。她很喜欢这本书，被主角奇异的内心世界深深吸引，但还是希望下一本书的主题能轻松些。虽然读书会通常选择严肃的文学作品，但她此时此刻真想愉快地躲进一个浪漫的夏季爱情故事里。谁又能抗拒得了呢？

屋后传来的一声巨响把她吓了一跳。他们黑色的拉布拉多犬格罗弗正趴在编织地毯上睡觉，也猛地抬起了头。

“没关系，格罗弗，是爸爸的椅子。”

昨天晚上，她得知一场大风暴即将来临，提醒吉米出门上班前把他那把椅子拿到屋里。那是他的“抽雪茄专用椅”，是 9 月某个来消夏的居民离开时放在路边的，上面贴了张字条，写着“免费取用”，吉米没能抵抗住它的诱惑。这玩意儿就是个垃圾。那是一把用雪松做的阿第伦达克椅[2]，在地球上的大多数地方，它都能经受得住一辈子的风雨，但在楠塔基特岛，潮湿、含盐度高的空气可以侵蚀任何物件，除

---

① 马克·哈登（Mark Haddon）：英国作家、插画家、漫画家及剧作家。《深夜小狗神秘事件》是他的长篇小说处女作。——译者注

② 阿第伦达克椅（Adirondack chair）：一种户外座椅，靠背可以调整角度，通常由宽木条制成。——译者注

非是最为密实的人造复合材料。想在这里存活，要异常坚韧才行，单是结实是不够的。

吉米那把霉迹斑斑、破旧腐烂的椅子应该被丢进垃圾箱，或者至少该被收进车库里，贝丝昨晚就提出了这样明智的建议。然而，就在刚刚，大风还是将它从地上卷了起来，朝着房子的方向抛掷过来。她考虑过站起身，亲自把它拖进车库，但转念一想，没准儿这场暴风雨会让它粉身碎骨。当然了，即便这个想法成为现实，吉米也会再弄来一把，专门坐在上面抽刺鼻难闻的雪茄。

她继续坐着，努力享受着手中的热巧克力、屋外的暴风雨声和壁炉中的炉火，但还是忍不住想站起来干点儿什么。

她无所事事，走到壁炉架前，拿起了摆放在上面的她和吉米的结婚照。是的，詹姆斯·埃利斯①先生和太太，拍摄于 14 年前。那时她的头发更长，颜色更显金黄；皮肤完美无瑕，没有粗大的毛孔，没有斑点，没有皱纹。她抚摸了一下自己现在 38 岁的面庞，叹了口气。照片中的吉米看起来英俊潇洒，风度翩翩。现在的他依然如此，基本上算是吧。

她仔细端详着照片中他的笑容。他稍微有点龅牙，上颌的两颗虎牙微微凸出。刚认识他的时候，她觉得他并不完美的牙齿反而为他增添了魅力，恰到好处地中和了他粗犷英俊的外貌，让他不会看起来像个乡巴佬。他的笑充满自信，又很顽皮，会让女人倾尽全力想要成为他绽放笑容的理由。

① “吉米”是“詹姆斯”的昵称。——编者注

但现在，他的牙已经让她感到心烦——他吃完饭用舌头剔牙的样子，他张着嘴巴大吃大嚼的样子，他的虎牙突出来的样子。有时候，在他说话时，她发现自己会不由自主地盯着它们看，希望他能闭上嘴。在这张结婚照里，他的牙齿还是珍珠白的，现在却更接近于焦糖色而不是奶油色，全拜经年累月里每日喝下的咖啡和那些难闻的雪茄所赐。

他的牙齿曾那么白，她的皮肤曾那么好。他现在添了些恼人的习惯，她也不例外。她知道他受不了她的唠叨不休。人上了些年纪就会这样，结婚 14 年后就会这样。她望着吉米的笑容，自己也笑了，然后把照片放回到壁炉架上，比原先的位置稍稍偏左一些。她往后退了一步，噘起嘴，打量着壁炉架。

他们的壁炉架是一块 6 英尺①长的浮木，悬挂在壁炉上方。他们相识后的第一个夏季，有天晚上在瑟夫赛德海滩上发现了它。它被海水冲上了海岸，吉米捡起来说："以后我们就把这个挂在家里的壁炉上面。"然后他亲吻了她，她相信了他的话。那时，他们才刚刚认识几个星期。

壁炉架上放着三张照片，都嵌在陈旧的白色相框中——左边是格罗弗，照片里的它只有 6 周大；中间是贝丝和吉米；右边是索菲、杰西卡和格蕾西，照片是在海滩上拍的，她们都穿着白色背心和粉色的印花宽摆裙，那时格蕾西刚过完 2 岁生日，已经是 8 年前。

"时间都去哪儿了？"她边想边对格罗弗说。

在她和吉米的结婚照左侧，有一只巨大的桃红色海星，是索菲在

① 1 英尺 =30.48 厘米，6 英尺约为 183 厘米。——编者注

桑卡提灯塔那里捡到的；右侧是一只完美的鹦鹉螺，个头也很大，没有一丁点儿残缺和裂纹，是她嫁给吉米的那一年在伟大之光灯塔下捡到的，三次搬家她都小心翼翼地保护着它。虽然后来她又捡到过数百只鹦鹉螺，却没有哪只能像它一样完美无缺、无可挑剔。壁炉架上永远保持着这样的布置，其他任何东西都不能出现在那里。

她又调整了一下结婚照的位置，稍微向右挪了一点儿，然后后退了一步观察着。这下更好了，感觉更对了。现在照片被放在了正中间，一切都摆在了最好的位置上。

*再干点什么呢？*她站在那里，感觉精力充沛。

“走，格罗弗，我们出去取信。”

刚一出门，她立刻就后悔了。疾风呼的一下就吹透了她身上那件“防风”冬衣，好像吹过了一只筛子。寒意侵入她的脊背，好像要一点一点地渗入骨髓。雨水从四面八方落下，打在她的脸上，让她很难睁开双眼，看清前方的路。可怜的格罗弗，方才还在温暖的屋里开心地睡觉，现在只能低声哀号。

“对不起，格罗弗，我们很快就回来。”

邮箱设在大约半英里①外。贝丝家附近只有寥寥几个常驻居民和夏季居民，但大多数夏季居民的家都集中在她通往邮箱的路上，所以在这个时节，路两边的房子都空空荡荡，漆黑一片。窗内没有灯光，烟囱上没有冒出滚滚浓烟，屋外的车道上也没有车。到处死气沉沉、阴晦昏暗。天空，大地，每一间空荡黑暗的房子屋顶上风化雨蚀的雪

① 1英里约等于1.6千米，半英里大约为800米。——编者注

松木瓦，她现在看不到却能闻得到的大海——一切都是灰蒙蒙的。她一直没有真正适应这里的冬天。楠塔基特岛冬天沉闷的灰色足以击溃最坚不可摧的理智。即便是最热爱这个岛屿、最以此为豪的当地人，也会在每年三月对自己产生这样的质疑：

我们到底为什么要生活在这个前不着村后不着店的灰色岬角上？

春夏秋三季却截然不同。这里春天会盛开黄色的水仙，夏天会有堪比米克诺斯岛①苍穹的湛蓝天空，秋天会变成红宝石色的蔓越莓海洋。而这些都会吸引大批的游客。游客一多，自然也有麻烦，但至少他们会带来活力和生命的迹象！12 月份，在圣诞节漫步活动结束后，他们又会扬长而去，回到美国大陆或更远的地方。那里会有麦当劳、史泰博②和 BJ's③ 这些在整个 1 月都会开门营业的商家；还有色彩，他们会看到色彩。

她终于走到了那排矗立在街边的灰色邮箱前，浑身湿冷，看上去惨兮兮的。她打开自家邮箱的门，从里面取出三封信件，然后赶紧把它们胡乱塞进了大衣里，以免被雨水淋湿。

“走，格罗弗，我们回家！”

他们转过身，折回来时的路。这下雨和风都变成从背后袭来，她

---

① 米克诺斯岛：希腊爱琴海上的一个小岛，因旅游业发达而闻名，是基克拉泽斯群岛中的一座岛。——译者注

② 史泰博：全球著名的办公用品公司，成立于 1986 年，总部位于马萨诸塞州的波士顿。——编者注

③ BJ's：美国一家仓储式批发超市。——编者注

终于可以抬头看清前方，不必大多数时候都低头看着脚下。她看到在远处，有人正朝他们走来。她很好奇来者是谁。

随着距离变近，她发现那是个女人。贝丝的大部分朋友都住在岛中心，吉尔住在西斯科海滩那边，离这里不算太远，但她家在通往海边的另一个方向上。而且这个女人比吉尔矮得多，她戴着帽子，用围巾捂住鼻子和嘴巴，穿着风雪大衣和靴子。在如此恶劣的天气，任何人穿成这样都难以辨认，但贝丝肯定认识她——在一个三月份的周四，在这样的天气里，附近会出门的也只有那么几个人。在今天的楠塔基特岛，不会有哪个来过周末或参加一日游的游客出门散步。

现在她们只相距几米远，贝丝却依然认不出她是谁，只能看出她的头发又长又黑。贝丝已经准备好打招呼，而且当女人走到她面前时，她已经露出了微笑。但女人一直盯着地面，不愿和她进行目光接触，所以贝丝没有说出那句已到嘴边的“你好”，并为自己的微笑感到尴尬。格罗弗走上前去嗅那个女人，但她很快绕到一边，未等贝丝和格罗弗对她有进一步了解，就已从他们身边经过，走到了他们身后。

贝丝走了几步，好奇心依然没有消退。她扭过头，看到女人停在了邮箱最远的那一端。

“大概是从纽约来的吧。”她嘟囔着转过身，抓紧往家里赶去。

进屋后，感到安全的格罗弗抖动着全身，把水甩得到处都是。若是放在平时，她肯定会训斥它，但现在已经不要紧，单是打开屋门就已经让门厅灌进了一桶水。她脱下帽子和大衣，塞在怀里的信件顿时掉在了地上。她又踢掉脚上的靴子。她浑身都湿透了。

她褪去湿袜子和牛仔裤，扔进了洗衣间，然后迅速套上一条羊毛睡裤，觉得温暖舒适多了，人也立刻开心起来，于是回到门厅，从地上捡起信件，坐到沙发上。格罗弗已经重新趴到了地毯上。

第一封信是供暖费账单，这个月的供暖费很有可能比每个月要还的房贷还多，她决定待会儿再看。第二封是“维多利亚的秘密”的商品目录，她大约三年前买了一件这个牌子的塑形胸罩，现在还能收到他们寄来的册子，她打算一会儿把它扔进炉子里。最后一封信的信封上手写着她的姓名和地址，她打开了信，里面是一张卡片，正面印着一个生日蛋糕，下面印着祝词：

祝你心想事成。

咦，好奇怪，她心想。她要到10月份才过生日。

打开卡片后，印在里面的“生日快乐”几个字被蓝色圆珠笔一笔勾去。下面写着：

我和吉米上床了。

又及：他爱我。

她愣了一下，然后又读了一遍，确定自己没有看错。她再次拿起信封时，听到了自己扑通扑通的心跳。**这是谁寄来的？**上面没有寄信人的地址，邮戳显示是在楠塔基特岛寄出的。她不认识信封上的笔迹，整洁娟秀，出自女人之手。是另一个女人的笔迹。

她一只手握着信封，另一只手拿着卡片，抬头望向壁炉架，看了看摆放在正中央的结婚照，咽了下口水。她感觉嘴里很干。

她站起来，走向壁炉，把炉前铁制的壁炉网拉到一边，将“维多利亚的秘密”的商品目录扔进火里，望着纸张的边缘燃起，变得卷曲，变成黑色，最终化为灰色的烟灰，彻底消失。她双手发抖，紧紧地攥着信封和卡片。如果她此刻把它们烧掉，就可以装作没看到过，装作这件事从未发生。

她的心中出乎意料地涌起了一股强烈的情绪，这情绪在她体内迅速奔腾。她感到恐惧、愤怒、惊慌和屈辱，她觉得很恶心，像要生病了一样，但她没有感到意外。

她拉上壁炉网，手里紧紧握着卡片和信封，沿着楼梯向楼上走去。她离吉米的鼾声越来越近，迈出的每一步都响亮而沉重。

第 2 章

奥利维娅脱去身上的衣服，只剩下内衣，换上了宽松的运动裤，穿上了袜子和那件她最爱也穿得最旧的波士顿学院运动衫，身上顿时干爽了些，却依然瑟瑟发抖。她赶快跑到楼下的客厅，按下了壁炉遥控器上的按钮，炉中立刻出现了火焰。她站在炉膛前，眼巴巴地等着，却感觉不到丝毫的温暖。她用手掌碰了碰壁炉的玻璃外罩，几乎毫无暖意。把真火壁炉改成燃气壁炉是戴维的主意，他觉得这样更适合租户使用，更加方便整洁。

虽然她和戴维买下这栋小屋已经 11 年了，却从未在此长期居住过。当时买下是作为投资，紧接着房市就一片大好，房价猛涨。戴维大学时的专业是金融，毕业后很不情愿地接手了家族的房地产生意，一直留意着有市场潜力的房产。他眼里永远只有地段，除了地段还是地段。他会在地段好的社区找到需要修缮的房子，把它买下来，雇施工队翻新厨房和浴室，把里外粉刷一遍，然后卖掉。他的目标永远是尽快出手，在门前草坪上插上“已售”的标牌，保证赚个盆满钵满。

但对于戴维而言，楠塔基特岛不同。这个岛上有将近一半的区域被划定为保护区，要永远保持“原生态”。这样一来，在 50 平方英里的岛屿上，只有一半的土地可以用于建造房屋。戴维对于卖掉这栋房子并无兴趣。他向奥利维娅保证，它的价值绝不会跌到比他们购买时更低。这栋房子没什么特别之处，只是座寻常的三居农舍，户型或布局上也没有什么别具一格的地方。但它距离胖女士海滩不到 1 英里，非常适合度假，一定会十分抢手。不出戴维所料，单靠夏季的租金，他们就足以还上每年的房贷。

“这是我们对未来的一笔高明投资。”他曾经说。那时他们还在幸福地畅想未来。

每年，他们会选择在淡季时来这里住上一两周，通常都是在 10 月，但安东尼三岁以后，他们就再也没有一起来过。安东尼三岁以后，几乎一切都停滞了。

远方传来一阵狂风的呼啸，听起来像一个小孩在痛苦地哀叫。窗户被震得嘎嘎作响，一股寒凉的微风在她裸露的颈部肌肤上跃动。她冻得发抖。楠塔基特岛的冬天，适应起来确实需要些时日。

她使劲搓着双手，希望能通过摩擦变得热乎起来，却依然不够暖和，想着从哪儿找条毯子出来。她刚在这里住了 9 天，还在慢慢熟悉各个物件的储放位置，依然像个住在别人家的客人、一个小旅馆里的新房客。她翻了翻专门存放床上用品和毛巾的壁橱，找到了一条灰色的羊毛毯，她不太记得是什么时候买的了。她用它裹住肩膀，然后拿起信件，舒服地蜷缩在客厅的椅子上。

各类账单依然寄到了他们在欣厄姆的家，那是波士顿南海岸的一个郊区小镇，所以她现在还只能收到家居维修广告、当地选举宣传明信片、优惠券传单。但今天她知道自己收到了正儿八经的邮件。

她在打开第一封邮件前，就知道那是她之前的上司露易丝——泰勒·克瑞普斯出版社的高级编辑寄来的一本书。信封上贴着一个黄色的转寄标签。露易丝不知道奥利维娅已经搬到了楠塔基特岛，也不知道安东尼的事。

露易丝对她的事一无所知。

奥利维娅以前是泰勒·克瑞普斯出版社的一名初级编辑，在露易丝手下从事励志类书籍的出版工作。她辞职已有 5 年，却依然会收到露易丝寄来的新书样本。也许这是露易丝在以自己的方式表示公司大门依然向她敞开，希望能吸引她回来工作，但奥利维娅怀疑她只是没顾得上把她从邮寄名单上画掉罢了。她从未向露易丝暗示过自己会回去工作，这几年也没有给她回信表示感谢或评价一下书的内容。至于那些书，她早在几年前就不看了，但还是能不断收到。

她已经没有兴趣和勇气去读别人写的励志书了，任何人的建议或人生智慧都无法再让她提起兴致。他们能知道些什么？又有什么用呢？都是些空洞的大道理罢了。

她曾经相信励志书拥有教育、开智和鼓舞人心的力量，曾经相信一本言之有物的好书可以改变人的一生。在安东尼年满三岁，他们被确切地告知将要面对的现实时，她也曾相信在地球上的某个角落一定有某个人能帮助他们，一定会有一个能改变他们命运的智者。

她翻遍了所有的励志书，然后是所有的医学期刊、回忆录、博客和线上家长互助网。她读詹尼·麦卡锡[①]的书，读《圣经》。任何声称可以帮助、拯救、改变和解救读者的书，她都会读，会满怀希望，会诚挚祈祷，会深信不疑。这世上的某个地方一定有某个人知道些什么，一定有人手握着能开启她儿子心门的钥匙。

她撕开信封，拿出书，用手指抚过光滑的封面，她依然很喜欢崭新的书拿在手中的质感。这本书叫“三天奇迹饮食”，作者是一位叫皮特·法伦的医学博士。

哼。奇迹，去你的吧。

她曾经辗转于各种医学会议和研讨会，*拜托了，某某大夫，告诉我们答案，我相信你。*她曾经每个周日都去教堂，*求你了，上帝，请让奇迹发生，我相信你。*

*不好意思，法伦博士，哪有什么奇迹，*她心想，然后把书扔到了地上。

然后，她拿起一个厚实的纸板信封，是戴维寄来的。她盯着它看了很久，才小心地撕开封口，把信封倒转过来。

三颗圆润光滑的白色石头掉了出来，落在了她的腿上。她笑了，是给安东尼的石头，有三颗。她又晃了晃信封，没有别的了。是三颗，而不是一颗、两颗或四颗，他会非常开心。他喜欢和“三”有关的一切——“三只小猪”“三，二，一，跑”和“大中小”。当然，他从未开口对她说：“妈妈，我喜欢‘三只小猪’的故事。”但她知道。

---

① 詹尼·麦卡锡（Jenny McCarthy）：美国模特、喜剧演员、作家和编剧，有一个患自闭症的儿子。她著有多部相关著作，声称帮助儿子治愈了自闭症，介绍了自己的心路历程和相关经验。——译者注

她把这三颗小石头放在手心里滚动着，感受着它们凉爽光滑的手感。等她看完信件，就会把它们放到咖啡桌上的玻璃碗里，那里至少有五十颗安东尼的白色圆石头，摞得高高的，像是碗里的一座神龛。

不过，安东尼不会喜欢奥利维娅把他的石头放进咖啡桌上的碗里，他喜欢把它们放在地上，摆成笔直的一排，摆得满屋子都是。奥利维娅绝对不能把它们收起来，放回他卧室的盒子里。但有时候，她会不由自主地这么做。有时候，她只是想在家里自由自在地走动，不必小心翼翼地绕过脚下的石头阵；有时候，她只是想在一个寻常的家里走动。但这个想法永远是一个天大的错误，他们这个家并不寻常，而且不管多么微小的变动都不会被安东尼友好地接受。

她又往信封里瞥了一眼，看到一张折着的信纸。

在沙发底下发现了这三块。

爱你的戴维

她笑了，感激他了解自己的心思，还专门寄了过来。还有那句“爱你的戴维”，她知道这并不是他漫不经心、脱口而出的没有诚意的话。她也还爱着他。

安东尼的其他石头都被放在了他的盒子里，这只盒子现在在她的卧室中。这些石头是她这次搬过来时坚持要带的少数几样东西之一。把它们全都弄过来是一个不小的壮举，她又拖又拉，满头大汗，一路上都在质疑自己的理智——从戴维的汽车后座到海恩尼斯的渡船，从渡船到镇上的出租车，从出租车再到这里的卧室。在此期间，她曾不止一次地产生想把它们丢掉的念头，好让自己在肉体和情感上都摆脱背负这堆破石头的负担。可是它们是安东尼的破石头，是她的漂亮儿子从海滩上捡回来，又如痴如醉地排成行，现在还颇具艺术气息地摆放在咖啡桌上玻璃碗里的漂亮的破石头。

所以她带来了这些破石头，把她的烹饪书、在泰勒·克瑞普斯参与编辑过的书、所有的小说都抛在身后。她也没有带来一件家具、电器或餐具。安东尼的衣服还整齐地叠放在抽屉里，他小床上的被褥还保持着原样，他看的"紫色小恐龙班尼"系列光盘还放在电视柜里，还有他从未碰过的益智玩具、他浴室牙刷架上的牙刷、他挂在大门后衣钩上的外套——这些她都没有带来。

她带来了自己的衣服、首饰、相机和电脑，她还带来了以前写的日记。总有一天，她会鼓起勇气翻开看看。

她还留下了所有的照片——大学的相册；结婚和度蜜月时的照片；她拍过的日落、树木和贝壳的艺术照片集锦，其中最好的几张还曾被挑出来用以装饰家里的墙壁；还有安东尼婴儿时的相册。她把所有这些都留给了戴维，她感觉这段人生仿佛从未发生在她的身上，而是属于另外一个女人。

她只给自己留了一张照片。她抬头看了看这张挂在壁炉上方墙壁上的照片，8×10 英寸①大小，镶了相框。她曾经花了许多时日，经历了许多耐心的等待才拍到了这张照片。她记得自己当时盘腿坐在冰箱前面，把相机架在面前，手指放在按钮上，随时准备按下快门。等啊等，等啊等，安东尼从她面前经过了很多次，踮着脚尖，拍着手，尖

① 1 英寸 =2.54 厘米。——编者注

叫着。每一次她都屏住呼吸，一动不动，但他没有看过她一眼。

有一天，他坐在她面前不远处，用食指转动着一辆玩具卡车的后轮，至少转了一个小时。她没有起身向他示范应该怎样玩这辆卡车。*你看，安东尼，卡车“呜嗡，呜嗡”地开起来了*。她没有纠正他，一动未动。他没有看她。

每一次尝试后，她的膝盖、胳膊和屁股都会疼痛难忍，强烈要求她换个姿势。她的脑袋也不消停，会劝她放弃，嘲笑她像个傻瓜一样，又在地上白坐了半天，浪费了一个上午。她没有理会这些反应，继续坐着，安静地、毫无威胁地、好像隐形人似的坐着。

她终于等到了这一刻。他直视了镜头，可能是渴了，想喝果汁，就看向了冰箱，也有可能完全出于偶然，但她在他迅速移开视线之前赶快按下了快门。她看了看回看照片的液晶显示屏，就在那儿，他的眼睛！就像两扇敞亮的窗户，可以透过它们看到晴朗灿烂的一天。他的双眼不游离，不恍惚，它们深邃而乌亮，透着融化的巧克力一样的棕色，这是她亲爱的儿子的眼睛。他正看着自己的母亲，他看到了她。

她坐在客厅的椅子上，腿上放着信件，沉醉在他的眼神中。她擦去眼角的泪水，感激自己有机会看到了他的眼睛，看到了里面蕴含的真义。虽然她看不懂这个眼神，也无法解读它的含义；虽然在将近9年的漫长时间里只捕捉到了这样的一个瞬间；虽然她只能通过尼康相机的镜头和打印出的相片看到这个眼神，却依然感激自己能有这个机会。

她用毯子的边缘再次擦拭了一下眼眶，拿起最后一封邮件，它装在考夫曼和瑞科维茨法律事务所寄来的马尼拉纸信封里。奥利维娅从里面抽出了一沓纸，看了一眼最上面那一页的第一行字。

戴维·多纳泰利和奥利维娅·多纳泰利的分居协议

她闭上双眼，暴风雨猛敲着窗户，重重击落在屋顶上，在周围疯狂地咆哮。她用毯子把双脚裹好，握紧了手里的三颗石头。这场暴风雨就像这世间的一切，不会永远持续下去，很快就会成为过去。

第 3 章

吉米躺在床上，背对着她睡的那一侧，蓬松的羽绒被一直盖到了下巴底下，他依然在酣睡。

“吉米。”贝丝大喊了一声，把自己也吓了一跳。

他猛地坐起了身：“啊？怎么了?”

吉米尚未完全清醒，一向如此。刚睡醒时，他会思维混乱，走路摇摇晃晃，脑袋会撞在墙上，好像刚刚一口气灌下了 6 瓶啤酒。他刚睁开眼时，定然背不出字母表，也想不起三个女儿的全名，甚至都不一定知道自己有三个女儿。她犹豫了一下，给他留了一点儿清醒过来的时间，等待着他脑袋里的迷雾消散，又或者只是想让此刻的时光再停滞一会儿，让改变来得再晚一些。

“什么事?”他揉着眼睛，搓着鼻子问。

“这是什么?”她把卡片和信封朝他头上扔去，可它们却像没有折好的纸飞机，无力地飘落在他的腿上，而不是“啪”的一声摔在他的脸上。他捡起了卡片。

“今天不是我的生日啊。”他说，依然揉着惺忪的睡眼。

“打开看看。”她看着他打开，因为不祥的预感而浑身发抖。

“我不明白这是什么意思。”

“别装傻了。这是谁寄来的?”

“等等，让我拿一下眼镜。”

这下可好，他脑子傻了，眼睛瞎了，然后呢？会变聋吗？虽然她一方面很不愿意听到他的回答，另一方面却又忍不住强迫自己去面对无法逃避的事实。

吉米拿起床头柜上的眼镜，戴上后又看了一遍卡片。他打开，然后合上，再打开，仔细研究着，好像在看一个填字游戏或一道索菲的代数题，好像这是个测试。

这就是个测试，吉米，测试你的忠诚，测试你的人品。

她注视着他的脸庞，看他一直盯着这个最为神秘的谜题，不愿抬头看她。他在拖延时间。

“这又不是纳税编码，吉米。这是谁寄来的?”

“我不知道。”

现在他抬起了头。他们都一动不动，四目相对，谁也没有眨眼，谁也没有移开目光，两人都一言不发。决一雌雄的时刻到了。

吉米打破了这种对峙，他从床上下来，将卡片和信封都扔进了废纸篓，然后从她身边走过，走下了楼。她听到浴室门关上的声音。显然，对于那张卡片，他已经无话可说。她勃然大怒，感觉肾上腺素飙升，在血液中极速流淌。她从废纸篓里捡回卡片和信封，怒气冲冲地跑下楼，来到紧闭的浴室门前。

她握住门把手时，惯常的礼貌使她停住了脚步。她和吉米不是那种不保留卫生间隐私的夫妻。他坐在马桶上时，她不会用牙线剔牙；她洗澡时，他不会和她说话；他刮胡子时，她不会换卫生棉条。若是放在平时，她不会推门进去。他们的婚姻不是这样的。

可他们的婚姻到底是怎样的？她猛地推开浴室的门，走到吉米面前盯着他，他正站在马桶前。

“老天，贝丝，你就不能等一下吗？”

“我要听到真相。”

“等一下。”

“告诉我是谁寄来的。”

“等等。”

他满脸通红，转过身来面对着她。她站在门口，双手抱在胸前，挡住了出去的路。他只穿了条平角格子短裤，戴着眼镜，头发凌乱，双臂无力地垂在身体两侧，看起来脆弱不堪又毫无防备，一副束手就擒的模样。

“你不认识她。”

她腿上的关节瞬间松垮下来，不得不靠在门框上，支撑住身体。她觉得自己仿佛站在火车轨道上，双脚被拴在铁轨上，眼睁睁地看着火车朝自己轰隆隆地开过来。她离火车如此之近，脸庞可以感受到它呼啸而来时掀起的热风。

“她是谁？”她问。她吐字时已不像刚才那样坚定，更多的是恐惧。

“她叫安杰拉。”

他就这样承认了。这就是事实，他出轨了，和一个叫安杰拉的女人。她尽力抵抗着此刻让她崩溃的眩晕感和愈加强烈的恶心，试图在脑海中想象出安杰拉的模样，却无法拼凑出一张清晰的脸孔。如果没有一张清晰的脸，她就不是一个真实存在的女人，也许这一切就并未发生。

“她姓什么？”

“梅洛。”

安杰拉·梅洛。眼下这座14英里长、3英里宽的小岛正值隆冬时节，岛上没有外人，大家肯定互相认识。但他说得对，她不认识这个安杰拉·梅洛。佩特拉应该认识。

“你会叫她安琪①吗？”

他叹了口气，心神不宁地挪动着脚，脸上的表情痛苦而挣扎，好像她问的问题过于隐私。“会。”

她望着他身后墙上白花花的瓷砖，无法呼吸。他一直在和一个叫安杰拉·梅洛的女人做爱，他会叫她安琪，他会赤身裸体地和她躺在一起，亲吻她的嘴、她的胸、她的全部。她想知道他会不会用避孕套，但一想到这个问题就觉得羞耻和恶心，开不了口去问。

她走回卧室，坐在她那一侧的床边，不知道接下来要做些什么，说些什么，感受些什么。她希望自己可以回到过去；希望这一切没有发生；希望可以爬上床，一觉醒来，把今天重新过一遍；希望从未收到那封信。吉米跟在她身后走了过来，正站在她旁边，等待着她的回应。

“多久了？”她问。

---

① 安琪：“安杰拉”的昵称。——编者注

“有一段时间了。”

“有一段时间是多久?”

他犹豫了一下:“从7月份开始的。”

她不知道自己希望听到什么答案。在她的脑海中,并没有什么确切具体的猜测或场景。可能只是几个偷偷摸摸的夜晚,也有可能已经一两个月了。从7月份开始?她在心里画去了一个又一个月——太多个偷偷摸摸的夜晚,多到数不清,多到无法想象。滚烫的泪水开始顺着脸颊流下来。

真该死,贝丝,你别哭,不要崩溃。

她不想让自己看上去像个受害者,这太老套了。但她无法控制自己,她违背了自己的意愿,任凭自己败下阵来,坐在床边啜泣起来。吉米依然在离她不远的地方站着。

“你爱她吗?”她哽咽着吐出每一个字,浑身颤抖,明显在赌气。

“不爱。”

她望着自己放在大腿上的双手,手指上戴着订婚戒指和结婚戒指。两个戒指都代表着当初的誓言,却无法阻止这一切发生。她不敢抬头看他,看他说的到底是真话还是假话。他已经欺骗她好几个月了,所以现在也有可能是在撒谎。如果她看着他的眼睛,能看出真相吗?她现在到底了解他多少?也许在10分钟之前,她还会说:“全部。”

她闭上眼睛,仓皇逃回眼泪之中。现在必须做点什么,她总不能只是走到楼下,把热巧克力喝完,再拿起吸尘器打扫房间。

“我觉得你还是走吧,”她说,“我觉得你应该搬走。”

他一动没动。贝丝慢慢平息下哽咽的声音,屏住呼吸,等待他的回答。

“好。”

他马上开始收拾。他走到衣柜前，拿下衣架上的衣服；他拉开梳妆台的抽屉，掏出里面的物件；他往健身包里塞着东西。

她想大声尖叫，可此刻的她绝望而无助，发不出任何声音。*好?* 他甚至没有试图反抗。他没有道歉，也没有乞求她的原谅。*好?* 他没有提出要和她一起解决这个问题，求她让自己留下来。

他想离开。

她想冲上去打他，推他，伤害他。她想拿起某件坚硬沉重的东西朝他扔去，她想到了铁制的床头灯。她想恨他，但让自己羞耻和困惑的是，她还想抱住他，安慰他，不让他离开。她想告诉他，一切都会好起来。她想走到他身边，像过去那样吻他，那些吻绵长而深情，让她融化。

可现在他亲吻和融化的是那个叫安琪的女人。

现在他正在浴室里走来走去，可能正从医药柜里挑出自己的东西。她望着床上他刚刚睡过的痕迹，不禁想，他昨晚回家睡觉打鼾之前，也和安琪在一起吗?

她无法再在他们这张床上多坐一秒。她站起来，开始用力扯下寝具。她一边哭，一边把羽绒被、毯子、床单从床垫上一层又一层地扯下来，用力扔到地上，颇显挫败地堆成高高的一堆。她把枕套从枕头上扒下来时，看到吉米扔在地板上的袜子，懒散而随意，等着她捡起来放进脏衣篮。她永远都在捡他的臭袜子——他的臭袜子、脏内裤、外套、鞋，还有他吃熏牛肉三明治和薯条时因为不用盘子而掉得到处都是的食物碎屑，他刷牙后在水池里留下的风干了的牙膏块，他在屋里走动时从外面带进来的沙粒。在她捡他的臭袜子，清理他身后的食物残渣、沙子、牙膏块，给他洗衣服的时候，他正在外面搞外遇。

吉米再次出现在床尾，拎着他的健身包和他们的红色大行李箱。这个行李箱是他们10 月份开车去迪士尼乐园时，在海恩尼斯的凯马特超市买的。10 月份，那时他正背着她，和安杰拉·梅洛在一起。

“我会给你打电话的。”他说，听起来很勉强。

“嗯。”她应了一声，双手抱着他们的床上用品和他的脏袜子，尽量不去看他。

他站在原地，纠结着要不要再说些什么，又或者是希望她能再说些什么，希望她能留下他。她不知道。她迅速瞥了他一眼，他的表情很痛苦，眼泪在眼眶中打转。她将目光移开。他一言未发，她也保持着沉默。他转过身，走下了楼梯。她一动未动，直到她听到他走出门后把门关上的声音。

她走进洗衣间，仔细倒出了一定刻度的洗涤剂。吉米的卡车发动机传来启动的声音。她将衣物柔顺剂倒进洗衣机的自动添加槽。他倒着车开出了车道。她将操作面板上的旋钮转到“被单”处，按下了“启动”键。他的卡车挂上了一挡，轰鸣着开出了街道。她望着热水倾泻在他们的床单上，水蒸气充斥着洗衣机的滚筒。一切都开始旋转。

他走了。

她走进厨房，站在水槽边，盯着窗外，什么也没做。她不知道该做什么。她费了很大劲，硬生生把思绪拉回到日常生活中，希望日常事务的熟悉感和安全感能抵抗住此刻她内心中涌起的深深的恐慌。

她仍需清扫房间，而且她很快就该用电炖锅准备晚饭了。今天她要做的是鸡汤面，还会烤些布朗尼做甜点。女儿们两点放学，索菲要去戏剧社，杰西卡要去打篮球，格蕾西和别的小伙伴约好了一起玩耍。

当然了，她不会把这件事告诉她们，至少今天不会。她们也不会注意到有什么异常。晚饭时间和她们上床睡觉的时间，吉米都很少在家。

她站在水池边，一动不动。外面狂风呼啸，屋里的暖气片嗞嗞作响。

吉米走了。

她深深吸了口气，然后长长地呼了出来。好了，该用吸尘器打扫房间了。不过，在动手之前，她要先给佩特拉打个电话。

第 4 章

此刻是拂晓时分，天依然是黑的，但不像楠塔基特岛暗无星月的夜晚那样一片漆黑，伸手不见五指。四周的景色像是一张蓝图模式的相片，呈现出一种破晓前蒙蒙亮的蓝灰色。周围依然笼罩着薄雾，在这么早的时候很正常，海边尤其如此，低能见度也使天色看上去比实际中的更暗。虽然奥利维娅的吉普车开着前灯，雨刷器也以最快的速度来回摆动，她却还是很难看清前方的路。她缓慢而小心地往前开着，她不赶时间。

沃温尼特村的门楼上空无一人。她停好吉普车，走下来，将四只轮胎的胎压都放到 0.08 兆帕，然后回到车上，继续往前开。硬路面变成了沙子路，沙地很柔软，她的吉普车缓缓前行，时而下沉，时而上弹，左右摇摆。这里的雾更浓了，两边什么都看不清，能见度只有几英尺。

大概开了 4 英里（她也不确定，一路过来没看到一个路标）之后，路中央被围上了围栏。为了保护濒危的笛鸻，车辆禁止开至前方的海滩，因为这些鸟儿会毫不知情地在车胎的轧痕上筑巢。她将车停在围栏旁，走了下来。

海应该不远了，她可以听到它的声音，闻到它的气息，却什么都看不见，一切依然被大雾笼罩着。她穿过海边深厚、细滑、被海风轻拂过的沙地，从外套的口袋里掏出一只手电筒，照向前方，光束却散射开去，消散在空气中悬浮的水分子之间，派不上任何用场。她决定继续前行，她很清楚自己前进的方向。

脚下柔软的沙地又变成了坚硬的地面，由于先前的涨潮，地上依然湿漉漉的。她松了口气，现在的每一步路都更好走了。天很冷，她却在流汗，腿上的肌肉酸痛无比。她舔了舔嘴唇，享受着海风咸咸的味道。虽然还是看不到海水，但她知道大海就在她的面前。她也看不到灯塔，这让她有些失望，但它距离自己应该只有几英尺远，笼罩在浓雾之中。

伟大之光灯塔曾被毁坏过两次，一次因为大火，一次因为风暴，前后也重修了两次。它是一座用白色石头砌成的70英尺高的圆柱形灯塔，在大西洋和楠塔基特海湾交汇处这片单薄的沙地上坚强而庄严地矗立着。风雨的侵蚀和七级以上的强风持续不断地威胁着它的存在，但它都挺了下来。这里有海鸥，可能还有几只笛鸻，除此以外，应该只有她一个。从5月至9月，她想象在这片绵延7英里的海滩上可能到处都是四轮驱动的汽车、步行者、参加自然历史旅行团的家庭，以及度假者；但在今天，3月17日，这里空无一人。她独自站在这儿，北面有30英里的海域将她和科德角隔开，东面绵延3500英里的海洋另一边是西班牙。这个地方是她知道的最接近天涯海角的地方，而今天她想去的恰恰就是天涯海角。

若是在过去——甚至就在不久之前，远离尘嚣不仅对她毫无吸引力，还会让她心生恐惧。一个女人独自待在偏僻的海滩一角，若是呼救起来，离她最近的人也在几英里外。和多数女性一样，她从小就被告知要避免陷入这种情形中。但是现在，她不光不害怕，反而很享受，毫不担心自己会在这里被强奸或杀害。行走在欣厄姆安全的郊区，被埋头于日常生活的普通人所包围，那才会要了她的命。

超市里的零食货架、少年棒球联合会正在举办的比赛、圣克里斯托弗教堂、百货商场里的自动扶梯……还有她那些幸运地拥有寻常孩子的老朋友——一个总是毫无恶意地夸耀女儿在学校戏剧表演中的表现，另外一个则真诚地抱怨三年级的数学对她儿子来说过于简单。她逃离了这一切。

那些地方、那些人、那些事物全都承载着关于安东尼的记忆，那个她祈求拥有的安东尼，那个她原本可能拥有的安东尼。这一切随时可能让她睹物思人、触景生情，让她大哭、逃走、尖叫、咒骂、喘不过气或是发疯。其中的某人某物，有时是每人每物都会让她变成这样。

她会开车开到很远，去银行或加油站，这样就不用看到那座教堂。她也不再接电话。去年夏天在超市里，她看到一个和安东尼一般大的男孩跟在他妈妈身边。奥利维娅原本很平静，直到男孩从零食货架上拿起一筒盐醋口味的品客薯片问："妈妈，我们买这个好吗?"那是安东尼最爱吃的东西。超市里的氧气顿时毫无征兆地全部消失，她全身僵硬，挣扎着喘不过气来，瞬间陷入无尽的恐慌。等到手脚恢复了知觉，她立刻跑出了超市，将装满食品的推车抛在身后，坐在车里哭了将近一个小时，直到自己平静下来才开车回家。从那以后，她再也没有靠近过零食货架半步，那里危机四伏。

然而，这个世界到处都埋伏着和盐醋味品客薯片一样的陷阱，随时可能将她吞噬，但她害怕的不是这个，而是它们在吞噬了她之后最终又把她吐出来，说："现在，重新开始吧。"每个人都想让她立刻开始新生活，忘记过去，重新开始。她不愿意。她想待在这里，一个人站在灯塔边，远离所有的陷阱，静静地站着，哪儿也不去。

她蹲下来，在湿漉漉的沙地上用食指写下"安东尼生日快乐"。他今天 10 岁了。

她还记得他出生那天。生他的过程并不曲折但很漫长，她希望能自然分娩，但在经历了 20 个小时毫无进展的痛苦挣扎后，她放弃了这个想法，要求无痛分娩。又过了 2 个小时，在用了微量的催产素并使了六次劲儿后，安东尼出生了。他像朵牵牛花，是粉紫色的，不哭不闹，眼睛睁得大大的。她立刻就爱上了他。她的宝贝儿子是那么漂亮，充满了希望。有一天，他会参加少年棒球联赛，会参演学校的戏剧，会很擅长数学。那时的她还不知道，自己应该寄予眼前这个可爱的儿子一些更简单的梦想，她应该望着刚出生的他，心想：希望你到了 7 岁能学会说话，学会使用卫生间。

安东尼的头两个生日过得很正常——她从蛋糕店买来蛋糕，她吹灭蜡烛，她和戴维拆开礼物并故意表现出夸张的兴奋和活跃。那时他只有一两岁，这样并没有什么不对。但是 2 岁之后的生日开始脱轨，离"正常"越来越远。

安东尼 4 岁时，已经没有孩子邀请他参加自己的生日聚会了。他满 5 岁后，她和戴维也转而把生日聚会变成了私下庆祝，只邀请家人到场，这样更轻松些。反正安东尼也不参加聚会上的游戏，不会注意小丑的表演。她想起这些依然痛心。

同龄小男孩每一年的生日主题都会逐渐体现出他们随年龄增长而变化的兴趣——从艾摩①到巴布工程师②，从蜘蛛侠到星球大战——安东尼却依然为每年都能过一个班尼主题的生日而心满意足。她当然也可以自作主张换成别的，但假装他喜欢超级英雄、机器人或忍者不过是自欺欺人罢了。他爱极了班尼，更何况他的生日聚会上也不会有其他小男孩嘲笑他喜欢一只紫色的恐龙。

所以每一年生日，奥利维娅和戴维都会为他在班尼蛋糕上点燃蜡烛，唱生日歌。然后她会说："来，安东尼！许个愿，吹灭蜡烛！"他毫无反应，于是她替他全部吹灭。她总是许下同一个愿望，每一年都是如此。

求你不要长大。你要先学会说话，才能再长大一些。当我们在餐桌上放上下一个该死的班尼蛋糕之前，你要学会说"妈妈""爸爸""我6岁了""我今天想去游乐场玩"以及"我爱你，妈妈"这些话啊。求你别再长大。我们剩下的时间不多了，我们快来不及了。

她从未放弃过许愿。

他们每一年都重复着相同的流程，但安东尼的生日对于她和戴维来说并不轻松愉快。他们无法像其他父母那样庆祝，对于那些父母，她抱有很多想象，又常常羡慕得发狂，有时甚至带着恨意；他们也无

---

① 艾摩：美国著名儿童节目《芝麻街》中的主要角色之一，是一只红色的小怪兽。——编者注

② 巴布工程师：英国著名卡通节目《巴布工程师》的主人公。——编者注

法为过去一年中孩子的改变和成长而惊叹，在安东尼生日这天，她和戴维只能感受到无法言说的恐惧和绝望。每年的 3 月 17 日，他们都不得不直面和正视安东尼自闭症的严重程度，清醒地意识到他在过去一年里没有丝毫进步和变化。当她在商店里给他挑选礼物，考虑针对 5 岁及 5 岁以上儿童的玩具时，也只能被迫承认他不会对它们产生丝毫兴趣，不可能去碰其中的任何一件。残酷的事实就摆在眼前：家里已经堆积了太多未拆封的费雪玩具①包装盒，安东尼的心智已经远远落后于他的年龄。

所以，她会给他买一个卡林推荐的益智玩具（卡林是他的应用行为分析治疗②师），或买张新的班尼光碟；还有一年她将一筒盐醋口味的品客薯片包装在礼品纸里送给他。品客总能让他开心，但每年他最喜欢的礼物都是生日贺卡。

他 4 岁的时候，她给他买了第一张音乐贺卡，从此一发不可收拾。那张贺卡上印着霍普斯和悠悠③。她先拿给他看了一眼，他瞅了瞅，假装自己没有注意。然后她打开了卡片，立刻传出歌曲和卡通形象唱歌的声音。她又合上卡片，音乐和歌声都消失了。

直到今天，她都记得当时他脸上的表情，既好奇又开心，为这出乎意料的新发现着迷，就像当初发现电灯开关那样。他打开卡片，音

① 费雪玩具由成立于 1930 年，以生产婴幼儿玩具为主的费雪玩具公司生产，该公司如今是美国美泰公司旗下的子公司。——编者注

② 应用行为分析治疗（Applied Behavior Analysis），简称 ABA，是一种改善具有重要意义的社会行为的方式，通过研究环境与行为的关系来制订相关策略。——编者注

③ 霍普斯和悠悠是霍马克贺卡工作室设计的卡通形象，霍普斯是一只粉红色的小猫，悠悠是一只绿色的小兔子。——编者注

乐响起；他合上卡片，音乐停止。打开，音乐；合上，安静。安东尼简直如获至宝。每一次打开，都会听到同一首歌，同样的音乐，这张卡片的一举一动都在意料之中，完全在他的掌控之下。

接下来的一整天，他都不断地打开，合上，再打开，再合上，开心地拍着手，又笑又叫。每一年他想要的都是这些：独自和他的卡片待上无穷无尽的时间。于是，她和戴维就给他这些。

她想知道戴维此刻在做什么，是不是醒了，有没有意识到今天是什么日子，有没有想念安东尼。她希望他今天能得到安慰。每念及此，她的心都隐隐作痛，希望那个带给他安慰的人是自己。但她不能。安慰这样东西在她身上并不存在，自己没有的东西，又怎么给别人呢？他也没有。他们两人对此都心知肚明。

奥利维娅坐在海滩上，等着太阳升起。海鸥在她的头顶嘎嘎叫着，听起来像在大笑。开始涨潮了，每涌来一波潮水，她写下的“安东尼生日快乐”几个字就会被冲淡一些，最终全部被带入大海，杳无痕迹，仿佛从未存在过。如果她依然信仰上帝，她会让他把自己在海滩上写下的生日祝福转达给在天堂的儿子，但她没有提出这个请求。这些只是她用手指在沙地上写下的字，然后被大海吞噬。

她又在自己脚边写下“我爱你”，然后默默等待着。潮水来了，稳稳前进，在一笔一画中留下水坑和白色的泡沫。它们最终也被冲刷殆尽，一个字都没能留下。

大雾渐渐散去，天色开始转亮。金属色泽的灰色大海在她眼前翻滚着，灯塔也在她左侧显现出原本的样子。又一波潮水涌来，拍碎在海滩上，化为嗞嗞作响的泡沫，在她脚边留下了一枚圆圆的白色石头。她的心跳仿佛停止了，然后又怦怦加快。她蹲下来，捡起那枚漂亮光滑的石头，攥在手心里。

安东尼。

我想念你，亲爱的宝贝。

太阳升起来了，在海天相接的弧线上闪耀着粉色的光芒，像牵牛花一样，漂亮又充满希望。

第 5 章

贝丝和佩特拉坐在吉尔家的客厅里，等待着考特妮和乔治娅的到来。今晚是读书会，但考特妮每周四晚上都要教瑜伽课，到 6 点半才结束，所以她们知道她会晚来一会儿。而乔治娅每次都迟到，吉尔知道这一点，但还是很生气。在人到齐之前，吉尔让大家都待在客厅里，因为她希望所有人能同时进入餐厅。她已经在脑中想好了一个隆重的入场式。

贝丝也有些坐立不安。佩特拉打算今晚将她的秘密公之于众，但吉尔每叹一口气，贝丝就越不确定这是否是个好主意。这并非因为她不想让好友们知道吉米出了轨，并且已经搬出去住了；而是不想让整个岛上的人都知道，虽然他们早晚都会知道——学校校长莱恩、斯道普超市的收银员帕蒂、她的理发师莉萨，还有杰西卡的篮球教练。

但佩特拉说得对，她应该抬头挺胸地道出真相，从朋友们的爱里汲取力量或其他什么东西。今天早些时候，佩特拉给她鼓劲儿时说的这番老生常谈当时听上去很有道理，只是她现在已经记不清了。佩特拉读过很多身心灵修类的书，也研究塔罗牌，她每个月去见一次萨满，而不是常规的心理医生。岛上很多人都觉得佩特拉有些古怪，贝丝也承认她有点与众不同，但她相信佩特拉有一种独特的心灵智慧，这种智慧是多数人无法理解的，是她的精神支柱。对此贝丝很羡慕也很感兴趣，而且确定她自己正缺乏这一点。

另外，暂且不论“朋友之间的忠诚”一类的陈词滥调，吉米出轨的事若不会闹得尽人皆知，简直无异于一个奇迹。贝丝知道了，佩特拉知道了，吉米和安杰拉知道贝丝已经知道了，所以他们大概不会再那么小心谨慎。餐馆里一定也有人知道，知道的人早晚有一天会告诉别人，别人又会告诉吉尔或考特妮或杰西卡的篮球教练。

女儿们现在都知道吉米已经搬出去住了。最先注意到这一点的是索菲，她发现在那些爸爸平时会出现的地方已经看不到他的踪影了——床上、沙发上、雪茄椅上，都没有。“爸爸去哪儿了?”这个问题比“性是什么?”或“你吸过大麻吗?”更加难以回答。贝丝一直闪烁其词，故意让自己的回答简短模糊（不过说实话，她的确不知道他在哪里），徒劳地努力保护着她们，不让她们知道自己有一个对妈妈不忠的爸爸。所以女儿们现在知道他不在家里住，但不知道丑陋的真相——暂时还不知道。很不幸，她们的爸爸的确背着妈妈出轨了，而楠塔基特岛上的每一个人，包括他的三个漂亮女儿，早晚都会听说这件事。

贝丝从咖啡桌上拿起一本《生活在楠塔基特岛》，随意翻看起来，希望能转移一下注意力，与此同时，吉尔则因天色已晚而焦虑不安。贝丝也觉得时间不早了，活动开始前已经等待了太久。她感觉像坐在牙医的候诊室里，很清楚自己需要洗牙，知道洗完后牙齿会很漂亮，感觉也会很舒服，但漫长的等待为她的焦虑和记忆留出了太多时间，让它们得以相互撕扯，脑海中不断浮现金属器械在牙齿上的刮划声，牙龈颤动的疼痛，口腔保健师批评她平日用牙线清洁牙齿不够细致时她内心的羞愧，嘴巴里的乳胶和血液的味道。等待牙医叫名字的时间若超过10分钟，她就要使出全部的自控力才能阻止自己离开那里，半年后再来。

她的牙医和口腔保健师也会知道吉米出轨了。

贝丝想要努力忘记吉米、牙医以及她和佩特拉之前的谈话，将注意力集中在吉尔这里。她正给大家讲述米基最近在忙活的移居工程。吉尔的丈夫米基有自己的建筑公司，他们签下的最不可思议的项目既不是新建房屋也不是扩建改造，而是将现成的住宅整体挪个几英尺。这可是极其重要的几英尺。在斯康西特保护区有许多古老的小屋大宅，都建在因风雨侵蚀而松动了的悬崖边缘，岌岌可危，好像每一栋房子都坐落在一块馅饼上，而每年大自然都要拿起叉子挖一口下来。米基的团队能神奇地将整栋房子往里迁移，先是迁100英尺，再迁400英尺，直到业主的家门最终紧挨着大路，房前再也没有空地。那时馅饼上只剩饼皮，大自然不会填饱肚子。

米基现在迁移的是巴克斯特路上一栋有七间卧室的庞然大物，但这次的任务不同于往常。业主刚在马路对面买下一栋房子，现在米基的团队要先将其夷为平地，然后再把悬崖边的这个庞然大物迁移到马路对面，也就是一整块全新的“馅饼”上。这种事只有在楠塔基特岛才会发生。

“很不可思议吧？米基说，如果他活得够久，他还会再挪一次那栋房子。”吉尔说。

“所以我才住在岛中心。”佩特拉说。她住在岛中心，因为她在那里长大，还因为海边的房子太贵。

这个故事很有趣，但贝丝正忙着在脑子里衡量几个用以离开的借口的可信度，一刻也坐不住了。**我忘了带书了。格雷西生病了。我不太舒服。**

佩特拉坐在贝丝旁边，多少感觉到了她想要马上逃走的念头。她悄悄探过身去，抓起贝丝的手，将它小心地塞进了她们二人大腿之间的缝隙里。她捏了捏她的手，坚定，但不是很用力，不仅给了她安慰，也给了她依靠的力量，仿佛在告诉她：我爱你，你就待在这儿。

她们听到一记草草的敲门声，而后考特妮和乔治娅同时走了进来，两人形成了鲜明的对比。考特妮淡妆轻抹的圆圆脸蛋泛着粉红色，头发在脑后蓬松地扎起一个高高的马尾，发际线处湿漉漉的，还留有汗珠。她穿着一件淡紫色吊带背心，外面罩了件二手店买来的冬衣，没有拉拉链，配着黑色棉质瑜伽裤和夹趾拖鞋。她手上拿着本书，看上去容光焕发，满面笑容，紧挨着贝丝坐在了沙发上，她的能量也伴随着她一起飘进了房间，轻柔地落定，就像一阵柔和的微风吹过轻盈的白色蒲公英。她身上散发出天竺薄荷的味道。

而乔治娅却慌慌张张、烦躁不安。她化了烟熏晚妆，抹了口红，耳朵上挂着醒目的丁零当啷的金耳环，脚踏黑色商务高跟鞋，踩着重重的步子，肩膀上吃力地挂着鼓囊囊的手提电脑皮包，抱怨又有一个婚礼前变得神经兮兮的新娘给她打了45分钟的电话，只因苦恼于不知该选哪种红毯。她一边为自己的迟到道歉，一边拽下身上的帽子、手套、围巾和大衣。如果说考特妮是随着温暖的微风飘荡的纤弱蒲公英种子，那么乔治娅就是被飓风折断后摔落在地上的树干。单从外表上看，很难想象这两个女人会成为好朋友，但事实的确如此。

吉尔如释重负，马上行动起来，跑进了厨房。乔治娅还没来得及坐下，吉尔就回来了，像老师提醒学生注意听讲似的拍了两下手，引领众人走进了餐厅。乔治娅第一个面露惊讶地倒吸了一口气，紧接着其他人也做出了同样的反应。吉尔的脸上绽放出了笑容，在大家的啧啧称赞中兴高采烈，为引发了符合她预期的反应而心满意足。

这个月要讨论的是一本以“二战”后的日本为背景的书，显然这就是吉尔布置餐桌的灵感源泉。每只盘子的中央都摆放着一只用纸折成的动物——紫色的鹤、白色的天鹅、橙色的老虎、绿色的乌龟、灰色的大象。每只动物的右侧都有一小团绿色的山葵酱和一小摞齐整新鲜的粉色寿司姜片，盘子旁边还配有一双筷子和一只放了酱油的小碗。屋里星星点点地装饰着白色的小圆蜡烛，桌上放着两瓶日本清酒，正中央的一个椭圆形大浅盘里摆着加州卷、三文鱼卷和金枪鱼卷。

“天啊，吉尔，别告诉我这些是你自己卷的。”考特妮说。

“当然是她自己卷的了。”乔治娅说。

“是我卷的。”吉尔承认。

“这个也是你自己弄的吗?”考特妮拿起一只紫色的纸鹤问。

“这个不难，网上有简易的折纸教程。”吉尔说。

“是对你来说不难！你太厉害了，”考特妮说，“你肯定一整天都在准备这个吧?”

“没那么久。”吉尔说，从众人的大惊小怪中收获了巨大的快乐。

“你可以靠这个谋生了。”贝丝说。

吉尔已经当了16年的全职妈妈。只要米基还在挪房子，她自然就没有工作的必要，但以此谋生倒的确是个不错的主意。她可以给自己当老板，给富有的夏季居民布置奢华的读书聚会。她一定会很受欢迎。

“好了，现在每人选一个座位坐下。每张席位卡上都写着书中一个角色的名字，这样你们……”

“我们今天晚上不讨论书。”佩特拉说。

贝丝心头一紧，她希望大家在直奔主题之前至少可以先喝杯清酒。

“什么?”吉尔有点不知所措地笑了，“当然要讨论了。”

“不，不讨论这个。”佩特拉说。

虽然佩特拉比其余几个人当中最年轻的还要小5岁，但她毫无疑问是这个群体中的领袖人物。作为家里七个孩子中的老大、波兰移民的女儿、楠塔基特岛最受欢迎的餐厅“迪西”的老板，佩特拉很强硬也很专横，说话时会厚颜无耻地歪嘴一笑，但在她做来却很自然。不过，她也是个不偏不倚的人，高高的个子从头到脚都找不出一丝邪恶。如果有谁能打乱吉尔精心策划的华丽读书会，同时又能避免双方泪洒现场或爆发就此绝交的争吵，这个人只能是佩特拉。

“而且我们要来点儿比清酒劲儿更大的酒。你家有伏特加吗?”佩特拉问。

“但那不是日本的酒啊。”吉尔说，依然在努力拒绝任何有可能偏离今天读书会主题的提议。

“吉米有外遇了，对方是‘索尔特’酒吧的女服务员，已经搬出去住了。”佩特拉说。

又是乔治娅第一个发出了惊讶的声音，倒吸了一口气。吉尔望向贝丝，接收着贝丝眼中的恐惧和歉意。她再也没有提“日本”这个词，径直走向厨房，回来时一只手拿着一瓶三八牌伏特加，另一只手拿着一瓶优鲜沛牌蔓越莓汁。

“这些可以吗？”她一边问一边坐下。

“非常好，”佩特拉说着，开始往每个人的酒杯里倒伏特加，并没有给果汁留下太多空间，“给她们看看那张卡片。”

贝丝拿出她夹在书里的卡片和信封，乖乖地递给了乔治娅。

“哦，贝丝，”乔治娅看完卡片后又递给了考特妮，问，“这是‘索尔特’那个女服务员写的？她是谁？”

“安杰拉·梅洛。”贝丝说。

“我不认识她。”吉尔说，对楠塔基特岛上竟然有自己不认识的人表示诧异。

“她刚来这里几年，从巴西来的，是夏天旺季的时候和她姐姐一起来打工的。”佩特拉说，“她们还去‘迪西’应聘过，但我没聘用她们。”

“我也不认识她。”考特妮说，“这事发生多久了？”

“从7月份开始的。”贝丝说。

“我的天啊，贝丝。”吉尔说。

“是的。”贝丝说。

她端起酒杯，喝了一大口伏特加。酒是温热的，里面的蔓越莓汁太少了，烧得她的嗓子火辣辣地疼。喝清酒的话会好一些，谈论书也会好一些。她又往嘴里倒了一大口。

"我跟你说过，不要让他去'索尔特'上班，"乔治娅说，"那地方的氛围太性感了，放的那种音乐，还有那些马天尼。就连我在那儿待上一个小时都想和别人上床。"

以前，从每年 10 月到次年 3 月，吉米都会去捕捞扇贝。到了夏天禁止捕捞时，他就去各处酒吧轮班当酒保。但他其实并不需要这份工作。在楠塔基特岛，以捕捞扇贝为业的人曾经都收入颇丰。他去酒吧主要是想有点事做，而并非为生计所迫。多年来，吉米一直有个体面稳定的营生，而贝丝也很享受夏天有他一起陪伴孩子的日子。

但几年前，扇贝开始从海港中消失。紧接着，在一段短暂得惊人的时间内，它们彻底消失了，吉米也就彻底失业了。他将扇贝的消失归咎于岛上大批量新建的快餐式豪宅①，豪宅主人们会在自家繁茂苍翠的地毯式草坪上喷洒化学肥料，这些肥料被水冲进了海湾中，毒害了海洋的生态环境，杀死了扇贝，天知道还有什么其他生物。

到了夏天，他偶尔还是会去酒吧兼职，但到了冬天就无事可做。有段时间他们几乎入不敷出。吉米在家里会闷闷不乐、灰心丧气，拒绝接受现实，依然对不可能卷土重来的扇贝捕捞业抱有希望。后来，大概过了两年，"索尔特"酒吧为他提供了一份全职工作，全年无休。任何一份全年无休的工作在楠塔基特岛上都是千载难逢的，而且他们急需用钱，于是扇贝捕捞手吉米就变成了"索尔特"的酒保。

"你知道这事多久了？"乔治娅问。

"大概一个月了。"贝丝说。

---

① 快餐式豪宅：指大批量建造、缺乏特色的大型住宅。——编者注

这是她有生以来最漫长的一个月。自从他搬走后，她一共见过他三次，他每次前来都没有事先通知。有天早上他过来取一双工作鞋，那时女儿们都去上学了，但她还没来得及冲澡，另外两次是晚上。他在厨房里转来转去，和女儿们说着话，一直没有坐下，问有没有他的电话留言。他从来都没有收到过电话留言。

每次他出现，她都感觉自己的心被提了起来，会希望，甚至会想当然地认为他是来向她道歉的，告诉她他之前的行为太愚蠢，告诉她他不想离开她和女儿们，告诉她他想回家。但他从未说过这些话，所以她觉得自己很傻，仿佛再一次遭到了背叛。她假装对他毫不在乎，装作若无其事——他和杰西卡聊天时，她在水槽边削土豆皮；他在家里翻箱倒柜地找鞋时，她假装全神贯注地看书（虽然她知道鞋放在哪里，但绝对不可能去帮他拿）。

现在她只要在家，就会不自觉地瞄一眼窗外，留意车道上的动静，睁大眼睛竖起耳朵，保持视觉和听觉的敏锐，屏住呼吸，甚至会对着镜子看看自己的形象，保证自己看起来还不错，以防他万一突然出现。她讨厌自己不知道他下次什么时候会来，更讨厌的是，他想当然地认为自己可以随心所欲、大摇大摆地从门口走进来，不管是白天还是晚上。如果她正在忙呢？如果时间不方便呢？如果她也开始有外遇了呢？他不能再这样若无其事地进来，他已经搬走了。她讨厌他已经搬走了这件事。但等她安下心来，放下防备，坦诚面对自己时，当她削土豆或是望向窗外时，最让她崩溃的却是想到也许某一天他再也不会出现在家门口了。

“你认识她吗？”吉尔问。

“不认识。”贝丝说。

“你还没去‘索尔特’看看她长什么样吗?”乔治娅问。

“当然没有!”贝丝说。

“如果是我，我一定会特别想知道她是谁。你也不愿意一无所知地和她一起在银行排队吧?我们应该一起去，恶狠狠地瞪她几眼。佩特拉，你和你那个巫医应该给她下个咒什么的。”乔治娅说。

她们全都笑了，包括贝丝在内，虽然她也为自己的悲惨遭遇感到难为情。她脑海中浮现出一个布做的巫毒娃娃，穿着一件小小的黑色“索尔特”工作服，眼睛上扎着很多缝衣针。现在她可以明显感受到伏特加的酒劲儿，胃里热乎乎的，脑袋里嗡嗡作响。若是平时，她会说不喝了，她不想在第二天醒来时昏昏沉沉。但她最近一直睡不好，每天早上本来也是昏昏沉沉的，所以管他呢，再说佩特拉会开车送她回家。她又往杯子里倒满了伏特加。

“我不知道我能不能做得到，也许吧。”

“你们俩找过婚姻咨询师了吗?”考特妮问。

“没有。”

“也许你们应该试试，”乔治娅说，“我和菲尔找坎贝尔医生看过。他挺好的，呃，可能还不够好，毕竟没有修复好我们的关系，不过我们的关系已经超出了可以修复的范畴。”

菲尔是乔治娅第二任丈夫，也是她最爱的一个。她结过四次婚。熟悉她的朋友都会说她现在处于“待嫁”状态，但她坚称自己已“离异”，爱情故事就此结束。她在冰箱门上与视线齐平的地方贴了一张备忘条，上面写着：再也不要结婚！但她们都知道她一定还会结的。她总是情不自禁，她是个无可救药的浪漫主义者。

乔治娅是蓝蚝酒店的婚礼策划师。每年至少有十二周，每周至少有两次，她的身边都会围绕着穿着“Vera Wang”（王薇薇）的婚纱、像迪士尼公主一样的新娘，以及穿着阿玛尼西服、像詹姆斯·邦德①一样的新郎。空气中萦绕着用竖琴弹奏的《圣母颂》（在她自己的四次婚礼上，她都演唱或弹奏了这首赞美歌）。这些婚礼中的每个细节，哪怕放在显微镜下也是完美无瑕的。一进入夏季，每一周她都会滔滔不绝地讲述自己见过的最漂亮的婚礼蛋糕、最精美的新娘捧花，听到过的最感人的祝酒词，每一次都像在描述自己策划的第一场婚礼那样真诚、惊喜和兴奋。一场又一场的婚礼在她眼里从未失去过新鲜劲儿。对于乔治娅来说，每场婚礼都有其独特的魅力，对于真爱、命运和上帝的信仰已经渗透进了她的灵魂。然后她会将所有那些名不副实的童话中的浪漫情感寄托在随便哪个正在和她约会却对此毫不知情的男人身上。接下来，冰箱上的备忘条就消失得无影无踪，而她又冠上了一个新的夫姓。

“我不知道他愿不愿意去。”贝丝说。

“那你愿不愿意去呢？”佩特拉问。

“我不知道。”

“你想离婚吗？”考特妮问。

“我不知道。”

贝丝不知道自己想要什么。她希望今晚是一场寻常的读书会；她

---

① 詹姆斯·邦德是“007”系列小说、电影中的主角。——编者注

想喝喝清酒，聊聊日本；她不想在这个周四夜晚，让一切正式而公开地彻底改变。她的婚姻、她在楠塔基特岛上和美的家庭生活已支离破碎。她的婚姻破裂了。

我的心也破裂了，她想。

她的眼泪夺眶而出，顺着脸颊流下。乔治娅把她的椅子朝贝丝挪了挪，用胳膊搂住了她。

“真不敢相信会发生这样的事。”贝丝说，为自己当着所有人的面哭泣而难为情，为丈夫出轨的事变得尽人皆知而难堪。

“你会没事的。”乔治娅边说边轻轻地揉着贝丝的后背。

“如果是我，就和这个浑蛋离婚。”吉尔说。

“吉尔!”佩特拉大声斥责了她。

“呃，他本来就是浑蛋嘛，而且我真的会跟他离婚。”吉尔说着，望向乔治娅，希望寻求她的支持。

“你知道，如果是我，一定会甩了他的，我经历过这种事，而且也已经这么做过啦。不过我做了断时还是太草率了，尤其是和菲尔。如果我还会再结婚，我会注意改进，但我不会再结婚了。”乔治娅举起酒杯，敬自己的这番宣言，然后喝光了杯里剩下的伏特加。

“你必须想清楚自己想要什么，”佩特拉说，“如果你和吉米都想和平解决这件事，你们可以做得到；或者就此彻底解脱。但你要想好自己想要什么，不能让他或者任何人替你做决定。”

佩特拉说得对，她总是对的。但贝丝的大脑正沉浸在伏特加的海洋中，现在她唯一能确定的，就是想让乔治娅继续给自己揉一揉背。

“再就是，不管你做什么决定，我们都爱你。”佩特拉说。

乔治娅捏了捏贝丝的肩膀。除了考特妮，每一个人都点了点头，考特妮好像陷入了沉思，眉毛拧在了一起。贝丝感觉自己喝醉了，很难为情，伤心而迷茫，却突然出乎意料地满怀感激。

“我也爱你们。”她说着，破涕为笑，因为就算吉米不再爱她，她还有几个无论如何都会爱她的好姐妹，她觉得自己幸运极了。

第 *6* 章

几只哀鸽反复鸣啭着，仿佛在你一言我一语地哀怨交谈。阳光透过毫无遮挡的窗户洒进奥利维娅的卧室，让她沐浴在温暖柔和的日光中。现在她几乎每天都这样伴随着阳光和鸟鸣醒来。如果适逢多云或风暴来临的清晨，鸽子们没有心情聊天，她就会一直睡下去，直到中午前后，或是更晚。她也不知道会睡多久。她已经和时间脱节了。上个月停了一天电，之后又断断续续地停了很多次，究竟有几次已经数不清了。她不再费心重设家里的钟表，也已经不戴手表了，鉴于她也不需要去哪里，这并没有带来什么麻烦。她已经没有时间概念了。

她望向床的另一侧，那边的枕头和羽绒被和她的泾渭分明，她这才再次想起戴维已不在这里。他在欣厄姆，她在楠塔基特岛，他们分居了。她依然习惯在自己这侧蜷缩起来睡觉，把胳膊搭在床垫的边缘，为他留出足够的空间。她将屁股和肩膀往床中间挪了挪，平躺在上面，把四肢完全伸展开，占据了尽可能多的空间，感觉却很奇怪。

她舒展着四肢，打着哈欠，并不急着离开自己的床，尽情享受着整夜安眠后慢慢苏醒过来的奢侈时光。曾经，她每天一大早就被戴维的闹钟或安东尼的“咿咿呀呀”声惊醒，弄得精疲力竭——不只精疲力竭，还有一种被侵蚀的感觉。每一天，她都会失去一点儿自己。那些清晨宛若昨日，却又恍如隔世。时间真是有趣，可伸可缩，可长可短，只因视角不同。

已经4 月了，她知道现在是什么月份，只因为收到了律师寄来的信，落款写着4 月14 日。如果没有那封信，她会觉得现在依然是3 月，冬天还没有结束，毕竟天气还很寒冷，而且一切毫无变化。

和她佐治亚州的家乡阿森斯相比，波士顿的春天毫无春意，而阿森斯则苍翠繁茂、温暖舒适。波士顿的春天不过是冬天的延续，是冬天的后半部分。当阿森斯的木兰花已经绽放时，欣厄姆还在下雪，而且不只是飘几片雪花而已。欣厄姆 3 月里的雪大到足以让学校停课，大到需要动用除雪机开路，让人发愁该把扫起的雪堆到哪里。奥利维娅从不掩饰自己对3 月大雪的厌恶，但也不得不承认，一片白茫茫的大雪至少能给周围荒芜、阴沉、尚未绽放春花的风景增添一抹亮色。

楠塔基特岛上不会有波士顿那样的雪。它四面环海，空气太湿润了，以至于连一片雪花也凝结不出，但这里会下雨。有那么几次，她注意到地上很泥泞，但今年还未见过一场正儿八经的降雪，也没有铲过一次雪。她甚至不确定这边的家中到底有没有一把真正的雪铲，她唯一能想起的一把铲子放在她吉普车的后座上，但她把它放在那里，是为了在吉普车抛锚的时候，可以用它把车轮从沙地里，而不是雪地里挖出来。

虽然这里不会像内陆那样降雪，但依旧没有一点儿春天的样子。就算在阳光明媚的日子，天气也依然寒冷。而且不知为何，一切似乎都笼罩着一层灰色，就好像从太阳镜里看到的世界。这样寒冷灰暗的冬日会持续数月，时间仿佛冻结了一般。

她的律师在寄来的信里提到，她的离婚诉讼程序也冻结了，因为她和戴维达成的协议没有争议，也无过失方。离婚是他们两个人这么长时间以来难得达成一致的一件事。她已经把那份文件反复读了三遍，她喜欢不断玩味“无过失方”这个表达，它白纸黑字地印在这份正式的法律文件中，就好像马萨诸塞州政府对他们表示了肯定，完全免除了他们两人的罪责。婚姻失败不是他们任何一个人的过错。

实际上，安东尼的小儿神经科医生曾在刚吐出“自闭症”这个词没多久，就问过他们：“你们夫妻关系如何?”奥利维娅记得自己当时很生气，心想：这和你有什么关系？而且我们现在谈的是安东尼，又不是我和戴维。但神经科医生了解他们的未来，他已经见过太多自闭症和离婚并发的先例。

她不记得自己当时有没有回答。其实那一天，在那间办公室里，在听到“自闭症”这几个字后，发生的事她基本上都不记得了。但从那以后，她总是不断地回想起这个问题，并试图做出回答。如果她能设法在那天，在她原本认定自己人生中最糟糕的一天（在其后短暂而又漫长的几年里被证明远非如此），给出一个礼貌的回答，她说的大概是“很好”之类的话。如果他们没有深受折磨、饱经摧残，也许他们的婚姻会继续好下去，而现实的残酷程度是两个人在盛装打扮后走进婚姻殿堂，说出“我愿意”时绝对无法想象得到的。

不，不好，那天之后，他们当然不会好。但又有谁在经历了这样的事后还会好呢？那就好比将一只玻璃花瓶扔到砖墙上，希望它不会粉身碎骨，在发现它无法再装水时，还表现出惊讶和沮丧。花瓶一定会碎的，这是玻璃撞在墙上的必然结果。这并不是花瓶的错。

大学毕业后，当他们还在约会时，他们走进了“现实世界”，需要严肃考虑两人的关系。奥利维娅曾考虑过戴维适不适合当丈夫，她在脑子里列出了一些必要的条件，开始一项项地勾选：帅气、聪明、有趣、能养家、动手能力强、喜欢孩子。他全都符合。她24岁时，他们结婚了。

她从未想到，自己当时还应该再加上几项：多年睡眠严重不足却依然可以正常生活，愿意每天付出真心而后心碎，不介意把挣来的钱全都扔进一个无底洞。

这就好像马萨诸塞州政府已经认定的那样——不是他的错。

他们两人对所有的条款都没有异议。楠塔基特岛上的小屋归她，欣厄姆的房子归他。没有其他财产，没有钱。他们已经把所有存款都花在了安东尼身上。

应用行为分析疗法、言语矫治、地板时光①、感觉统合训练、金属螯合疗法②、无麸质饮食、无酪蛋白饮食、维生素 B_{12} 注射。看儿科医生、神经科医生、肠胃科医生、职业理疗师、肢体理疗师、能量疗愈师。从主流疗法到替代疗法，再到几乎称得上是巫术的疗法，在奥

① 地板时光（Floortime）：一种针对自闭症患儿的游戏训练法，通过成人与孩子之间的游戏来增加互动。——编者注

② 在这种治疗中，病人会被注射一种药物，它可以有效地与病人体内的重金属结合，将它们排出体外。这是治疗自闭症的一种备选方案，但缺乏科学依据，并有一定的安全隐患。——编者注

利维娅的印象中，没有多少在他们的医疗保险报销范围内。戴维工作的时间越来越长，他们又办理了房屋抵押贷款，还取出了退休账户上的积蓄。他们怎么可能等到退休时，银行里留着钱，有个得了自闭症的儿子，得知有一种本来可以治愈他的方法，他们却因为过于昂贵而没有尝试?

他们本打算卖掉岛上的这栋房子。

奥利维娅还记得那些漆黑的深夜，他们躺在床上的对话。她躺在她那一侧，戴维在他那一侧，希望和绝望透过他们的一呼一吸、一字一句流露出来。她又看到或听说了一种新疗法，“这种药还没有被食品药品监督管理局批准用于治疗自闭症，而且我承认，它听起来是有点荒唐，但某某医学专家在今年的会议上说，它在一部分孩子身上起了疗效。要花很多钱。你觉得怎么样?”她记得他叹了口气，然后沉默了很久。她知道他在黑暗中点了点头。

他们还是试了。他们必须试试。

所以他们最终身无分文。一无所有分成两半还是一无所有，没有赡养费，当然也没有子女抚养费。基本上就是这样，一清二楚。他们可以让彼此重获自由。

但戴维还没在上面签名。奥利维娅知道他会签的，他只是需要些时间。她现在有的是时间，不介意等一等。

她站起来，走进厨房，打开橱柜后，失望地叹了口气。她忘记买咖啡了。

如果戴维在的话，他一定会说：“没关系，我们去豆子咖啡馆吧。”在安东尼出生前，他们曾享受过那样的清晨：去咖啡馆找一张桌子坐下，最好是临街窗前角落里的那张；他会看《环球报》，她会读一本和选题相关的书；他会喝两大杯黑咖啡，她会点一大杯拿铁和一块蓝莓司康饼；他会时不时读一段新闻给她听，她会和他分享一些鞭辟入里、字字珠玑的精华语录，或是文笔拙劣、让人读不下去的糟粕语句。她很享受那些轻松惬意的上午，那时他们新婚不久。

她真希望此刻他也在这里，但仔细想想，才意识到她真正渴望的是一杯拿铁、一块司康饼和咖啡馆中一个悠闲的上午，她不需要戴维也可以得到。她的内心突然涌起一股想要出门走进现实世界的渴望，已经很久没有过这种感觉了。她迅速往身上套了件毛衣，穿上牛仔裤和大衣，拉上拉链，抓起帽子、钱包和钥匙，把双脚塞进门口的一双靴子里，还没来得及劝说自己出门，就已迈出了家门。

镇中心攘来熙往，毂击肩摩。自从奥利维娅来到这座小岛后，这个冬天，她只开车经过了镇中心几次，每一次街上都冷冷清清，就算周末也不例外。临街店铺的橱窗一片漆黑，"放荡不羁"的假人模特儿赤身裸体，挂着的标牌上写着"下个季节见"；多数餐厅大白天都关着门；空余的停车位随处可见。这是所有人预料之中的冬天的景象，这时候岛上的人太少，不足以支撑起大部分生意。

然而今天，一切似乎都重新焕发了生机，仿佛到了 8 月中旬，而不是 4 月中旬。*这是怎么回事？*她觉得特别不可思议。

她向右拐进印度街，开始围着这片街区绕第三圈，并在心里暗暗发誓，如果这次再找不到地方停车就彻底放弃。正当她打算撤退，想去斯道普超市买袋咖啡聊作安慰，或去镇中心外的"轻柔雪花"餐厅时，她瞥到在一幢希腊式复古建筑的门口，在一辆悍马和一辆丰田陆地巡洋舰之间有个空位。

这座雅典娜神庙般的建筑就是楠塔基特岛的图书馆，是一座雄伟庄严的白色建筑物，入口两侧各有一根巨大的爱奥尼克式石柱。它看起来如此不合时宜，更像是一座古希腊庙宇，而非现代图书馆；更像是雅典卫城的一部分，而非楠塔基特岛新英格兰风格、几经修复的古朴小镇镇中心的建筑。既然到了这里，她开始想象如果能在咖啡馆里一边喝着拿铁，一边看书的话该有多么美好，就像过去那样，只是没有戴维罢了。于是她决定抓紧时间进去，借些书来读。

根据外面拥挤的交通就可以预料，图书馆里也一定十分拥挤。果不其然，这里到处都是婴儿车，父母们训斥和呼喊着自己的孩子，孩子们则大喊大叫，从他们身边跑开。其中一个孩子正坐在婴儿车里号啕大哭，怎么安慰也没用。到处都闹哄哄的，各种声响在高高的天花板下回响、跳跃和交汇。这种氛围很不对，似乎有失尊重，就像小孩在教堂里说话和玩耍那样。奥利维娅有些后悔自己走进图书馆的决定。

她一直走到前台，停下了脚步，望着眼前拥挤混乱的人群，怀疑自己是否真会为了借本书而费力挤过去。犹豫过后，她最终还是决定从这里逃走。正要转身离开时，她瞥见了一个熟悉的封面。那本书正孤苦伶仃地躺在贴着“待上架”标志的金属小推车里，是《深夜小狗神秘事件》。

好几年前她就读过这本书，那时安东尼刚刚确诊，阅读和自闭症有关的一切就成了她当时的使命之一。她还记得自己当时觉得书中主人公的自闭症和安东尼的是那么不同，就像彩虹里的红色和蓝紫色，完全处于光谱的上下两端。从表面看来，它们的区别显而易见，但她依然发现了它们之间微妙而意外的相似之处，这给她带来了安慰，让她重燃了希望。蓝紫色之所以不是蓝色，是因为它还含有红色。

“我想借这本，谢谢。”她说，觉得自己也许已经准备好重温一遍这本书了。

办理完借书卡后，她拿着借到的书，匆匆走出图书馆的大门，走下门前的台阶，如释重负——终于成功逃出来了！她拐过街角，来到豆子咖啡馆，本以为可以不紧不慢地径直走进去，却发现门外排着一条蜿蜒曲折的长龙。外面寒冷刺骨，队伍很长，但她周围的人都意外地看上去心情很好，欢欣雀跃。奥利维娅没怎么离开过自己住的社区，然而每当她鼓起勇气出门时，不管是去杂货店还是银行，都从没见过这么多人。自打搬到楠塔基特岛以来，她就没有排过队。她已经习惯了这里宁静的生活，可以一个人待在自己的世界里，无人打扰，随意进出任何一个地方，不必怎么和他人接触，就可以满足自己的需求。

她扫了一眼光秃秃的手腕，想知道现在的时间。她不知道到底要等多久。此刻一定早就过了正午时分，为什么还会有这么多人？她把大衣的领子竖起来，立在下巴下面，双手插进口袋，闭上眼睛，深深吸了口气。

队伍缓慢地向前挪动着，她好不容易挪到门口，总算踏进了屋里。咖啡馆和她记忆中的样子完全吻合——陈旧的木地板，泪珠状的水晶吊灯，架子上摆放的古旧的铜质和锡质茶壶，装满了意大利脆饼的玻璃罐。然而当她发现店里已经座无虚席时，熟悉的环境给她带来的喜悦也顿时被冲淡。

“想来点什么?”柜台后的姑娘问。

“给我来一大杯拿铁和一个蓝莓司康饼，谢谢。”

“我们的司康饼卖完了。”

“哦，好吧，那就只要拿铁吧。”

“加牛奶还是豆奶?”

“牛奶。”

“要全脂、半脱脂还是脱脂的?”

“呃，全脂的。今天有什么活动吗?”

“什么?”

“这里为什么有那么多人?”

“水仙花。”

奥利维娅想了想，问道:“这是个乐队吗?”

姑娘从头到脚打量了她一番，那是年轻人注视一头雾水的年长者的目光:“就是花，你不知道吗？那你为什么来这儿?”

“我住在这儿。”

“哦。”姑娘说，流露出完全不相信的语气。

“所以这么多人都是来看水仙花的?”

“对，整个岛上差不多有300万朵花都开放了。”

300万。真的假的？她怎么一朵都没看到。难道还有人清点了具体的数量吗？奥利维娅怀疑这个姑娘一定在夸大其词，年轻人都这样。“所以这是什么情况？大家开着车一边转悠一边赏花吗?”

姑娘把奥利维娅点的拿铁递给她。她付了钱。

“算是个节日，有游行、车尾野餐会①……”

“车尾野餐会？”

“在斯康西特镇那边。”

“会有橄榄球赛吗？”

姑娘笑了起来。

“打扰一下，你买好了吗？后面的队还很长呢。”奥利维娅后面的男人说。

“不好意思。”

奥利维娅闪到一边，再次不抱希望地环视了一圈，店里还是没有空座位。她用胳膊肘轻轻推开从外面涌进店内的长龙，回到车里。车子上下颠簸着开过铺着鹅卵石的主干道，然后拐到平稳的人行道上，她这才第一次注意到四处盛开的水仙花——它们种在花园和窗台上的花箱里，在栅栏和庭院里排成一行行，还有一些“野生”的植株点缀在路边，星星点点，放眼望去，满目皆是。她之前怎么就没有注意到呢？

有水仙花，还有车尾野餐会。她很好奇，决定去斯康西特镇那边转一圈，一探究竟。她和戴维还在波士顿学院念书时，每次举办橄榄球主场比赛前，他们都会和朋友一起举办车尾野餐会。每个人都穿着波士顿学院的运动衫、夹克，戴着有学院标识的帽子，总会有人带来烧烤架和啤酒桶——吃着烤焦了的芝士汉堡，喝着塑料杯里的“密尔

① 车尾野餐会：又叫“球迷场外野餐会”。车尾原指卡车、拖车等车辆的后挡板，可以翻下来当桌子用。一些球迷在比赛开始前几小时，会把三明治、热狗或烤肉放在这张车尾临时桌上举行野餐，这就是车尾野餐会的由来。——译者注

沃基最棒”牌啤酒。戴维会和朋友们兴致勃勃地议论各个球员，总会有人拿四分卫和老将弗卢迪①比较，争论谁技高一筹。在球赛开始之前的上午，他们就已经闹哄哄、醉醺醺。

随着汽车驶近斯康西特的主干道，车尾野餐会便呈现在眼前。所有汽车沿着自行车道和里程碑大道之间的狭长草坪，一辆挨一辆地停靠在一起。虽然她身处拥挤的车流之中，本来也没法开快，但还是又刻意放慢了一点儿速度，想要看得更仔细些。这时，停在她前方草坪上的车开始启动，她决定停过去，占上这个车位。

她拿起镜面太阳镜，下了吉普车，开始步行。主干道已经被车辆堵得水泄不通，于是她在路中间穿行。现在参加车尾野餐会的人大多开的是老爷车或花哨的敞篷车，这些车必须经过特许才能停在这里。从车牌上看，他们大多数来自纽约或康涅狄格州，都不是常年定居于此的人。

所有车辆上都装饰着水仙花——后视镜、车顶行李架和引擎盖上都绑着硕大的花束。人们的身上也装点着水仙花——它们被插在帽子上，或是被做成花环、胸花、腕花、襟花。大多数人专门应景地打扮了一番，衣着风格休闲又喜庆，用黄色衣服搭配水仙花配饰，但也有一些女士穿着优雅精美的春装和高跟鞋；有几位男士穿了泡泡纱西服，系着领带，像英国乡村里出门喝茶的绅士。整个场面就像肯尼迪家族

① 弗卢迪指道格·弗卢迪（Doug Flutie），前美国著名橄榄球运动员，入选美国橄榄球名人堂杰出运动员，是波士顿学院的杰出校友。——译者注

为迎接大斋节[1]到来而举办的狂欢节庆典。

这里看不到小啤酒桶，却有红酒杯、香槟杯、鸡尾酒杯，有配了绿橄榄和芹菜秆的“血腥玛丽”鸡尾酒。这里有草坪椅和牌桌，桌上铺着桌布——当然，正中央摆的是装满了水仙花的花瓶。桌上还堆满了食物，不是汉堡和热狗之类的快餐，而是考究的美食，是可以直接端上婚礼餐桌的那种美食——一篮篮的面包、各种奶酪拼盘、蛤蜊、寿司、沙拉和海鲜杂烩浓汤。

这里整体的气氛十分庄重文雅，虽然看上去每个人都在当众饮酒，但她确信其中很多人只能算是微醺，不会有谁醉到扰乱公共秩序的地步。没有人在现场重现“万福玛丽传球”[2]，没有人玩啤酒桶倒立[3]，没有人喝到吐，也没有人把上衣脱掉，用手指在胸前涂上“冲啊老鹰队”或是“你们弱爆了”。

眼前这些人不是来为挚爱的主场球队加油助威或是庆祝赛季连胜的，他们只是收拾好行李箱，乘坐飞机、汽车或渡轮穿行了数百英里，准备好了装满饼干、奶酪、大龙虾、红酒的午餐篮，盛装打扮，穿着古怪可笑的黄色套装，在4月里寒冷刺骨的一天开着车来到斯康西特，坐在路边，为了一种花朵而欢庆的。真是让人匪夷所思。

奥利维娅避免和任何一个人进行目光接触，她从马路中央穿过，

---

① 大斋节亦称“封斋节”，是基督教大斋期的前一日，如今已成为著名的狂欢日，人们会以化装舞会的方式庆祝这个节日。——编者注

② 万福玛丽传球指在美式橄榄球比赛中，在胜算极小的情况下，由四分卫和外接手完成的长距离传球，泛指险胜的一招。——译者注

③ 啤酒桶倒立是一种喝酒游戏。一般由一个人抓住啤酒桶的把手，其他人举起他的腿，让他边倒立边喝桶里的啤酒。——译者注

步伐轻快，好像正要前往一个明确的目的地，寻找认识的人，没有时间停留和驻足。空气中弥漫着湿润泥土的气息和甜甜的花香，还有海水和大蒜的味道。她的肚子“咕噜咕噜”叫了起来，她真希望自己刚才吃了个蓝莓司康饼，或是能咬上一口那边那个女人的龙虾卷。

把这场在路边举行的、稀奇古怪的庆典探了个究竟后，她心满意足地折回原路，回到车里，开往岛的另一边。她一边开车，一边欣赏着沿途让人愉悦的黄色花海。回到自家门前的车道时，她瞥见家中的前院里也出现了 6 朵水仙花，3 朵金黄色，3 朵白色，已经完全盛开，在风中摇摆着，好像很高兴看到她，在和她打招呼。她不知道是谁栽种的。她笑了，现在的感觉不只是饥肠辘辘，还意外地颇受鼓舞。

她用微波炉热了一碗蛤蜊浓汤，撒上了满满一层牡蛎苏打饼干。她拿起勺子、拿铁、沙发上的毯子、图书馆借来的书，坐在了前门走廊的一把摇椅上。只有已经变冷的咖啡、放了三天的浓汤、300 万株水仙花中的 6 株陪伴着她，这是只属于她的私家野餐会，庆祝水仙花节或那个不管被他们称作什么的节日。非常完美，或者至少可以说还不赖。

她喝了一勺浓汤，仔细端详着在风中颤抖的花朵。在楠塔基特岛 4 月阴冷灰暗的天气里，它们看上去难以置信地鲜艳、纤弱和勇敢。在这里当一株水仙花一定很难，它们大概也希望自己能在地下多躲上一个月，可惜对此没有发言权。它们体内的“生物闹钟”一定是碰到了“发芽开关”，命令每一个球茎开始萌芽生长——不管是在佐治亚州晴朗温暖的天气中，还是在楠塔基特岛依然宛如冬日的四月天里。年复一年，它们都准时绽放，周而复始。

她又喝了一勺汤，想起了斯康西特镇的那些人。离观赏水仙花的舒适天气尚有数月之遥，他们就已经欢聚在了一起。搞得这么隆重干吗？她喝光了汤，开始喝拿铁。她还是坐在门廊上，面朝花朵和阳光，感受着穿透寒冷的空气照射在脸庞上的暖意。她闭上双眼，沉浸在这微小的幸福中。

也许它们预示着夏天的到来。在经常蔓延至整个春天的、漫长阴冷的冬天结束后，也许水仙花就是夏天将要到来的征兆。就算奥利维娅没有在停电后重设她的时钟，钟表还是会嘀嗒地走着，地球会照常围着太阳转动，时间会继续前行。冬天终会结束，一切都会过去。数百万朵水仙花会盛开，岛上会重现生机，这预示着崭新的开始。

不管奥利维娅是否乐意，生活终究会重返到她的身边。她坐在门廊里，在她的水仙花旁举办着自己的野餐会，发现太阳已经跨越了整片天空，在她卧室的窗前经过。一定快到傍晚了，时间在流逝。

时间是良药，可以治愈一切伤痛。大家都这么说。

她看完了那本书封底上的文字，确定自己已经准备好，可以再次阅读和自闭症有关的书籍了。她感觉自己已经准备好了去面对发生过的一切，去回顾过去，去努力理解安东尼短暂的生命和离开人世的原因，去治愈自己的伤痛。但如果她已经有了足够的勇气再次面对自闭症，那就不应该只是读一本与自闭症有关的小说。她把从图书馆借来的书又放回屋里，没多久又拿着别的东西回到了门廊上。

现在的她精力充沛，吃饱喝足，感觉今天——水仙花节——正是个恰逢其时的好日子。她打开一本日记，从第一页开始读了起来。

2001年3月19日

今天我们带着安东尼去做之前预约好的一周岁体检。他已经有29英寸高，21磅[①]重了，身高和体重在同龄孩子中属于中等。他被扎了好几针，我可怜的宝贝儿子。我和他一起流泪了！我没法看他承受任何痛苦。我可以很自豪地炫耀他已经可以走路了。哈维医生说可以给他改喝全脂牛奶，再也不用买各种配方奶粉了，真好。

真不敢相信他已经一岁了！他长得真是太快了，已经开始变得不安分起来，只有在喂奶时才让我抱着，不然就执意要从我身上下去，自己四处探索。他再也不是依偎在我怀里的小婴孩了，已经正式长成了蹒跚学步的儿童。

这就是他的人生吧。他已经开启了“成长，离开，成为独立生活的小人儿”的漫长旅程。他注定要经历这些，但我希望一切不要发生得那么快。

这就是女人要当妈妈的原因。我们会忘记怀孕和生产带来的痛苦、不适和诸多不便，只为再次体会一个温暖的小身躯心满意足地依偎在我们怀中的幸福感觉。世界上没有任何喜悦可以与之比拟。也许我和戴维应该再做准备了，我们想要个大家庭，而我

---

① 1磅约等于0.45公斤，21磅约等于9.53公斤。——编者注

的年纪只会越来越大。

我问哈维医生，安东尼还不会开口说话，我们该不该为此担心，给予足够的重视？他说并不是所有宝宝一岁时都会说话，等到他大概15个月大时，肯定就能说出一些词语了。但玛利亚的孩子们一岁前都会说话了。我记得贝拉没过一岁生日时就会说“妈妈”“爸爸”“月亮”，还会用手示意“再来点儿”和“吃完了”。

哈维医生说女孩通常都比男孩说话早，所以不用担心。但我的确担心，我忍不住。他这就好比在对我说，请你不要有一双棕色的眼睛，但我的眼睛就是棕色的。我就是很担心，安东尼为什么还不会说话？

戴维一点儿都不担心，他说我对每件事都担忧过头了。我知道他说得对，我的确容易担心，但这和我平日面对日常琐事时，那种强迫症似的神经兮兮不一样；和插头没加防护板、安抚奶嘴没消毒、安东尼的配方奶粉可能进了虫子之类的担忧不一样。

我不知道他的听力是否正常。安东尼似乎听不到我说话，每次我叫他的名字，他都不看我。实际上，他几乎从未正视过我。有一天，我使劲儿拍着巴掌，他连头都没扭一下。他只是一直坐在地板上，望着玻璃推门外的露台，看叶子在风中飞舞，就好像我并不存在。

他耳朵聋吗？他不聋，我知道他不聋，可能我没向哈维医生提起这件事的原因就在于此。放音乐时，我看到他会跟着又蹦又跳。他特别喜欢听雷鬼音乐①。还有一次，我在厨房里不小心把平底锅掉在了地上，我看到他吓了一跳，然后就哭了。所以他绝对不是耳聋。那么我冥冥之中为什么反倒还有点希望他是呢？这个念头真可怕。老天爷，安东尼到底怎么了？请告诉我，他一切都好。

我到底在担心什么？哈维医生说他很好，戴维也觉得他很好。我确定他不会有事的。

我真是个自欺欺人的骗子。

① 雷鬼音乐（Reggae）：由牙买加流行音乐演变而来，不仅融合了美国节奏蓝调的抒情曲风，还加入了拉美音乐的热情，融合了瑞格舞、说唱和拉美音乐的元素，是一种很有节奏感的音乐。——译者注

第 7 章

贝丝已经茫然地盯着卧室里的衣柜看了20分钟，比她平时在这个位置待的时间要长19分30秒。衣柜是嵌在墙里的一个中规中矩的长方形壁橱，安着两扇推拉门。里面架着一根和柜子长度相同的杆子，杆子上方只有一层隔板，没什么花哨的地方。贝丝的衣服放在左边，吉米的衣服放在右边——或者说，曾经放在右边。

她拉开右侧的门，看到了这一侧的空间——空着的杆子，空着的隔板，底板上有些脏兮兮的积尘，需要她用吸尘器清理。她向吉米抱怨了多年衣柜太小，每次看到米基给吉尔造的步入式衣帽间，她都垂涎三尺。（衣帽间的正中央甚至还有张软垫凳可以坐下——可以坐下！）现在贝丝如愿以偿，柜中多了一倍的空间，她却无法下定决心把自己的衣架挂到他那边，或者把鞋挪到那边的底板上。她做不到。

她又把门推上，回到眼前急需解决的问题上来——要穿什么。贝丝这侧的衣柜就像家里的任何一个角落一样，干净整洁、井井有条。所有的衣架都是一样的——白色、塑料材质，而且朝向相同。从左到右依次悬挂着背心、短袖衫、长袖衫、连衣裙和半身裙。杆子上方的隔板上放着一小叠整齐的长袖运动衫和毛衣。底板上整齐地摆放着两排鞋子，运动鞋、雪地靴、皮靴、木屐、低跟鞋、凉鞋、人字拖，每种各一双。除运动鞋外，其他鞋都是黑色的，运动鞋刚买来时还是白的，穿了很多年后已经变旧发灰。

她的衣柜里几乎是清一色的黑，不是前卫时髦的黑，也不是纽约范儿的大都市新潮黑，甚至算不上哥特黑；一切都是枯燥的黑色，保守又无趣的黑，“这没什么好看的”的黑，不引人注目的黑。除了黑，只剩下灰和白。

她用手指拨过一件件衬衫，那些都是棉质的圆领或高领直筒型衬衫。毛衣都很长很宽松，能盖住她的屁股。她拿起一件中性的黑色T恤衫，它的领口在脖子下方，可能会和牛仔裤很搭。但她的牛仔裤不适合穿去“索尔特”，它们全都松松垮垮、舒适实用，很适合开着小面包车接送孩子、打扫卫生、坐在沙发上，或是做园艺，但都不适合穿去“索尔特”，一点儿都不适合。

她拿出仅有的两条连衣裙，把它们并排放在床上。它们都是黑色的，但都无法被称为“小黑裙”①。第一条是她参加守灵和葬礼时穿的——高领长袖，没有腰身，下摆直到脚踝。她买这条裙子，最初是为了参加吉米父亲的葬礼。当时她很喜欢，因为裙子看起来恭敬得体且平淡无奇，也就不会引起任何关注。但现在好好打量了一番后，她觉得很丢脸，它就像一件参加学校戏剧表演时穿的戏服，而她要扮演

① 小黑裙由法国时装设计师香奈儿设计，为简洁、优雅的黑色裙装，因为风格经典而适合在各种场合穿着。——编者注

的角色是17世纪基督教公谊会的一位老处女。

她看着另一条裙子，希望它能成为自己的救星。那是条低圆领、短袖、高腰的黑裙子，裙摆飘逸，刚刚长过膝盖，看着还算不错，至少说得过去，甚至还有点小性感。她把它举起来，在卧室门后的穿衣镜前打量自己，努力想象着自己穿上这条裙子是否会好看，然而她突然想起了上一次穿它的情景，任何期待自己变漂亮的念头瞬间都成了痴心妄想。她看了看领口的标签，上面写着：咪咪孕妇装。上一次穿这条裙子时，她还怀着格蕾西，已经9个月了。就算这是她最性感的一件衣服，就算没有人会看到标签，她也不能穿着一件孕妇装去"索尔特"。

她一边咬着指甲，一边仔细端详着仅有的两条连衣裙，心烦意乱。她把它们放回原处，继续在她那堆老气过时又难看的黑衣服里翻找着。她做不到，她去不了，真的不行。

她抓起床头柜上的电话，拨了过去。

"我去不了了。"她对佩特拉说。

"为什么去不了？"

"我没有衣服穿。"

"你多大了，16岁吗？穿件黑上衣和短裙就行。"

"我要先去买衣服，我们下周末再去吧。"

她需要抽出时间，先去一趟海恩尼斯购物中心。去那儿需要买船票，还要搭乘客车，无异于一趟短途旅行，既麻烦又费钱。镇中心商店里的衣服她肯定买不起，但就算她买得起，那里99%的衣服她也打死都不会穿（哪怕他们免费赠送）。她完全无法理解那些不差钱、什么都买得起的女人为什么会选择印着菠萝图案的连衣裙，带亮片和小狗刺绣、颜色如碱式水杨酸铋止泻药包装盒的亮粉色上衣，以及有海星和鲸鱼图案的短裙。

“下周末就是费贾维帆船赛了，我们肯定挤不进酒吧。走吧，这事儿你都拖了一个月了。化点妆，戴点首饰，你肯定会很美的！”

她说得对。下周末是阵亡将士纪念日①，要举办费贾维帆船赛——那是一场从海恩尼斯出发，穿越海峡到达楠塔基特海港的国际知名帆船竞赛，也标志着楠塔基特岛火热而盛大的“夏日狂欢季”正式拉开帷幕。届时，整座岛上充斥着各种海滨烤蛤野餐会、花样百出的募捐集会、颁奖仪式，以及各式各样的派对。所有餐厅都会人满为患。

“我不知道。”

“你到底想不想去看看那个女的？”

“想吧，但是……”

“那我们就一起去瞧瞧。”

“她长得怎么样？”

在接下来的漫长沉默中，贝丝用手捂着嘴，屏住了呼吸，太阳穴处的脉搏和心脏一起剧烈跳动着。自从上个月的读书会后，有很多次她都想问佩特拉这个问题，但对方可能说出的每一个答案都抑制住了她提问的冲动，她最终还是选择了沉默。如果安杰拉很美，那就说明

---

① 阵亡将士纪念日（Memorial Day）是美国的一个节日，旨在悼念于各场战争中阵亡的美军官兵，时间是每年5月的最后一个星期一，与周末连在一起，有3天的假期。——译者注

贝丝很丑，而且被形容为“丑”已经算是宽容，“奇丑无比”才是贝丝认为最适合自己的，比她衣柜里任何一件黑乎乎的衣服都要合身；如果安杰拉并不美，那她一定温柔、幽默或迷人，在某个方面有着贝丝自叹不如的地方，要不然吉米也不至于误入歧途。总之，如果安杰拉很漂亮，贝丝就很丑；如果安杰拉很丑，贝丝就是个泼妇。不管吉米看上了她的哪一点，贝丝都是它的反义词。

“今晚我们过去看看就知道了。”

“是，可你以前见过她啊，你觉得她怎么样?”

“跟你比差远了。”

贝丝笑了，目光还是回到了衣柜上：“等费贾维帆船赛结束后再去怎么样?”

“今晚就去行不行?”

“佩特拉，我不是非去不可。”

“说得对。”

“但我受不了不知道她是谁。”

“那不就得了。”

贝丝咬着大拇指：“我能借一下你的绿松石项链吗?”

“没问题。快 7 点的时候我过去找你，这个时间可以吗?”

“嗯。”

“现在还没到中午呢，你不能再在屋里待着了，离你那衣柜远一点儿。”

“可以，但我先得想好穿什么。”

“黑上衣，短裙，绿松石项链，这就很好啦。晚上见。”

黑上衣和短裙。她拿出自己的白色宽摆裙，琢磨了一下，然后来到走廊，站在墙上最新的一张全家福前。这张照片是去年夏天在米亚科美海滩上拍的，那时她穿的就是这条裙子。照片中，她、索菲和格蕾西都穿着白裙子和黑上衣，吉米和只愿穿裤子的杰西卡则穿着白短裤和黑上衣。

这张照片拍得很漂亮。他们全都坐在海滩上，身后是野草、淡淡的白云和柔和的蓝天。吉米把手放在了她的膝盖上，触碰着她的裙子——就是现在她手中的这条裙子——那么自然从容。

她想起他们从前的时光，在那些甜蜜约会中，在新婚宴尔的时候，每一次他触碰到她，哪怕是不经意的一下，她也能感受到——真真切切地感受到他双手的吸引力和触电般的热度，以及两人之间电光石火般的奇妙化学反应。那种感觉去哪儿了？

拍这张照片时，他就已经出轨了。贝丝紧闭着双眼，压抑着自己的情感，努力保持平静。吉米抚摸安杰拉时是什么感觉？他也会体会到那种电光石火般的奇妙化学反应吗？他抚摸——或者说曾经抚摸——贝丝时又是什么感觉？她睁开眼睛，往后退了一步，整面墙上的照片尽收眼底——7 年来的每一张全家福以及她和吉米在结婚那天拍的一张黑白照。她望着墙上每个人的笑脸。这是她幸福的家庭，这是她的人生。她咬紧牙关，眨了眨眼睛，把眼泪憋了回去。她的人生是场骗局。

她将两只稍稍向右倾斜的相框扶正，回到卧室，爬上了床。躺在床上的感觉真好，会觉得自己很安全。

而且她知道在床上该穿什么衣服。她穿着粉色的旧法兰绒睡衣，绒面上布满粗粗的球结，这是她颜色最鲜艳的一件衣服。她应该穿着睡衣去“索尔特”，这一定会给人留下深刻的印象，只不过不是她期望的那种印象。

但她到底期望给人留下哪种印象呢？她更希望不会有人注意到她。她可以乔装打扮一下，戴上假发和墨镜，这样就可以在观察别人的同时又不被发现。但她也幻想过吸引所有人的目光，她可以昂首阔步地走进“索尔特”，看起来自信而性感（是那种高雅的性感，而非廉价的性感），就算做不到，至少也要把安杰拉比下去。但她不知道安杰拉的样貌，也就很难设定自己的目标。贝丝很害怕会被这个女人在暗地里抓住什么把柄，让她获得更多的优越感——其实，她现在也许就很有优越感了。不幸的是，照现在的情形看，这种情况很有可能出现。贝丝觉得自己既不自信也不性感，走起路来从不昂首阔步。她望向自己可怜巴巴的衣柜，翻了个身，闭上眼睛，把毯子掖在下巴底下。

她紧闭着双眼，想象吉米正摇晃着调酒杯，往杯子里倒酒，然后看到她和朋友们一起昂首阔步地走进酒吧，立刻目瞪口呆；她想象着他把她拉到一边，告诉她自己的离开是多么愚蠢；她想象着他就在酒吧里，当着安杰拉的面，恳求她允许他回家。

她在脑海中导演着“索尔特”的整场戏，满意地笑了。她甚至还虚构了安杰拉的形象——这个女人一败涂地，濒临崩溃，顶着一头乌黑光亮的头发，眉毛浓密，浓妆艳抹，穿着一件氨纶面料的连衣裙（一种廉价的性感）。但在这场虚构的白日梦里，她唯一想象不出来的就是她自己的样子。

该死，我到底该穿什么衣服？

她这才想起来，每周至少有一次，她都要回答索菲这个可笑的问题。索菲是个觉得自己马上就要年满 18 岁的 13 岁小姑娘。当另外两个女儿已经穿戴整齐，站在门口等着她，准备好要出发时，索菲依然待在房间里，衣冠不整，衣服扔得到处都是，大哭大喊："我不能去上学！我没有衣服穿！"

和索菲的"时尚危机"相比，贝丝更担心的是女儿们上学迟到，所以她通常都草草挑些衣服给她，再耍耍嘴皮子，用再明显不过的花言巧语哄骗她：

"你这样就很漂亮，做你自己就好，穿什么不重要。快点，我们走吧！"

现在贝丝明白了，索菲为什么听后会翻个白眼，然后哭得更凶。她应该向女儿道个歉，然后带她去一趟海恩尼斯购物中心。

她琢磨了一下自己给出的那个建议——做你自己。但她是谁呢？她是吉米的妻子，是一个母亲。如果她离了婚，就不再是詹姆斯·埃利斯太太了，而只是一个母亲，这会让她失去一部分自己吗？她很害怕事情会变成这样，而且已经切实感受到了那种恐惧，就好像外科医生已经拿着手术刀切开了她的腹部，切除了她完整的自我中不可或缺的一部分。没有吉米，她感觉自己很陌生。怎么会这样？她变成了一个什么样的人？

她又翻了个身，看着自己的衣柜。里面井然有序，这就是她，但是她并不存在于那里。她坐起来，望着卧室门后镜子里的自己——齐肩的金发乱蓬蓬的；蓝色的眼睛黯淡无光，眼窝深陷；粉色的睡衣上起满了球。*这不是真正的我。*

她又从床上下来，回到走廊的照片墙前。最近拍的那些照片都只体现出了她妻子和母亲的身份。她一直很满意自己在这些照片中的模样——头发因为湿润的空气并没有弯曲得太厉害，化着淡妆，指甲修得干净整齐，衣服熨得平整服帖。但现在细细看来，就会发现她的笑容很勉强，很不自然，肢体僵硬，像在刻意地摆姿势，看上去就像她本人的纸板剪影。她随着照片墙上倒流的时光，望向最早的那张全家福和结婚照，那两张照片上的她更接近于她认同的自己，那时她的笑容流露出一种毫不装腔作势的自由自在，她的眼睛明亮而快乐。那个女人去了哪里？

不知怎么，她抬头看了一眼天花板，突然间，答案仿佛从天而降——阁楼！

她踮起脚尖，拉了拉垂在空中的白色绳子，木楼梯降了下来。她沿着楼梯爬了上去，一股强烈而污浊的热气立刻迎面而来。已经快到5月底了，虽然天气很晴朗，但气温尚未回升，只有十几度，然而阁楼上滞留的热气却让她的肌肤感受到了夏季的灼热。

在下定决心走进去之前，她犹豫了片刻。阁楼的屋顶很低，是有坡度的斜屋顶，而且木质的天花板上到处都是探出头来的钉子，让人无法站直身子。地板也没有铺完，只有阁楼中间铺着几块长至房间两端的木板，像是在粉色的隔热材料海洋上架起的桥梁。

贝丝不喜欢上来，既担心自己会忘记天花板的低矮，被上面的钉子刺穿脑袋，又害怕会不小心踩空木板，跌下脆弱的玻璃纤维地板，摔到下面的客厅。所以她基本上每年只来两次——感恩节过后把圣诞节装饰拿下去，元旦过后把圣诞节装饰拿上来。上来放下东西，然后就下楼，从未在这里多待过一秒钟。

阁楼最深处散落着一些吉米的东西——几根钓鱼竿靠在倾斜下来的屋顶上，有两根已经滑落在地；几张渔网缠绕在一起；几个钓具盒，其中一个敞着盖子；一堆高尔夫球杆互相交叉着散落在地上，像挑竹签游戏①里的竹签；还有一个空无一物的高尔夫球包、一只高尔夫球鞋、一块冲浪板、一个捞蛤耙和一只水桶。

“吉米。”

她把双手搭在屁股上，默默在心里咒骂了他一句，抑制住了走过去整理的冲动，这不是她上来的目的。

除去他那一堆乱七八糟的破烂儿，阁楼上还分开放着三个落地电扇和两个挂式空调。还有六只塑料整理箱，上面都用胶带贴着她用黑色记号笔写的标签，整齐地码成一排，标签上分别是：圣诞节、万圣节、冬装。每样两只。

写着“冬装”的两只箱子都是空的。现在她和女儿们早晚都还穿着冬天的衣服，而且因为地面终于彻底解冻，迎来了最泥泞的时节，冬靴也充分发挥了用途。每年这个时候，再过上一两周，吉米就会听从贝丝的指示，把所有冬季的装备搬上阁楼，再把电风扇和空调搬下去。想到这里，她叹了口气，发现从今年开始，这就变成了她的活儿。

还有一只整理箱单独放在最里侧，上面写着“贝丝”。盖子上积了很多灰尘，她至少有10年没打开过它了。她在箱子边盘腿坐下，掀开

① 挑竹签游戏是一种儿童游戏，玩家要从散落的竹签堆中，拾取最上层的竹签，但只能移动其中的一根，不能碰到其他竹签。最后谁挑出的竹签最多，谁就是胜利者。——译者注

了盖子，对可能在里面发现的东西感到既兴奋又紧张。

她拿出的第一件东西是一只红色飞盘，上面有她“极限飞盘队”队友们的签名。她把它拿在手里，仔细翻看着写在上面的每一句话和名字。强尼·C！他是她在里德学院的四年里一直暗恋的对象。她已经有很多年没想起过他了。他是那么温柔体贴，去读了医科大学的预科。她不知道他现在身在何方，可能已经成了某个地方的知名医生，而且没有背着妻子出轨。

她又翻出了一沓用橡皮筋捆着的票根——滚石乐队演唱会的门票、百老汇音乐剧《吉屋出租》的演出票、太阳马戏团的演出票、大都会博物馆的参观门票、从波特兰到纽约的机票、从波特兰到新墨西哥的机票，甚至还有电影票根，每一张上面都记着当时与她在一起的朋友或男友的名字。她不记得上一次听的演唱会是什么了（可能是滚石乐队的吧），而上一次坐飞机是从纽约到楠塔基特岛，买的是单程票。她很想念一放假就到处旅行、看百老汇音乐剧、逛博物馆的日子（女儿们到三年级时，她跟着他们全班一起参加的捕鲸博物馆之旅不包括在内）。

她一张张地翻阅着大学时期的学生卡，在派对上或暑假时拍的照片，为照片中自己蓬松夸张的发型和水蓝色的眼线大笑。20 世纪 90 年代啊！

然后她找到了一沓生日贺卡，顿时变得犹豫起来，等待自己鼓足情感上的勇气。那是妈妈写给她的 8 张生日贺卡，从 16 岁花季开始每年一张。她从头到尾读了一遍，珍视着贺卡上亲手写下的一字一句以及每一张落款处的“爱你的妈妈”。每当泪水溢满眼眶，视线变得模糊，看不清眼前的字时，她就用睡衣袖子擦去眼泪。

在贝丝搬去楠塔基特岛之前的那个夏天，妈妈做了乳腺癌手术。医生说病灶已经被去除干净了，术后她还接受了放射治疗和化学治疗，每一步都按照标准程序来，一切看起来都很好。

到了9月份，贝丝搬去纽约时，妈妈的头发已经掉光了。那是她大学毕业后的第一份工作，在《悦己》杂志做一名助理编辑。妈妈坚持让她离开，开始自己的新生活，并向她保证自己会很好。

但事实并非如此，病灶并未被去除干净。11月，她再次接受了手术，这次切除了整只乳房和一些淋巴组织。贝丝的心都揪紧了，如果第一次手术时就这么做该有多好。医生再次表示，他们清除了病灶。贝丝和妈妈一起在感恩节庆祝了一番，如释重负，充满感激。

然而，她们还是高兴得太早了。早在医生切除妈妈的乳房之前，一些微小的癌细胞就已经冲出了乳房，在妈妈的身体里游荡，寻找新的藏身之处。它们先是看中了她的肝，然后是她的肺。1月份，她去世了。

贝丝握着最后一张生日卡片，望着她最后一次写下的“爱你的妈妈”。那是她过23岁生日时收到的，那时她从未想过妈妈将再也无法陪伴她度过24岁、30岁和38岁生日。

她经常会想，如果妈妈在世，她是否还会嫁给吉米。妈妈的葬礼结束后，她几乎无法下床，无法出门上班。她记得虽然自己当时的工作只是接电话、收发传真和安排会议这些基本不用动脑子的日常公事，但她依然无心工作。她记得自己在许多很不专业的时刻，都努力忍着不让泪水决堤。她需要清静一下。她艰难地熬过每一周，一直挨到了6月。她辞了职，离开了纽约，去了楠塔基特岛。

她从妈妈那里继承了一小笔遗产，足够她和三个朋友一起在楠塔基特岛上租一所小房子过夏天，到了秋天再去读研究生——她已经被波士顿大学的创意写作专业录取，即将去读艺术硕士。除此以外，她再无其他计划，没有计划认识吉米，也没有计划和他坠入爱河，更没有计划嫁给他，和他组建一个家庭，而不是回归校园。

但她的确这么做了。劳动节那天，当她的朋友们坐上飞机，返回现实世界时，贝丝却留了下来。一年后，她和吉米结婚了。又过了一年，索菲出生了。

她经常会想，如果妈妈还在，她会怎么看待吉米。她大概不会喜欢他，而现在自然就更不可能了。妈妈对男人一向评价不高。贝丝三岁的时候，父母就离婚了，四岁后再也没有见到过爸爸。在她的记忆中，妈妈离婚后也从未约会过。她将全部精力放在了养家糊口和抚养自己唯一的孩子，也就是她的女儿身上。

贝丝又往下翻了翻，想要寻找一张照片。她知道它肯定在里面，最后在箱底找到了，它压在所有东西下面，是她保存的唯一一张有爸爸的照片。照片上，他穿着一件白色的男式汗衫，戴着黑框眼镜，浅棕色的头发已经开始脱落。他面带笑容，胳膊看起来很强壮，搂着坐在他大腿上的贝丝。她金色的头发扎成两个小辫子，穿着一件粉色的礼服裙。那是她两岁生日时拍的，她也在笑，他们看上去在一起很开心。她对于照片中的这个男人和那时年幼的自己已经毫无记忆，但她相信这就是他们父女二人。照片背后是妈妈的字迹，写着“丹尼和贝丝，1973 年 10 月 2 日”。她深深叹了口气，把照片重新塞回箱底。

她把那沓妈妈写的生日卡片紧紧抱在胸口，她很想念她，尤其是现在。她微笑着，用袖口轻轻擦拭了一下湿润的眼眶，沉浸在了对女儿们苦乐参半的思绪中。妈妈也许不会中意吉米，但一定会很爱这几个外孙女。

贝丝把贺卡放回箱子，又从里面抽出了一本平装书，是娜塔莉·戈德堡写的《再活一次：用写作来调心》①。这本书曾让她相信，自己有一天也可以成为一名作家。可是这本书为什么会被压在这里，而不是摆在客厅的书架上，或是床头柜上？

她刚搬到这里生活时，为《昨日岛屿》撰写过事件报道，虽然没有引起什么惊天动地的轰动，但至少在动笔写作，并能够因此获得酬劳。杰西卡出生后，她换了一份更好的工作，成为《问询者与镜报》的专职撰稿人。但在格蕾西出生后，她感觉自己已无力兼顾工作和抚养三个年幼女儿的重担，于是辞去了报社的工作。但在那之后，她好一阵子都笔耕不辍。

她还找到了自己以前写的随笔、诗歌和短篇小说，找出了自己的笔记本——普通的螺旋装订笔记本，破旧松垮，上面密密麻麻地挤满了蓝色墨水写出的字迹。那里有她的写作练习，短篇小说的构思，短文，她的想象、想法和情感，她柔软而真实的内心世界，它们就这样白纸黑字地呈现在这个 A4 纸大小的横格本上。她草草浏览着，被其中一页吸引，专心读了起来。那是一个短篇故事，讲的是一个心思独特的小男孩生活在自己想象出的一个离奇又美妙的世界中，严守着它的

① 《再活一次：用写作来调心》（*Writing Down the Bones*：*Freeing the Writer Within*）：美国优秀诗人和散文作家娜塔莉·戈德堡（Natalie Goldberg）的著作。本书是她多年创作与教学经验的总结，是教授创意写作的经典之作。——译者注

界线，决不越出半步。她还记得当初写这个故事时的背景——大概是六七年前的一个上午，她带着女儿们到海滩上玩耍，看到一个玩石头的小男孩，从他身上获得了灵感。她曾经从这里的日常生活中找寻写作的灵感，她曾经将它们用笔记录了下来。她是什么时候停笔的呢？她的生活从何时起变得没有灵感了？她的灵感什么时候枯竭了？

她还找到了一个崭新的笔记本，把它拿在手中，郑重地向自己许了个诺，然后先把它放到一边。

接下来是衣服——一件母亲的人造豹纹外套，一条皮裤（是摇滚歌星范儿的黑），一条粉橙相间、印着几何图案的戈尔迪·霍恩[①]同款连衣裙。她曾经非常喜爱这条裙子，去哪儿都穿着它——派对、舞厅、婚礼、和吉米第一次真正的约会。

她小心褪下身上起了球的睡衣，把头套进裙子里，同时避免碰到倾斜的天花板。出乎意料的是，裙子竟然特别合身！她无须去卧室的穿衣镜前审视自己漂不漂亮，她心里很清楚。

她又找出了一大堆廉价的首饰——大得夸张的银耳环、五颜六色的塑料手镯、一大堆莱茵石、一团缠绕在一起的项链，都很有麦当娜在电影《寻找苏珊》里的造型风格。她把一枚月长石戒指戴在右手的中指上，欣赏起来，纳闷自己当初为什么会把它包好收起来。

她不知道自己为什么会把这里的任何一件东西打包装箱，部分原因一定是她从纽约迁到楠塔基特岛后，想要适应当地的风格。楠塔基

---

① 戈尔迪·霍恩：美国女演员、导演、电影监制，1969 年获奥斯卡最佳女配角奖。——编者注

特岛的常住居民穿的是户外品牌“里昂比恩”宽松肥大的夹克和防水连靴裤，他们不穿戈尔迪·霍恩的同款裙子，也不戴心情戒指①。还有一部分原因应该是前后三次怀孕导致的身材臃肿和体重增加。那条紧身的摇滚歌星皮裤在很多年前就已超出了她所能驾驭的范围。但撇开皮裤不说，其他东西——那些笔记本、衣服、照片和贺卡——都体现着她生活的点滴、她的过去、她的冒险精神和穿衣风格、她梦想过的未来。

这才是我，她盯着箱子里的东西想。

过去，她和吉米会在家里即兴举办派对，就算家里只有一包薯片、半打啤酒和一瓶廉价红酒也不要紧。受邀的朋友都会带点吃的过来，他们总是有很多朋友，总是玩得很尽兴。她和吉米已经很久没办过派对了。后来不知怎么，派对变了味儿，不再源于“嘿，今晚叫几个朋友过来玩玩怎么样”这种一时兴起、说办就办的简单念头。他们开始规划，开始做饭，还要事先打扫房间，一切都要恰到好处。她不再记得有什么乐趣可言，只记得她和吉米在准备过程中遇到紧张棘手的情况总会爆发争吵，直至最后一位客人离开，她的怒气和不满还憋在心里，隐隐作痛。

她曾经穿着蓝色、绿色和橙色的衣服，她曾经是个活力四射的人，她曾经在胖女士海滩的海水中裸泳，她曾经随着自己喜欢的音乐翩翩起舞。而现在，她在海滩上时会在泳衣外面套一件宽松肥大的罩衫，她只听女儿们想听的音乐，一般都是“小甜甜”布兰妮或是迪士尼频

① 心情戒指：一种可以变色的戒指，不同的颜色代表佩戴者不同的心情。——编者注

道里眼睛像小鹿斑比一样的少女唱的歌。

她曾经写作。

她不敢相信她把真实的自己塞进了一只箱子，多年来束之高阁。不过，她至少没把自己捐赠给慈善旧货店，或者更糟——直接丢出屋外。她继续在箱子里摸索着，跟随着每一个物件，沿着时光的轨迹缅怀往事。最终她发现了那个盒式吊坠，那是吉米送给她的第一份礼物。她打开这只光滑黯淡的心形银质吊坠盒，放在掌心里。在盒中的照片上，她和吉米正在接吻，那时的他们沐浴在爱河之中。她仔细端详着他俩，好像在看另外两个人，两个她曾经十分喜爱的老朋友，两个搬去了远方、失联已久的人。她的情绪低落下来。曾有很多年，她每天都戴着这条吊坠，特别喜欢。后来的某一天，她也记不清到底是什么时候，那颗银质的心开始失去光泽，曾经看起来崭新、浪漫而精致的东西突然在她眼里变得陈旧、乏味和幼稚起来。她厌烦了整天戴着它，于是把它收了起来。

她小心翼翼地站起身，避免碰到屋顶或往旁边迈得太远。贝丝把整理箱拖到楼梯口，然后拿到楼下，搬进卧室。她一边用屁股顶着箱子，一边拉开衣柜的门，把箱子扑通一声重重地放在了吉米的那侧。她把《再活一次：用写作来调心》以及旧日的笔记本（包括崭新空白的那一本）放在了床头柜上，看着它们点了点头，然后把吊坠挂在脖子上扣好，用手指摩挲着它的表面，看着门后镜子里的自己。

这就是我。

去“索尔特”，她准备好了。

第 *8* 章

离日落还有一个小时。奥利维娅手里拿着相机，走在胖女士海滩上。最近每天晚上，她都会来这里走一走，也终于明白了为什么摄影师们会把这个时段称为“神奇时刻”。白昼进入尾声，日光不再从头顶的天空中直射下来，而是从海平线处用余光照耀着这方土地，将一切笼罩在柔和的光彩之中。此时的色调显得更加饱满、璀璨和浪漫。的确神奇。

整个春天，奥利维娅出门散步时都没有带相机，她找不到丝毫的灵感。所到之处，一切都笼罩在灰暗的色调中。然而这个周末，无处不在的灰色似乎开始消散，然后彻底消失，仿佛天气终于足够温暖，以至楠塔基特岛愿意拉开身上灰色冬装的拉链，脱下衣服，显露出这座海岛原本摄人心魄的美丽。在这个时刻尤其如此，天空中美得不可思议的各种蓝色逐渐和大海、清爽的苹果绿色海滩草叶、光彩夺目的海滩融为一体，很快又和令人惊叹的日落，以及逐渐下沉退出视线的色彩渐浓的红橙色夕阳融为一体。整片天空逐渐浸透在鲜亮的粉色和薰衣草般的淡紫色中，而更加不可思议的是，它每一秒都比上一秒更为壮观。万事万物都在热切地恳求她按下快门。

奥利维娅喜欢把尼康单反相机拿在手中的感觉，她承认那些外形小巧、机身轻薄、扑克牌大小的相机更加便于携带，从技术层面来说也能满足她的大部分需求，但感觉更像是廉价的玩具。相较之下，她还是喜欢她这台笨重的尼康，喜欢食指按下快门时发出的灵敏的“咔嚓”声，手动对焦时手指的转动，以及它沉甸甸的质感。

这让她想起，她曾经如此喜爱自己编辑的新书新鲜出炉时的手感。它汇聚着作者多年写作的心血和她数月的编校成果，封面崭新光滑，上面的文字可能还做了起鼓工艺，沉甸甸的手感让人心满意足。她仍然喜爱纸质书的质感，虽然她也承认那些轻薄灵巧的电子阅读器用起来很方便，却无法像一本实体书那样带给她真实立体的三维感官体验。

她沿着水边行走，不时驻足，捕捉一下海平线的全景、一只贝壳或矶鹞的近景、远方遛狗女人的剪影。前几个月，她在这里散步时，还可以拥有彻底的孤独，几乎可以肯定自己是孤身一人，想待多久待多久，而现在已然不同，总会有其他人出现。整座海岛都已苏醒过来。奥利维娅一边走，一边意识到自己和周围的世界是多么不合拍，步调是那么不一致。笼罩着她的灰暗色调还未消散，她的心里依然是寒冷的冬天。她感觉她是自己生活的旁观者，而非切身经历者。她看着这个生活在楠塔基特岛上的女人，看着她喝咖啡、读日记、散步、拍照，就好像在看一部电影，一部讲述一个无聊的女人在一个无聊的地方的无聊电影，一部她会关掉或换台的电影。但不知为何，她却一直目不转睛地注视着屏幕，好像如果继续看下去，就会有什么事情发生。

从某个方面来说，有件事的确很快就要发生——她需要在这里找份工作。即便像她现在这样苟活于世，依然避免不了日常的开销花费。戴维同意支付她在这里头半年的生活费，这意味着他给她“救济金”的日子已所剩不多。她要么在这里找个营生，要么只能卖掉房子搬走，或许会回到佐治亚州，离妈妈、姐姐玛利亚和家人们近一些；或者她也可以干脆卖掉房子，逃到一个更偏远的地方，例如南太平洋上的一座小岛，从此彻底消失。

她的确考虑过彻底消失。自从她搬来后，报纸已经刊登过数起楠塔基特岛上的自杀事件。心理学家和专家顾问们会一起讨论，为何自杀事件在楠塔基特岛上会比其他地方更为常见，并将其归咎于这座与世隔绝的孤岛上漫长无望的冬季引发的抑郁症和季节性情绪失调。她想象过自己的名字也出现其中，成为一篇类似的报刊文章中的话题人物。她很明白那种感受，每天早上睁开眼，一种几乎无法承受的虚无在面前展开，紧接着脑子里就会冒出一连串的问题：

为什么？

安东尼为什么来到这里？

他短暂生命的意义是什么？

没有答案。

我为什么来到这里？

为什么？

没有答案。她从未得到过答案，在她的祈祷和梦里，在她迄今为止写过的日记里和她曾经信仰过的上帝和教堂那里，在胖女士海滩神奇的日落里，都没得到过答案。她一方面已经接受了这些问题永远不会有答案，人这一生没有任何意义的事实；另一方面却依然继续寻找着，用内心最深处的真诚，一遍又一遍地追问着，每天无数次地重复这一循环，坚持不懈。

就好像得了自闭症一样。

每天问完最后一个“为什么”，随之而来的寂静总是飘在空气里，回荡许久，然后就消散在无尽的虚无之中，将她留在彻底而痛苦的孤独里，让她经常希望自己可以立刻消失，和她的问题一起消失在虚无之中。但她内心深处有种力量依然坚持着，不肯放弃，历久弥坚。于是，她就这样观望着，观察着，等待着。不久后，她就要去找工作，但找什么样的工作呢？她能在这里做什么？

我为什么来到这里？

为什么？

她蹲下身来，从取景框中望向远方，调好焦距，拍下了一张海岸的照片——白色的泡沫、湿润的带有金属光泽的海滩、一层层流动的蓝色。她抬起头，看到一只海豹在拍岸的浪花里露出了滑溜溜的黑脑袋。她把镜头拉近，按下了快门，然后继续拉近，她可以清晰地看到海豹圆滚滚的黑眼睛，好像在直视着她。她放下相机，和它互相凝视了很久，然后海豹扎进水里，消失了，留下她一个人。

身后忽然传来一连串的声响。她回头望去，看到两个小男孩朝着大海，朝着她的方向跑来，一边跑一边笑着。他们的妈妈一侧肩头上背着一只大大的海滩包，身前的腰凳上坐着一个还在学步的小娃娃，整个人被压得有些下沉，因此追不上他们，只能在后面大声嚷嚷，警告他们不要下水。孩子们的爸爸起初和她并排前行，后来追了上去。他们全都光着脚，穿着一模一样的浅蓝色汗衫和卡其裤。

在两个儿子的脚趾就要碰到浪花时，爸爸及时追上了他们，用胳膊把他们夹了起来，一边一个。两个男孩放声大笑，爸爸夹着他们转圈，直到眩晕，摔倒在地，三个人在沙地里扭作一团。

“你是丽贝卡吗?”

“谁?”奥利维娅问，她并不是没有听清这个妈妈的问题，而是没有完全反应过来，还不习惯有人会在海滩上和她搭话，不习惯任何人穿透那层依然紧紧包裹着她皮肤的灰色。

“你是那个摄影师吗?”妈妈问，朝着她的尼康相机点头示意了一下。

“我吗？不是。”

“不好意思，我以为是你呢。”妈妈回头看了一眼停车场，叹了口气，把腰凳上的孩子往上拉了拉，孩子则挣扎着想下来。“我不知道自己还能确保他们仨干净多久。麦克斯！不行!”

麦克斯是老二，奥利维娅猜测他大概 5 岁，正在海滩上追逐一只海鸥。他跑得很快，对妈妈的警告毫不理睬。爸爸赶快追了上去。

老大大概 8 岁了，慢慢走到了妈妈身边。没有了弟弟这个竞争对手，他对冰冷的水已经失去了兴趣。他站在妈妈身边，握住了她空着的那只手。

对于奥利维娅来说，这三个男孩都既熟悉又陌生，就像一把双刃剑的正反两面，每一面都可以将她劈成两半。他们身上都有安东尼的痕迹——他 2 岁时的小脚丫、5 岁时的小腿、8 岁时的小手。

麦克斯毫不理睬父母让他停下来的呼唤，在海滩上奔跑着。他很像安东尼，但又和安东尼完全不同。他上蹿下跳，眼中闪烁着光芒，露出淘气的笑容。他正在尽情玩耍，还要父母加入到自己的游戏当中。“来追我啊！”被抓住后，他会很开心。

安东尼在海滩上奔跑时，是想要感受坚硬的地面给他的关节带来的冲击，感受清凉的风吹过皮肤，感受脚趾间热乎乎的沙粒，然后跑进他在这个世界上最爱的水中。他跑起来时，也不会理睬她和戴维让他停下来的呼唤，但这从来不是一场邀请他俩加入其中的游戏。

摄影师到了。爸爸带着老二往回走，把他像一只橄榄球一样夹在胳膊底下。妈妈把所有人都召唤到一起，鼓励儿子们露出笑容。

“看着我。”摄影师说。奥利维娅猝不及防地打了个冷战。

看着我。

这三个字她听过成千上万遍——从她自己和戴维口中，从进行一连串应用行为分析的医生和进行言语矫正的语言治疗师口中。

“安东尼，看着我。”她把一筒品客薯片举到自己的鼻子前说。

“安东尼，看着我。”她屏住自己的呼吸。

“安东尼，看着我。”但他不会这么做。

最小的孩子把脑袋朝后仰去，伸直四肢，大哭起来，小脸涨得通红，眼睛紧闭着。妈妈把他递给爸爸，然后从海滩包里掏出一个还未拆封的玩具，递给了摄影师。那是一个卡车玩具，一个诱饵。她很聪明。

“快看这辆卡车。”

这一招果然奏效。小娃娃的注意力被卡车吸引过去，摄影师特意把它放在了自己的头顶上。孩子的哭声止住了，他伸出了手指，指着玩具说：“我的。”

直到这一刻，奥利维娅还在怀疑他是不是自闭症谱系障碍[①]患者。她之前已经断定，老大和老二的精神状态很正常，但对于这个被妈妈放在腰凳上的学步幼童，她还下不了定论。安东尼被确诊后，她每看到一个男孩——无论是学龄前儿童还是青少年，无论是她认识的女人的儿子还是陌生人的儿子，抑或是教堂里坐在她前面的男孩以及在操场上玩耍的男孩——她都会观察他们身上是否存在自闭症的迹象。即便现在，她看到一个男孩时，也并不只是看到了一个男孩那么简单，她还会判断他是否患有自闭症，就好像看到一个字时，不仅要看清一笔一画，还要读懂它的意思。她必须两方面同时兼顾，它们之间的关联密不可分。

当看到患有自闭症谱系障碍的孩子时，她会和他们的妈妈之间产生一种不言而喻的联结，一种同病相怜的亲密；但在面对寻常男孩女孩的父母时，她心中的滋味却五味杂陈——嫉妒、苦恼、怨恨、愤怒、悲伤，一应俱全。他们的寻常、幸福、轻松、被视为理所当然的生活就这样在她眼前张扬着。

看看他们，她常常这么想，然后嫉妒、苦恼、怨恨、愤怒、悲伤就会将她吞噬，让她无法自拔。

然而今天，出乎意料的是，她并没有产生一丝一毫这样的感受，

---

① 自闭症谱系障碍：指广义上的自闭症，根据典型自闭症的核心症状进行扩展定义，既包括了典型自闭症，也包括了不典型自闭症。引入这一概念，就把自闭的相关行为表现看成一个谱系，程度由低到高，低端的就是“典型自闭症”，高端的就逐渐接近于普通人群。——译者注

反而备感轻松，满心希望这位妈妈能和全家人至少顺利拍下一张好看的照片——每个人都能笑着望向镜头。小娃娃继续指着卡车，他的哥哥们大喊“茄——子——”，爸爸用胳膊搂住妻子，另一只手放在大儿子的肩膀上，这时摄影师按下了快门，嘴上还在喊着“看着我”。

奥利维娅把相机举到眼前，从取景框里看着这个家庭。现在差不多到了日落时分，照耀在他们脸上的光线温暖而美丽。咔嚓、咔嚓、咔嚓。她看着液晶显示屏上拍下的最后一张照片，查看了它的饱和度、亮度、对比度和构图，觉得很满意。这是一幅很好的摄影作品。这时，她感觉有些东西消失了，也许是围绕在她身边的灰色消散了一些。然后，她将这张照片的技术参数抛在脑后，看着显示屏上的这幅影像时，她只看到喜悦、亲密、家庭和爱。她捕捉到了“神奇时刻”。

我可以以此为生呢。

第 9 章

贝丝和佩特拉在“索尔特”门口与吉尔碰了面。吉尔总会早到，正在等着她们。考特妮今晚来不了，要连上两节瑜伽课。乔治娅也不能来，她正在这条街另一头的蓝蚝酒店组织一场婚礼。但在佩特拉和吉尔的陪伴下，贝丝感觉自己已经有了足够的“女性力量”，她穿着那条戈尔迪·霍恩同款连衣裙，更是信心百倍，准备万全。但随着佩特拉迈开步子，走在前面带路，贝丝这才意识到她的心跳已经过快，驱使她的身体赶快做出一些大幅度的动作，以配合她迅速飙升的脉搏。**快跑！**她跟在朋友们身后，不得不缓慢而谨慎地迈出每一步，违背自己内心的直觉，像羊入虎口。她专注地盯着佩特拉的后脖子，那条绿松石项链缠绕其上，就是那条她原本想借来佩戴的项链。

“您好，欢迎光临‘索尔特’。”

贝丝还未来得及望向别处，她就猝不及防地出现在了眼前，冲佩特拉微笑着。她就是“索尔特”周六晚上的女招待——安杰拉。

她要比贝丝年轻，大概不到 30 岁，有一头长长的深棕色卷发，穿着一件普通的黑色上衣，但很紧身，而且有深 V 领。她的领口以及领口上方挂在一条长长金色项链上的金色小十字架吸引了贝丝的目光，它们大概也会吸引所有人的目光，让人注意到她傲然挺立的胸脯。果然，二十来岁，丰满的乳房。

贝丝缩紧了肩膀，将双手抱在胸前。她的胸口已经被戈尔迪·霍恩同款连衣裙厚厚的涤纶混纺材质齐整优雅地裹住。就算她的双乳因为怀孕而撑大，就算它们没有因为母乳喂养而失去弹性，就算它们在“维多利亚的秘密”胸罩向上提升和聚拢的作用下调整到了最佳状态，也永远不会呈现那样的效果。安杰拉大大的黑色眼睛透露出令人不安的美丽，她的眼神挪到吉尔身上时依然饱含笑意，但在看到贝丝后就变得迟疑起来。

她已经知道我是谁了。

安杰拉清了清嗓子，收起了自己并不真诚的职业笑容：“三人桌吗?”

“不用了，谢谢。”佩特拉说，“我们坐吧台。”

*什么？*贝丝想纠正佩特拉，想说她们更愿意找一张桌子坐下，面对着窗外而不是吧台，但一种酸楚的惊慌堵住了她的喉咙，让她只能艰难地咽了下口水。她就像一只待宰的羔羊，跟着佩特拉和吉尔走到吧台，坐在了她俩之间的空吧椅上。然后，吉米就出现在了眼前。

他起初略带欢快地和她们打了招呼，就像招呼任何三个坐在吧台的女人一样，显然没看清她们是谁，然后他的脸上流露出反应过来的表情。看到贝丝时，他的笑容顿时变得柔和而真诚，但只持续了那么一瞬，就立刻被紧张的咧嘴笑取代，唇齿间逗留着惊奇和不安。他最终还是咬紧了牙关，没有说出那句他大概此时此刻最想说的话：*哦，*

该死！

“女士们。”

“吉米。”佩特拉说。

“贝丝。”吉米说。

“嗨。”贝丝说。

“几位今晚什么打算啊？”

“就是来这儿，”佩特拉说，“监视你。”

吉米笑了，他摇晃着手中正在调制的马天尼，明显使出了更大的劲儿。贝丝用腿上的裙子擦了擦手，她之前不知道，原来手上也会出汗。

“你不是在开玩笑吧，佩特拉？”他问。

“从不开玩笑。”佩特拉说。

佩特拉做事一向直接而大胆，就像钉钉子一样，如果用大锤用力一击可以解决问题，她绝不会用橡皮锤温柔地敲上一百下。贝丝很欣赏佩特拉这一点，而她自己无论如何都做不到。她怕这重重的一锤敲下去，没有敲中钉子，反而在钉子旁边的墙上留下一个丑陋的大坑。

“你们想喝点什么？”他问。

“有什么推荐吗？”佩特拉问。

“看你的心情了，啤酒还是红酒？”

“要酒劲儿更大的，你调的这种。”佩特拉说。

他将刚刚调好的酒倒进一个小酒杯，放在了佩特拉面前。佩特拉抿了一小口。

“味道不错，是意式浓缩马天尼吗？”

他点了点头。

“给我来杯这个吧。”佩特拉说。

“我也是。”吉尔说。

“要尝尝吗？”佩特拉举起小杯里剩下的酒问贝丝。

“不，不，我……”贝丝说。

“下午 4 点后不能碰咖啡因，”吉米很清楚她的回答，“要不一晚上都睡不着。”

贝丝在座位上稍稍挪动了一下身体。

“给你来点儿更甜的怎么样？”他话音未落，已经开始抽出一个个酒瓶。

看他调制这些花哨酒水的感觉很奇怪。吉米一直是那种直接“对瓶吹”的男人，不会喜欢混合了肉豆蔻、南瓜或蓝莓的新式啤酒。他喜欢“真正的”啤酒，比如百威和银子弹。此外，他还不太情愿地承认自己喜欢西斯科生产的“鲸鱼传说”，但这也只是因为酿酒厂就在他们家那条街的尽头。

而且这里也不是吉米喜欢的那种酒吧。他喜欢充满雄性荷尔蒙的地方，虽然不见得必须是运动酒吧，但酒吧的平板电视上最好播放着波士顿红袜棒球队、新英格兰爱国者橄榄球队、波士顿棕熊冰球队或波士顿凯尔特人篮球队的比赛。他喜欢那种灯光昏暗、脏兮兮的酒吧，柜台上放着装满了煮得全熟的鸡蛋的玻璃罐和一碗碗花生；木地板因为长年浸透了泼洒出去的啤酒而翘起变形；投币式自动点唱机上播放着威豹乐队①的音乐；菜单上会有油炸芝士条、布法罗鸡翅之类的食

---

① 威豹乐队：一支 1977 年在英国谢菲尔德成立的硬摇滚乐队。——编者注

物，肯定不会出现鹅肝酱、松露油的身影；酒吧里还会有台球桌、飞镖靶和大块头的保安，因为打烊前至少会有一个喝得醉醺醺的家伙朝别人挥上一拳。

“索尔特”和吉米喜欢的酒吧风格截然不同。橙铜色的球形装饰悬挂在镀锡天花板上，散发出微弱浪漫的灯光。这里会聚了形形色色的人——有一些当地人，但大部分都不是，女人比男人多。每个人都举止文雅、衣着考究，显然都是专程过来，计划度过一个风度翩翩的夜晚。贝丝看了看酒单上的一长串鸡尾酒，上面列出的价格令人咋舌，连碳酸饮料都要 20 美元一瓶，嗯，这里的每个人都是来度过一个风度翩翩、一掷千金的夜晚的。她沿着吧台望过去，观察着坐在她们旁边的男男女女，努力想搞清楚来这里的都是些什么人。她没有发现什么值得注意的东西，直到看到了一只放在吧台上的大号楠塔基特岛菜篮包，它的主人是一位金发美女，坐在一个穿着泡泡纱西装外套的秃顶男人旁边。这种菜篮包十分昂贵，买得起的都不是楠塔基特岛上的当地人。贝丝见过比那只小得多的菜篮包，售价都超过了 1000 美元。

吧台是一块打磨光亮的结实石板，镶嵌着小块的琥珀色海玻璃，漂亮极了，堪称艺术品。贝丝用手抚过冰凉的台面。酒吧里播放着喧闹的电子乐，没有人会在这里唱《给我一些甜蜜》① 之类的歌。

“给，”吉米说着，将一只盛着粉色液体的马天尼酒杯放在她的面前，“这是酒单上最棒的酒。”

贝丝尝了一小口。酒很甜很辣，会产生一种强烈的刺激，却又不

---

① 《给我一些甜蜜》：威豹乐队的一首歌。——编者注

会让人不悦，是那种能让她很容易喝醉的酒。

“味道不错，这是什么酒？”贝丝问。

“里面有伏特加、朗姆酒、辣椒、青柠、姜。它叫‘火热激情马天尼’。”

*火热激情？他什么意思？*贝丝觉得很难为情，又有些愤愤不平，奇怪的是，还有些受宠若惊。

“你这胡子是怎么回事？”佩特拉问。

“只是尝试个新造型，”吉米说着，用手指挠了挠近来变得毛茸茸的双颊，“你觉得怎么样？”

“不怎么样。”佩特拉说。

他的胡子留了大概一个月了，贝丝觉得很适合他，看起来粗犷阳刚，很有男子气概，可以弥补他下巴略显单薄的缺点。但她了解他，他不是在尝试新造型。每当吉米经历一段艰难的时期时都会如此，都会不再刮胡子——他父亲去世时；扇贝捕捞业行情不好，他们入不敷出时；杰西卡在波士顿动耳部手术时；还有现在。贝丝暗自开心，意识到对他而言，他们分居这件事的重要性至少可以和父亲的去世比肩，他依然在意她。他不再刮胡子，不单是因为承受着生活中的巨大压力而心烦意乱、不知所措，顾不上打理，更主要的原因是，胡子可以让他把自己隐藏起来，让他感觉受到了保护，有安全感。吉米留胡子，就像贝丝穿宽松肥大的黑色毛衣，为了盖住自己的屁股。

但今晚她没有穿这种衣服，她穿的是她的戈尔迪·霍恩同款连衣裙，可吉米却留了胡子。真有意思。她没想到，对他来说，没有她的日子并不好过。也许这并不是他想要的生活，也许他也很痛苦。

安杰拉扭动着身体走到吧台后，和吉米嘀咕了几句，贝丝听不清她说了什么。然后安杰拉笑了起来，他也微微一笑，露出了他迷人的虎牙。那笑容只维持了一瞬，然后就收了起来，表情转而变得谨慎。但这就是事实——她能让他开心地笑。

继续痛苦吧，继续躲藏吧！我希望你最后变得和灰熊亚当斯①一样。

吉尔探过身来，对贝丝说："我看他现在尝试的新事物可够多的。"

吉米过去招呼坐在吉尔旁边的一对夫妇，为他们打开一瓶红酒。贝丝慢慢呷着她的马天尼，知道安杰拉就在她身后不远处，而和她分居的丈夫就在眼前。她坐在他们两人之间，这也太别扭了。她将酒一饮而尽。一想到安杰拉正在背后注视着她，打量着她，她就十分反感，感觉自己暴露无遗，浑身不自在。她像取暖似的搓了搓胳膊，查看了一下手机，没有女儿们的消息。

她原本以为，此行的主要目的是看安杰拉，可现在她看不到，只能坐着看吉米。她不记得上次看他看得这么久是什么时候了。他从家里搬走之前，他们睡觉时会背对着背——因为他打鼾，嘴里有难闻的雪茄味，他们养成了这个习惯。再加上他特殊的工作时间，他们很少在一起吃饭，即便难得吃上一顿，通常也是一起坐在客厅里，面对着电视，把盘子架在腿上。每一次发生争吵，她总是拒绝正眼瞧他，而在过去的几年里，争吵已经成了家常便饭。

---

① 这里指电影《灰熊亚当斯的一生》中留着络腮胡子的男主角詹姆斯·亚当斯。这是一部1974年的美国西部电影，讲述了男主角和他救助的一头灰熊之间的动人故事。——译者注

现在她坐在最前排的座位上，除了看着他，别无其他事情可做。她以前从没看过他调酒。他站在吧台后，没有片刻停歇，一切都在他的掌握之中。他运筹帷幄，放松自在，拔下红酒塞子，沿着杯壁倒马天尼，搅拌青柠，双手的动作是那么自信、利索、优美。他很清楚每种酒和用具的摆放位置，单凭记忆就知道每种酒的调法。他很擅长这份工作，也乐在其中。

她对此一无所知。当她在吉米身上发现了自己并不了解的一面时，她很惊讶，心中隐隐作痛。他算不上一个复杂的男人，生活中只有工作、睡觉、看电视、养孩子、抽雪茄。虽然调酒不如做脑部手术或驾驶赛车的技术含量高，但他依然掌握了这项技能，拥有这份天赋。吧台就是这里的轮毂，一切都要围绕它运转，而吉米就是推动齿轮前进的关键，能让客人们笑逐颜开。

这和捕捞扇贝的工作天差地别，那是一种户外的独立作业，她本以为很适合他。然而眼前的他，站在一家人头攒动的酒吧里，拘束在一方狭小的室内空间中，和陌生人谈笑风生，调制着各种“女孩子气”的酒水，却显然乐此不疲。他看起来是那样怡然自得、无拘无束。

他在这里的穿着也和在家时区别很大。在家里，他要么穿牛仔裤，要么穿牛仔裤改成的短裤——裤腿被他用剪刀剪去后，裤边像被磨损了一样，很不齐整——配件T恤衫，戴着红袜队棒球帽，穿双户外靴。而在这里，他穿着蓝白相间的竖条纹系扣式衬衫，而且还熨烫得挺括平整。衬衫没有塞进裤子里，袖子卷到了胳膊肘，比多数男人平时的穿法少系了一颗扣子，隐隐露出了胸部。他的胸肌结实漂亮。他的胡子、笑容、前臂和胸，加上他放松的表情，都让她情不自禁地觉得他是那么性感，虽然这个想法会让她懊恼到想杀了自己。那杯“火热激情马天尼”多少发挥了一些作用，她无可救药地被他吸引，心中充满了对他的怨恨。

他怎么能在这里全神贯注、忙忙碌碌又无所不能，在家里却懒懒散散、疲惫不堪，什么也干不了，只能躺在沙发上？他怎么能在工作时振作精神、打扮得帅气利落，回到家却只穿着前襟沾满烧烤酱污渍、腋下透着汗渍的T恤衫？他怎么能只把自己生动有趣的一面保留在工作场合，却不与她和女儿们分享？

“那么，吉米，这里总是这么热闹吗?”佩特拉问。

“像现在这样吗？这还不算什么，再等一个小时，这儿就会被围得里三层外三层。”

“哈!”佩特拉说。

她自己的餐厅“迪西”也很受欢迎，但还没到“里三层外三层”的程度，至少现在这个时节不会。

“你的酒味道怎么样?”他问贝丝。

“挺好。”

“想再来一杯吗?”

“不用了，谢谢。”贝丝说，心想她已经无法再承受更多来自他的“火热激情”。

“你不喜欢吗?”

“喜欢，只是想尝试点别的。”

“来杯红酒怎么样？你会喜欢……”

“你不帮我选，我也能自己做决定。”

“好吧。”

“我要来杯意式浓缩马天尼。”

“你确定吗?”吉米问。

“非常确定。”

他耸了耸肩，默默同意了她的要求。他抓起两瓶酒，把它们倒着插进一个不锈钢的马天尼调酒器。“女儿们好吗?”

“好。”

“杰西卡的比赛怎么样?”

“赛了很长时间，他们输了。”

“索菲呢?”

“她考完数学后情绪很低落，觉得自己会不及格，但我敢肯定成绩会不错。”

“格蕾西呢?”

“挺好。”*她很想念你，她们都很想念你。*

“那就好。”

“你不想问问贝丝怎么样吗?”佩特拉问。

“当然想了。你好吗，贝丝?”

“挺好。”

“你看起来不错。”

“谢谢。”

“我喜欢你的项链。”

她用手摸了摸脖子上的心形吊坠，脸涨得又红又热——她差点儿忘了这回事。她还没来得及回应，安杰拉就又一次出现在吧台后，这次她给吉米看了她手机上的什么东西，吸引他的注意力。她一边笑，一边触摸着他的前臂——安杰拉的手放在吉米的胳膊上。贝丝可以忍受他们的大笑、微笑、打情骂俏以及她丰满的胸脯，但那一下轻轻的触碰，那种亲密的感觉足以将她瞬间击溃。

“你还好吗？”吉尔俯在贝丝耳边问，“你的脸色有点儿苍白。”

贝丝咬紧牙关，咽了下口水，点了点头。她无法开口说话，如果现在开口，她会哭出声来。不管她今晚来这里的目的为何，现在的目标就是在离开这里之前，不在吉米和安杰拉面前流泪。

“你可能吃点东西就好了。”

贝丝又点了点头，用手指轻轻摩挲着银色的吊坠，想到几个小时前戴上它的那个傻姑娘，胃里一阵恶心。

吉米给贝丝倒上她的意式浓缩马天尼，然后为她们三人端上晚餐。佩特拉点的是苏眉鱼；吉尔自从 4 月份的读书会后，就疯狂地爱上了寿司，要的是辣金枪鱼卷；贝丝点的是汉堡配炸薯条，薯条是用松露油炸的。

“味道怎么样？”几分钟后，吉米过来问。

“很好，”佩特拉说，“这里的饭做得很棒，吉米。你们的主厨是谁？”

佩特拉和吉米聊起了餐厅的事，吉尔拿出手机给儿子们发短信，而贝丝只是坐着，默默地吃东西、喝酒，等她喝下第二杯马天尼后，发现自己一点儿想哭的感觉都没有了，几乎失去了知觉，仿佛有一圈厚厚的静电像茧一样将她紧紧裹住，坚不可摧，比留胡子或穿黑毛衣效果都好。

她开始喝第三杯，又一杯意式浓缩马天尼，这时听到身后有人大喊她的名字。她转过身去，看到乔治娅正挥着手从拥挤的人群中挤过来，不断撞到人和酒杯，把杯里的酒泼洒出来，所经之处留下一张张怒气冲冲的面孔。

“你们还没走，真是太好了!”她上气不接下气地说，“情况怎么样了？那个‘索尔特’情妇呢?”

贝丝、佩特拉和吉尔面面相觑，然后看了看吉米。吉米肯定听到了。佩特拉笑了起来。

“你是说女招待吧?”佩特拉问。

乔治娅大笑起来：“哎哟，对！而且我还没点酒呢。她在哪儿?”

“你刚才进来的时候没看见她吗?”佩特拉问。

“没有，她在哪儿?”

“你身后，门口那里。”

“哪儿呢?”

“黑色卷发那个。”

乔治娅踮起脚尖，把整张脸都扬了起来，眯着眼睛搜寻。

“穿黑T恤衫的那个。”佩特拉说。

乔治娅摇了摇头，还是没找到。

“胸很大的那个。”

“啊，看到了!”乔治娅说，“荡妇！没想到吉米会喜欢这种大胸女人。”

贝丝把手放在自己被冒犯了的胸前。她的胸部的确很不起眼，但吉米是一个更喜欢美腿的人。贝丝的腿长得很美，修长结实。她永远都在走路——在海边，在巴特利特农场，搬来这里之前她走遍了整个纽约。

她这才发觉，从未听说过哪个男人最喜欢女人的眼神、头脑或性格。她将杯中剩下的马天尼一饮而尽。男人们真是浑蛋。也许这是一件幸事，也许没有吉米她会过得更好。家里没有一个男人，就会一直干净整洁、井井有条，不会闻起来臭烘烘的；而且再也不会有争吵，他离开后，家里一直很宁静。

在她脑海中的某个角落，玛丽莲·麦库①一直在哼唱着《等待铃响》。这是她小时候妈妈很喜欢的一首歌，她长大后就再也没有听到过，也没有刻意想起过。

“不是说你这样的胸不好。”乔治娅说。

“等她生完孩子，”吉尔说，“她的胸就会像我们这样下垂了。”

让贝丝感觉模糊而麻木的“马天尼盔甲”一定是裂了道缝，因为这句话仿佛一记重拳狠狠地打在她身上，让她大伤元气。如果安杰拉怀孕了怎么办？贝丝想到她在这个年纪是多么容易怀孕。每一次他们只要撤下“守门员”，再临门一脚，就能“进球得分”！她感觉头晕目眩，视线的边缘变得昏暗而模糊。她必须马上离开这里。

“嗨，乔治娅。”吉米说。

“我对你很有意见。”乔治娅说。

“我知道。”

“但是如果贝丝原谅你，我就原谅你。”

“说得对，有道理。”他说着，望向贝丝，搜寻着一丝迹象，好像正在窗户上寻找一个裂口，哪怕是最细微的缝隙。

---

① 玛丽莲·麦库：美国歌手、演员。——编者注

“贝丝，你的脸色又变白了。”吉尔说。

吉尔就坐在贝丝旁边，但她的声音就好像是从某个很远的地方飘过来的。

“贝丝，你怎么了?”佩特拉问。

“我不太舒服。”贝丝已经气若游丝。

“我送她回家。”佩特拉说。

“我留下，和乔治娅喝一杯。”吉尔说。

佩特拉把自己和贝丝需要付的钱留给了她。贝丝站起身时，乔治娅给了她一个拥抱。

“她是个荡妇。”乔治娅说。

“谢谢。”

“而你是个女王。”

贝丝笑了。

“我喜欢你的裙子。”

“谢谢。”

吉尔也起身拥抱了贝丝。

“你今天表现得很棒，我明天给你打电话。”

贝丝点了点头。她转身离开前，又抬头看了眼吉米。

“晚安，贝丝。”吉米说。

“晚安，吉米。”

佩特拉牵起她的手，扶着她缓缓穿过人群，离开了“索尔特”，离开了吉米，留下他和安杰拉在一起。离开他的感觉很不对。在静电的包裹下，在依然响着玛丽莲·麦库的歌声的脑子里，有一个声音在呼喊：“别离开他！别走！”但已经晚了，她已经吃了足够的东西，喝了太多的酒，看够了安杰拉的胸和吉米的笑，所以除了离开，她不知道还能做些什么。

“做个好梦。”安杰拉的声音从她身后的某个地方传来。

她听起来好像在笑，甚至有可能在沾沾自喜，但贝丝无从知晓。她已经走出大门，而且没有回头。

佩特拉把车停在贝丝家的车道上。屋里很黑，女儿们忘了开门廊上的灯，不过至少她们已经睡了。

“你还好吗？”佩特拉问。

“嗯。”

“你太安静了。”

“我没事。”

“你在我面前不用硬撑。”

“我没有硬撑，我挺好。”贝丝说。“没有硬撑”这几个字有点含糊不清。“我有点醉了，但我很好。我喝醉了，我很好。”

“你们俩需要赶快谈一谈，弄明白到底想怎么样。”

“我知道。”

“喝点水，然后睡觉吧。”

“好。”

“我爱你。”

“我也爱你。”

贝丝沿着佩特拉的车前灯射出的光束走到家门口。今夜一定是个多云的夜晚，天空中既看不到月亮，也看不到星星。除去佩特拉的车灯照出的光亮，整个世界都沉寂在纯粹的黑暗之中。空气很凉爽，闻得到海洋和鱼的咸腥味以及连翘的香气。四周传来一阵阵春雨蛙响亮而恼人的尖叫，和她耳畔依然回荡着的“索尔特”中的电子乐毫不相同。她推开家门，打开门廊上的灯，听到了佩特拉把车开走的声音。

她走上楼，依次推开每一个女儿的房门，查看了一下她们的情况，确认她们都在床上睡着了。甜美可爱的女儿们。她关掉索菲的电脑，将她换下的脏衣服扔进洗衣篮；把杰西卡用过的湿毛巾挂在浴室的挂钩上；给格蕾西盖好了被子。然后她走下楼，进了厨房，给自己倒了一大杯水。

再次回到楼上时，她在走廊里停下了脚步，注视着墙上的照片。她望着照片里的吉米触碰着她的裙子，眼前再次浮现出安杰拉抚摸他胳膊的画面，心中燃起一股伴随着屈辱的怒火，愈演愈烈。在另一张照片上，她戴着他送的心形吊坠，那吊坠眼下正在她脖子上挂着，今晚他注意到了。

她实在受不了了，无法在走廊里多迈一步。她看着他咧嘴笑着，看着他把手放在她的身上，看着她脖子上的吊坠，看着他们完美婚姻的谎言，每一次她从客厅走到卧室，从卧室走到浴室，他的欺骗和背叛都在嘲笑着她。她受够了，真的受够了。

她从他们的结婚照下手。她松开相框后面的锁扣，拿下后挡板和纸垫板，拽出里面的照片，然后把空荡荡的相框又挂回到墙上。她有条不紊地重复着这套动作，急促地喘着气，直到墙上的每一张照片都被取了出来，叠成整齐的一小摞。

她坐在走廊的地上，一张张地翻看着。她先看着时间最近，也就是去年夏天拍摄的那张，仔细端详着。身体中，那个未被伏特加、朗姆酒和屈辱的怒火影响的自己想把照片放进抽屉，很清楚她会对接下来的行为感到懊悔。但此刻的她太愤怒了，又喝了太多的酒，在咖啡因的强烈刺激下，她无法听从任何理性的声音，而且她受够了当一个毫不反抗的受气包。

她的第一滴眼泪来得缓慢而迟疑，然后从容地滴落在照片上，从吉米的笑脸上径直滑过。紧接着她就撕扯起来，一张接一张，完全无法停下来。她撕啊撕，扯啊扯，直到碎片小到再也撕不动为止，然后她只能啜泣，在心里怨恨他把自己逼到这般田地。她听到有个女儿打了个喷嚏，于是停下哭泣，竖起耳朵听了听，生怕吵醒她们。“索尔特”的电子乐依然在她耳边嗡嗡作响，春雨蛙在外面呱呱直叫，她能听到、感觉到自己的心脏在胸腔里怦怦跳动，手指肚上的脉搏也一起跳动着，但女儿们悄无声响。她擦去眼泪，舒了口气。

地上是一堆堆碎片，曾经幸福的家庭就蕴藏在这些碎片之中，她把它们捡起来，扔进了卧室的废纸篓里，然后回到走廊上，看着墙上自己的杰作。就这样，只剩下八只空荡荡的纸板相框。他不见了，已经覆水难收，就像他的背叛。这就是现实。

她正了正了两只相框，关上了走廊的灯，回到了卧室。她褪下身上的戈尔迪·霍恩同款连衣裙，套上了粉色法兰绒睡衣。她爬上了床，忘记脖子上还戴着那条吊坠。她面朝着吉米曾经睡的那一侧躺下，双脚始终无法安分，双眼一直睁着。

一夜无眠。

第 10 章

一进入 6 月，一切都变了。奥利维娅从未在岛上经历过这个时节，没有预料到它的降临。一切开始于阵亡将士纪念日小长假的周末，她远离世事、简单平静的日常生活的方方面面，被迅速涌入的人潮接二连三地打破——夏天度假的人们来了。她花了一两个星期，好不容易才让自己感觉不必躲在家里，不必因为他们的存在而感受到威胁或侵犯，她重新恢复了镇静，有了新的作息和生活习惯。又过了一两周，她终于长出一口气，心想：看，并没有那么糟糕。

紧接着 7 月来了。6 月的调整对于迎面而来的 7 月，几乎派不上任何用场。6 月只能算是伯克郡的一个小缓坡，而 7 月则是珠穆朗玛峰。马路上水泄不通，随处可见小型摩托车、吉普车和庞然大物一样的运动型多功能汽车，发动机的尾气和收音机的噪声玷污了夏季甜美的空气。之前杳无人烟、私密性绝佳的海滩上挤满了无数个家庭，到处都是他们的海滩椅、海滩伞、冲浪板、野餐垃圾和不绝于耳的交谈。所有出租房人满为患，没有一间空着的卧室或无人占用的车道。房客们一夜又一夜地在户外举办派对，组织露天烧烤，欢度着周末假期。

这些都是真心热爱夏天的人，他们成千上万地涌来，让岛上的人口激增了四倍。他们有的坐飞机来，有的坐船来，带着他们的孩子、狗、保姆、助手、私家厨师和客人们，而且每一个人（狗除外）都带着手机。奥利维娅想象了一下楠塔基特岛所处大陆架的地理环境，它是那么脆弱、岌岌可危，着实让人担心这么多的游客和他们的行李装备会压垮整座小岛，让它沉到海底，成为当代的亚特兰蒂斯①。

就连天上都拥挤不堪。每过几分钟，从波士顿和纽约飞来的客机和私人飞机就会从头顶呼啸而过，从早到晚都是如此。

如果说6月里她算是调整好了自己，适应了新生活，那么7月里只能是疲于应对。每当看到其他的当地居民，她都会觉得很亲切。他们和夏季游客截然不同，极易辨认，就像识别混杂在马戏团斑马中的野马一样简单，但她明白这种亲切感只是自己的一厢情愿。她在这里度过了一部分冬天和整个春天，算是赢得了一定程度的尊重，但她的“居岛”生活还未满一年，她还没有付出足够多的时间，还算不上当地人中的一员；但就算住满了一年——坦白说，就算住满了50年，她也会被视为外来者、移民，永远不会成为一个真正的当地人，更不可能是这里土生土长的人（只有在这里出生的人才配得上这个头衔）。

她已经对生活做了些调整，摸索出了夏季生活的守则：

> 上午10点到下午3点，绝不要去海滩，因为在这个时段，所有人都会去那里。

---

① 亚特兰蒂斯是传说中位于欧洲到直布罗陀海峡附近的一片神秘大陆，拥有高度发展的文明，却被大洪水毁灭，沉入海底。——译者注

无论如何都不要去镇上。如果必须要去，午饭时间和晚上6点以后都不要开车，因为那里肯定没有地方停车。

周五到周日的任何时段都不要去斯道普超市。

不管做什么事，都要多留出半个小时的富余时间。

她把这些守则写在一张纸上，贴在了门厅的墙上——这是一个很有趣但又很严肃的提醒，以免她由于记性不好或放松警惕而自以为是。然而，现在她正在心里默默地咒骂着自己，因为在这个周六的下午，她却站在斯道普超市的意大利面货架通道尽头，眼前是“纽曼私家”牌大蒜酱，以及一条长得令人沮丧的结账队伍。

她本来只需要买点咖啡和鸡蛋，然后想到晚餐来份沙拉也不错，于是没有考虑今天是周几，也没回顾她的夏季守则就出门了。直到她把车开进拥挤不堪的停车场，才立刻意识到今天是周末。她犹豫了一下，觉得应该放弃沙拉，调头回家，但后面的路虎车按着喇叭，催促她赶快往前开。于是她继续向前了，心想：还能糟糕到哪里去？

那已经是一个多小时前的事了。她数了数自己购物筐里的东西，一共14件。如果她把那条面包和厕纸（家里剩下的那点可以勉强撑到周一）放回到货架上，就可以换到快速结账通道①，但那条队伍看起来更长，而且成员之间似乎弥漫着更强烈的敌意。

“这条队永远都排不到头，”排在奥利维娅身后的女人嘟囔着，“我肯定要迟到了。”

---

① 在许多超市中，购买商品数量较少的顾客可以使用快速结账通道，节省时间。——编者注

奥利维娅暗自庆幸，至少自己不必急着赶去哪里。今晚她没有海滩写真摄影的预约，本来定好在今晚拍摄的家庭刚刚在上午取消了预约。

成为一个专业的海滩人像摄影师原来比她想象的要容易得多。首先，她给岛上其他一些人像摄影师打了电话，打探了一些消息，询问了他们的收费标准。然后她算了一笔账，发现如果在6月到劳动节期间，她每周能接到四次写真摄影，就能赚够整年的生活费——还绰绰有余。

然而她能否接到第一份活儿都是问题，更不要说一周四次了。毕竟她没有接受过专业培训，没有行业经验，更没什么名气，只是审美眼光不错，在摆弄相机方面有些天赋罢了。为了解决这个最大的难题，她做了两件小事：第一，她印制了一些广告，张贴在镇上各处——游客中心、扬斯自行车店、豆子咖啡馆、图书馆、商会、海兰公司和轮船管理局的码头，甚至也没放过此刻身处的斯道普超市；第二，她确保自己的收费标准比其他声称“最便宜”的市场价还要低上200美元。

电话和电子邮件纷至沓来，她接到的预约比预计的更多，每周四至六次，有时同一天晚上就有两次，连劳动节的周末都有一个家庭早早预约好了。照片的冲印工作都由另一家公司在网上下单完成，所以她只需要用数码相机拍摄，用电脑修图软件进行后期编辑，然后把照片上传到下单的网站即可。付费也在线上进行，用信用卡支付，不必邮寄纸质发票，也不必等待接收支票的邮件。除去互联网服务，没有其他任何成本，简单明了，一清二楚。

她前面的两个女人一直在心平气和地交谈，似乎没有为一条条长龙和周围环境中越来越焦躁的气氛感到烦心。其中一个女人一头金发，五官看起来很舒服自然，穿着一件没有任何商标或装饰的黑色棉质背心和一条样式简单的白色棉质短裙，脚上穿着人字拖；另外一个女人穿着瑜伽服。她们都没戴俗丽的珠宝，没穿知名设计师的品牌服装，也没做美甲，她们的手提包看起来不会超过 50 美元。当地人无疑。

“我不想请罗杰拍照，会不会很奇怪？”

“不会，没什么可奇怪的。”

“其他人请的都是他，他也一直拍得很好。我说不上来这种感觉，像是背叛了他一样，但我身边没有吉米，会显得很不正常。”

“我懂。”

“他会问：‘吉米怎么没来？’然后我就不得不承认他来不了了，那就会真的很奇怪。”

“那就不要请罗杰。他甚至都不会知道这件事。”

“在这个巴掌大的地方，有点风吹草动就会妇孺皆知。”

“那倒是。所以没准儿他已经听说你和吉米的事儿了。”

“我猜也是，有可能。”

“不过你要知道，可能他都不一定会当回事。这种事总是在所难免嘛。我觉得他也刚离婚，对吧？”

“不会吧。”

“他离了。他妻子已经离开岛，搬到得克萨斯州去了。”

“哦，对，是这样。那你说该请谁？”

“我不知道，你应该问问吉尔，他们去年夏天请过摄影师。”

“他们请的就是罗杰。”

“哦。”

“我知道我不该浪费这个钱，但我很需要拍些新照片。这些照片将会是一个很具象化的提醒，提醒我没有他也可以过得很好，提醒我还拥有漂亮的女儿们，不需要拥有他才会开心。”

“具象化的确很好。”

“这是我真正迈向新生活的第一步。”

“把你的设想付诸行动吧。”

“对。而且我要赶快办完成这件事，走廊里那些空相框看着很压抑。”

“你为什么不让格蕾西画些可爱的画，暂时放进去呢？”

“我跟她提过了，她不肯。她们谁都不肯。我把全家福撕碎这件事，她们都非常生气。这也怪不得她们，我的确做了件傻事。”

“吉米出轨才是做了傻事呢。你不管做什么都情有可原。”

“嘘。”

“怎么了？”

“我们在超市里呢，会有人听见的。”

“拜托，我的老天，连凯文·贝肯①都知道吉米出轨的事了好不好。”

“你说得对，我知道。”

奥利维娅摸了摸自己的手提包，那里装着一张她的海滩写真摄影广告。她应该拍拍这个金发女人的肩膀，把广告递给她。但她想象了

① 凯文·贝肯：美国著名电影演员。——译者注

一下这个场景，觉得这样会让对方感到被侵犯。她不想打断她们的谈话，也不想主动承认自己一直在偷听她们私密的交谈。她决定不主动出击，希望那个金发女人出门时能注意到她钉在公告牌上的广告。

他们的队伍终于走出了意大利面货架的通道，奥利维娅现在可以看到超市里所有的结账队伍。她注意到她的左侧有一个带着儿子的女人，小男孩大概六七岁，却还坐在购物车里的儿童座椅上。他晒黑了的长腿垂下来，几乎碰到地面。他正在转动一个玩具风车，把它紧紧地贴在鼻子上。自闭症。

他完全沉浸在那个色彩迷离、闪耀着金属光泽、不停旋转的世界中，似乎完全没有受到长长的队伍、不耐烦的人群、刺眼的灯光、扬声器中播放的麦可·布雷①翻唱的托尼·班奈特②的歌曲的影响。然而，情况突然发生了变化，可能他觉得饿了，或是无聊了，或是讨厌麦可·布雷的歌声，或是T恤衫领口后面的标签让他身上发痒，以致忍无可忍——天知道为什么——他突然把风车扔在地上，开始放声尖叫，用拇指堵住耳朵，双眼紧闭着。

他妈妈把风车捡起来，又拨动了一下，举到他面前，想用它的魔力重新把他的注意力吸引过来，但他就是不肯睁开眼睛。她尽力说着话安抚他，努力克制着自己，保持平静，向他保证很快就会回家，但他被拇指堵住的耳朵既听不进道理，也听不进谎言。她并没有试图触碰他。奥利维娅明白，那只会让情况变得更糟，比现在糟得多。

---

① 麦可·布雷：加拿大著名流行爵士乐歌手，也是一位影视演员。——编者注

② 托尼·班奈特：美国老一辈爵士乐歌手，1926年出生于纽约。——编者注

然后，她好像决定坐视不管、听之任之了。她不再理睬他。

奥利维娅看到了排队的人们脸上的表情，听到他们窃窃私语、交头接耳，传递着各自的看法，就像在传一盒薄荷糖。

这孩子已经很大了，不该再有这种行为了。

我绝对不会允许我们家的孩子有这种表现。

这孩子被惯坏了。

这是什么妈妈啊?

他们不知道发生了什么，但奥利维娅知道。像任何一个有患自闭症的孩子并且正推着一整车日用品的母亲一样，她不愿立刻把他拎起来，带他离开这里。她调整着呼吸，提心吊胆地紧紧抓住购物车和自己残存的勇气，向上天许愿。

老天爷，求求你，让他镇静下来。

老天爷，求求你，在我也崩溃之前，让我们离开这里。

老天爷，求求你。

“我觉得这也怪不得他，”穿着瑜伽服的女人说，“如果这条队伍还是这么慢，我也要忍不住大叫了。”

“那就不太像个瑜伽师了。”她的金发朋友——那个需要拍照的女人说。

“你说得对，不过尖叫肯定能让我把在这里吸收的负能量全都发泄出去。这家超市绝对把我的第四脉轮①堵上了。”

① 印度瑜伽中有一套“脉轮学说”，认为人的身体内有七个脉轮，其中第四脉轮叫心轮，位于胸腺，和人体的呼吸、循环功能有关，也被认为是“爱的中枢”。——译者注

金发女人笑了起来，奥利维娅也笑了。金发女人也注视着排在队伍中的那对母子，她脸上的表情看起来不带丝毫的评判，更像是一种强烈的兴趣，甚至是好奇。奥利维娅很想知道她在想什么，但什么也没有问。

终于，奥利维娅挪到了收银台前，她友好地和收银员打了个招呼，把东西装进帆布袋，拎到吉普车上，开车回家。半个小时后，她终于到了家。

走进厨房后，奥利维娅先煮了两个鸡蛋。她把番茄、黄瓜和红椒切成片，把生菜撕碎，接着把它们都扔进一只大碗里，又在里面放了橄榄、甜洋葱、帕尔马干酪和脆面包丁，等鸡蛋煮好后也放了进去，最后她撒了些橄榄油和红酒醋，捏了一小撮盐和胡椒粉。除此之外，她还倒了一杯索维农白葡萄酒，切了一片橄榄油意大利白面包。大功告成。

她端着晚餐，拿着一支香茅精油蜡烛和一本日记来到后院的露台上。她坐下来，一边心安理得地享受着来之不易的丰盛佳肴，一边翻开日记本，接着上次看完的地方往下读。

/ / / / / / / / / /

2003 年 7 月 5 日

/ / / / / / / / / /

我现在的生活只和沟通有关，或者更确切地说，跟缺乏沟通有关。每天只要醒着，我都在寻求和安东尼沟通。“安东尼，说‘果汁’。果汁。果——汁。把这个词说出来，告诉我你想要什么。说‘我想喝果汁’。”“说‘秋千’，说‘我想出去荡秋千’。”“求你了。看着我，安东尼，告诉我你想要什么，告诉我你的感觉，告诉我你为什么要大声尖叫。”平时我可以分得清什么样的尖叫代表开心和兴奋，什么样的尖叫代表沮丧和惊慌，但现在，我太累了，我已经听不懂了。你为什么尖叫？如果你不告诉我你到底想干什么，我又怎么帮你？

还有我和戴维，我们也不知道该如何沟通了，我们已经不再注视彼此。我受不了看着他的眼睛，受不了看到他的绝望、疲惫，以及偶尔的责备。我常常希望他能在办公室里多待一个小时，这样也许等他回家时，我就已经睡了，他就不必再面对我和我的眼神。

我们不再交流了，但也不完全是——我们会聊很多不得不聊的事情。“你给安东尼买果汁了吗？”“我要去小卖铺，需要买果汁吗？”“你愿意帮安东尼推秋千吗？他在大喊大叫，想出去荡秋千。”“你能不能把垃圾带出去，去一趟超市，洗衣服，支付账单？”账单啊账单，一张又一张的账单。

我们会说很多这样的话，但我们什么都不谈。这些话毫无意义，都是废话连篇。

我没有和戴维说过我的想法，告诉他我们有一个可能会终身残疾的孩子，我们的婚姻已变得残缺不全。我每天都这么想，但从来没说出口过。我没有把这些告诉戴维。

我们也不再做爱了，而且我也不想再做爱了，但我很想念那个曾经和戴维很亲密，那个会欲火中烧、需要性爱的自己。我们对此也避而不谈。

可有谁会在过了我这样的日子后还想做爱呢？每天担忧和照顾安东尼已经让我筋疲力尽，我身上因为他的掐、拧和拳打脚踢已变得青一块紫一块，浑身都是咬痕。我看起来好像受到了虐待，我也确实感觉自己受到了虐待，但我没有告诉戴维。

我并不是觉得受到了安东尼的虐待，而是觉得受到了生活的虐待。我的生活发生了什么？我的生活完全被自闭症占据，就算没有切身经历它，也在阅读、谈论和它有关的一切，我他妈的已经受够了，我厌恶到想吐。我很害怕日子会永远这样过下去：安东尼依然患有自闭症，他没办法说“果汁”或“秋千”，不能解释他尖叫的原因，而戴维和我继续互不理睬，就像生活在同一间牢房里的狱友。

或者我们充其量也只能算是同事，是照顾同一位病人的两个自学成才的治疗师，努力想要治愈这个叫安东尼的漂亮男孩。只不过我们的希望正在落空，他没有任何好转。他的自闭症没有任何离开的迹象，它就像一头客厅里的粉红色大象①，我们不去谈论它到底是真实的还是虚幻的，不去谈论我们的余生是否将要与

① “粉红色大象”这一说法源于一个著名的心理测试，测试者被告知不能去想象屋子里有一头粉红色的大象，但测试发现这一点是很难做到的，因为一旦脑子里有了这个信号，就很难不去想象。这里作者用这一意象指代自闭症，以示奥利维娅和戴维不愿想起儿子的病情，却无时无刻不在感受着它的痛苦。——编者注

它共度，但我们需要接受这个事实。虽然我也很想大喊大叫，把这个世界砸得粉碎；虽然我也很想抗拒、斗争、逃避，但我们还是需要接受安东尼患有自闭症这个事实。

我们为什么不能谈一谈？我们为什么不能对彼此说出自己的感受、想法和恐惧，说出我们依然深爱着对方？事实还是这样吗？我们还爱着对方吗？

对于安东尼来说，我们是多好的榜样啊，对吧？我们一边对他说“嘿，安东尼，快说话”，一边身体力行，教他如何做到闭口不言。每个星期，我们都要让安东尼接受35个小时的治疗，让他学会开口说话。我很好奇，我和戴维每周又需要多少个小时……

她和戴维从没去看过婚姻治疗师，也许他们应该试试。但在和安东尼的各种职业治疗师、行为治疗师、语言治疗师打过交道后，在参加过家长互助组，做过哀伤辅导①后，他们发现没有哪种治疗真的有效，也就不打算让原本就被各种治疗填满的生活中再多一种治疗，再多一项花费。

奥利维娅合上日记本，闭上眼睛思考着。最近她每天都会翻看几页日记，读一读自己的过去，想要和它达成和解，寻求内心的平静。然而等她睁开眼睛后，又发现今天做不到。

她叹了口气，回到厨房里又倒了一杯酒。在拉开冰箱门时，她听到了一声尖锐的“叮”。她站住了，想要分辨出那是什么声音。她总能

① 哀伤辅导：一种心理治疗，针对失去亲人、朋友、工作，或正在经历失落痛苦的人。治疗者会协助患者激发出体内正常的悲伤情绪，帮助患者重新正常生活。——编者注

听到屋里有些动静，刚住进来时，这些离奇怪异的声响总会吓到她，但现在她已不那么害怕了，更多的是好奇。

经常笼罩在楠塔基特岛上的雾会把声音裹住，让它变得低沉，因此浓雾之下的寂静是很明显的。但有些时候，她不知道为什么大雾会把声音放大、扭曲、分散，还能把它们从源头处传播到几英里之外。她发誓在卧室里听到过渔夫在船上交谈的声音，有时候她还会听到让人毛骨悚然、却又很悦耳的呜咽声，她情愿相信那是海豹在近海区域的叫声。

今晚大雾正浓，所以那一声“叮”可能是邻居家的风铃声、路口小朋友的车铃声，或是海滩上冰激凌车的摇铃声。但这声“叮”听起来更响亮，更清晰，就像是从这里传来的。她把酒瓶从冰箱里拿出来，这时声音又响了起来。难道是门铃？

她把酒放在厨房的案台上，在短裤上蹭了蹭湿乎乎的手，走到门口，打开了门。

“嗨，利维①。”

她倒吸了一口气。她没想到门外的确有人，更没想到会是他。

“戴维。”

① 利维：“奥利维娅”的昵称。——编者注

第 11 章

现在是上午 9 点一刻，贝丝已经把女儿们送去了社区活动中心。格蕾西和杰西卡很喜欢去那儿，但索菲很抗拒。去年的夏令营接近尾声时，12 岁的她就表示自己已经长大了，不再适合参加那些游戏、手工和活动，抱怨夏令营很“无聊”。如果去年就觉得无聊，那么今年注定是纯粹的痛苦，但别人家那些年龄太小，暑期没法去打工的孩子，全都会去活动中心参加夏令营；再说，贝丝宁愿让索菲在社区活动中心里痛苦，也不想让她一整天都在屋子里鬼鬼祟祟地活动，在家里无聊和痛苦。

贝丝把车开进社区活动中心的停车场后，对三个女儿说：“祝你们玩得开心啊！”杰西卡和格蕾西笑着挥了挥手，但索菲回答：“放心吧，我肯定不会的！”然后她“砰”的一声关上了车门。唉，13 岁的孩子啊。

今天夏令营的活动会一直持续到下午 2 点。吉米晚上不用上班，主动提议去接女儿们，和她们共度下午，然后一起去“兄弟情”餐厅吃晚餐。他说晚上 8 点会把她们送回家。

接下来她将面对近11个小时的自由时间，可以随心所欲地做些自己喜欢的事。真是完全自由的一天！若是放在一个星期前，她会利用这个时间来打扫卫生，开展一些平日里抽不出时间来做的“大工程”，比如擦洗所有的窗户、漂除露台家具上的霉菌和霉斑，或是去除草。但她最近一直在读《再活一次：用写作来调心》，翻看自己以前的笔记本，读着自己写过的诗和短篇故事，以及很多尚未完成的散文片段，乐在其中。而且她又开始做梦了。

于是她对那些霉菌、霉斑、窗上的花粉印和恼人的杂草置之不理，反而去了图书馆，想找一个安静的地方，心无旁骛地写作。今天，她已经做好了准备，要拂去被她尘封多年的创造力上蒙着的灰尘，看它是否还能发挥作用。她终于给自己留出了时间和空间，去挖掘内心那个在无意中被扼杀的、乐于表达的自己，那个自己先是迷失在了一个年轻妈妈的责任之中，然后又陷入了单调无聊的日常生活之中。

她走上二楼，来到一张结实的木桌旁边，在一把线条简洁的无扶手木椅上坐下。那张桌子比她家餐厅里的那张还要大得多，面前的窗户也十分宽大，至少有8英尺高。四周的窗户都敞开着，晨风吹进来，图书馆里空气清新。桌子四周还有9把同样的椅子，全都空着。

她拿出了那个很多年前买的螺旋装订笔记本，翻到了第一页。本子是空白的。除了在支付账单时写支票外，她已经很久没有动笔写过什么了，感觉既兴奋又紧张。她拿出最喜欢的那支钢笔，盯着眼前的白页，努力思索着该如何下笔。对她来说，万事总是开头最难。她用钢笔轻轻敲着自己的牙齿，这是她从中学时代起，每次被作业难倒时养成的习惯。这时，她的脑子里响起了妈妈的声音：“别敲了，伊丽莎白[1]。”于是她照做了。

她抬头看了看墙上的表，现在是9点25分。那只表就像这里的窗户和桌子一样，比寻常的尺寸要大，乳白色的表盘上写着罗马数字，橡木表壳上雕刻着精致的卷轴形花纹，看起来就像卷起的海浪。这只表看起来已经年代久远——说不定的确如此，而且背后还有一个古老的故事或者某些重要的历史意义，但贝丝无从知晓。今天的图书馆里非常安静，安静到她可以听到指针走动的声音。

嘀嗒。嘀嗒。嘀嗒。

图书馆今天为什么这么空荡？她看了看窗外——蔚蓝的天空万里无云，阵阵轻柔的微风吹过，真是完美的海滩时光。这才是她在如此自由的一天里应该做的：她应该去海滩！她从椅子上站起来，但还没等她扣上笔帽，就意识到了自己这股冲动背后的真正原因——恐惧！对她面前这页白纸的恐惧。再说了，选择在一个7月的中午去海滩，去和那里的人山人海争夺一小片沙地，这个冲动的想法简直愚不可及。全世界的人都去了那儿，她还不至于蠢到让自己受这种罪。

她又坐回了椅子上，把腿塞进桌子底下，尽量坐得舒服一点。好了，开始写吧。但是写什么呢？她想继续写以前没有写完的那些短篇小说吗？那她应该把它们带过来。故事应该发生在楠塔基特岛吗？还是发生在纽约？这些问题接二连三地在脑海中浮现，反复回响着，麻痹了她握着笔的手。

---

① “贝丝”是“伊丽莎白”的昵称。——编者注

她又看了一眼表：9 点 45 分。

嘀嗒。嘀嗒。嘀嗒。

也许她应该做一道《再活一次：用写作来调心》里的练习题，先让笔动起来，让墨水流动起来，润滑一下生锈的齿轮。她这才想起，她以前都是这样开始的。

她拉开大而笨重的手提包。这是一只破旧的黑色尼龙包，是别人送给她的。是乔治娅吗？已经是很久以前的事，她想不起来了。这是她在迎婴派对上收到的礼物。没错，她的提包确实是只尿布包，吉尔觉得这很丢脸。

贝丝承认，它的确算不上多美观，而且，是的，女儿们早就完成了如厕训练，但她喜欢它宽宽的肩带；它的材质防水，几乎沾上任何东西都能被擦干净；它还有很多实用的小口袋，以前放奶瓶的口袋现在装着水杯，以前放湿巾的口袋现在用来放钱包，以前放奶嘴的带拉链的小侧兜里现在放着手机，而其余的东西就全往包里一扔。

其余的东西似乎都在，但就是没有那本书。它没在包里，她忘了带来。真该死！也许她该回家去拿。她低头看着桌上的笔记本。

依旧一片空白。

她必须得回去拿，但她很清楚，如果她这么走了，肯定就不会再回来了。如果她走了，用不了 20 分钟，她就又会变成一个戴着黄色橡胶手套，拎着一桶漂白剂的家庭主妇。她把双脚平稳而坚定地杵在地板上，像是轮船抛下的锚，然后深吸了一口气。她要继续待下去，哪里也不去。

她想扩写一篇以前的短篇小说，那是一个小男孩在想象出来的世界里找到慰藉和意义的故事。在那个世界里，各种颜色都有情感，水会唱歌，他自己可以隐身。她又想起了那个曾在海滩上与自己有过一面之缘的小男孩，他摆出一排白色的石头时所表现出的紧张和喜悦，即使对一个孩子来说也并不寻常。他俩心灵相通的短暂一瞬像是只存在于他们之间的微妙的秘密。这两个小男孩的故事都让她着迷，觉得非写不可，也许她可以把两个故事合并起来，但该用什么样的方式呢？

她用笔敲着牙齿，想起了那句名言：写你知道的事情。可是她知道什么呢？她低头望着空白的纸页。

然后她抬头看了看表，叹了口气，10 点 25 分了。也许她应该去豆子咖啡馆，喝杯咖啡，吃些点心；也许她需要的是一些咖啡因、一点儿食物，以及一幅不一样的风景；也许是这里的气氛不对。她环顾四周——一排排漆成了乳白色的书架上摆满了硬皮精装书；地上铺着波斯地毯；墙上挂着著名作家，比如拉尔夫·沃尔多·爱默生、亨利·戴维·梭罗、赫尔曼·梅尔维尔等人的油画肖像；还有那只该死的表。这里的气氛太严肃、太学术、太让人望而生畏了，让人压力太大。

她有足够的理由离开，也有诸多或荒唐或合理的借口，但她还是留了下来。她想写作。她望着四周，看着书架上的数百本书，每一本都由作者一字一句的心血凝聚而成。她选择接受它们的鼓舞而非胁迫：凭什么她这样的人就写不出书呢？

她的目光停留在一本叫“围墙”的书上。这本书就在离窗户最近的书架的第二层上，封面冲外，灰白相间，印着一个小女孩的黑白照片。小女孩长得有点像蹒跚学步时的索菲，但吸引她的并不是她们轻微的相似，其实也不是其他——不是书名，不是封面，甚至不是小女孩的照片，她没觉得它有什么特别值得关注或格外有趣的地方，但不知为何，她还是被它深深吸引，莫名其妙地被它牵住了目光。

她强迫自己把视线挪开，扫视其他书架，但没有哪本书是封面朝外放的，一本都没有。她又看向《围墙》，依然无法将目光移开。它并不像墙上的表或手提包那样让她分心，也不像她空白的笔记本那样无法被忽略，而是无缘无故就让她不由自主地看了过去。

她初遇吉米的时候，也有同样的感觉。那是一个深夜，在楠塔基特岛上一家大名鼎鼎的邻家酒吧，她情不自禁地一直看着他。虽然他很迷人，但这不是她注视他的原因，毕竟那年夏天的楠塔基特岛上，到处都是魅力四射的单身帅哥；虽然啤酒和伏特加果冻下肚后，她已经醉了，但这也不是原因。那天晚上，她的眼里只有吉米，即使整个酒吧都变得模糊，吉米也依然无比清晰。她感觉自己神魂颠倒、意乱情迷，他就像一块磁铁，把她吸引到他的身边。

现在，书架上的那本书也给了她同样的感觉。她盯着它，为它并不迷人的简单封面着迷，好奇这是一本什么样的书。

她凭借着惊人的意志力，抗拒了它的魔力，让思绪回到了空白的纸页上。

空白。空白。一片空白。

嘀嗒。嘀嗒。嘀嗒。

她又抬头看向那本书，这次感觉封面上的小女孩似乎正在注视着她。

哦，天哪，管他呢。

她走到书架前，拿下那本书，回到了座位上。《围墙》，克拉拉·克莱本·帕克著。她看了看封面和封底文字，了解到这是一个真实的故事，作者是一位母亲，讲述了自己患有自闭症的女儿的故事。贝丝很喜欢《深夜小狗神秘事件》，但她一般不会主动挑选自闭症这个题材的书来看。不过，今天她显然也写不出一部伟大的美国小说的开头，而且她绝不会回家打扫卫生，于是她干脆扣上笔帽，打开书，读了起来。

几个小时后，有人轻轻拍了拍她的肩膀，把她吓了一跳。她抬起头，发现是玛丽·克劳福德，这里的图书管理员。

“抱歉啊，贝丝，我不是故意打扰你，但是再过 5 分钟我们就要闭馆了。”

贝丝抬头看了一眼墙上的表，上面显示的时间是 4 点 55 分。她望向窗外，发现射进来的光线更加柔和，更加分散，影子越来越长，预示着夜晚的到来。她又看了一眼手表，4 点 55 分。怎么会这样?

她低头看到了自己的笔记本。

一片空白。

“不好意思，我完全被这本书吸引了。”

“你想去办理借阅手续吗?”

“好，谢谢。”

贝丝没有写下一个字，但她至少发现了一本值得一读的好书。

贝丝回到家里，在女儿们回来之前，她的“解放日”还剩下很长一段时间，她可以打扫一下卫生，也可以吃点儿东西。她选择了后者，她已经快饿晕了，早餐之后就没吃过东西。

她给自己做了个火腿芝士三明治。为了庆祝一下这个“解放日”，她决定再给自己弄点儿像样的饮料。她把伏特加、青柠汁、蔓越莓汁和一点儿姜汁啤酒倒进了格蕾西的午餐保温瓶里，因为她没有马天尼调酒器，然后又加上冰，摇晃了一下，倒了一些在酒杯里。她抿了一口，露出了笑容。味道不错。看到了吧？她不需要吉米，也可以给自己做出“火热激情”。

屋里的空气闷热污浊。今天家里一直没人，因此没开空调，也没开窗。贝丝拿起三明治、鸡尾酒和从图书馆借来的书，走到户外的露台，坐在一把生了霉斑的椅子上。

发霉最厉害的是吉米的雪茄椅，它已经被推到了一边，面朝着露台的犄角，像是因为做了坏事而受到责罚。好几个星期之前，贝丝就让吉米把它彻底搬走，一劳永逸。以前她就很讨厌它，现在他和别的女人同居了，她自然更不可能替他保留着这把破椅子。她把身下的椅子挪了挪角度，好让那把破椅子从视线中消失，然后开始一边吃晚饭，一边看书。

当她还沉浸在阅读的乐趣和第三杯“贝丝牌火热激情鸡尾酒”——经过不断改良（少点儿青柠汁，多点儿伏特加），她感觉这第三杯的口感最佳——当中时，忽然听到大门打开后又被关上的声音。

“谁啊？”她大喊。

索菲和杰西卡都出现在了露台上。

“格蕾西呢？”贝丝问。

“去厨房了，她在做夏令营的作业。”杰西卡说。

“哦，什么作业？”贝丝问。

“不知道。”杰西卡说。

“你们晚餐吃了什么？”

“热狗。”杰西卡说。

“汉堡。”索菲说。

他们住在一座海岛上，孩子们却没有一个爱吃鱼，每次想到这一点，贝丝总是灰心丧气。她很喜欢海鲜，但每次在家里烹制，女儿们都会捏着鼻子，抱怨味道太腥。

“你爸爸呢？”

“他走了。”索菲说。

“哦。”贝丝说，对他没有进屋感到莫名失望。一定是伏特加起了作用。

“今天夏令营怎么样？”

“无聊死了。”索菲说。

“你能不能转变一下态度，别总给妹妹们泼冷水？你像她们这么大的时候，可是很爱去的。”

“好吧，那里可有意思啦！”索菲说。她故意拉着长音、尖声尖气地说出“可有意思”几个字，小脸舒展开来，露出酒窝，那是一种甜蜜得不太真实的秀兰·邓波儿[1]式微笑。

“行了，行了，晚餐怎么样？”

索菲没吱声，望向了杰西卡。

“可有意思啦！”杰西卡模仿着姐姐，用一模一样的语气说。

---

① 秀兰·邓波儿：美国女演员，著名童星。——编者注

“烂透了。”索菲说。

“嘿！注意你的用词。”贝丝说。

“她也去了。”索菲说。

“哦。”贝丝说。

“我不喜欢她。”索菲说。

“我也是。”杰西卡说。

贝丝想像慈母似的教授给女儿们一些人生智慧、提供些“政治正确”的建议，或至少说两句正面积极的话，但那一杯杯“贝丝牌火热激情鸡尾酒”却偏偏跟她对着干，让她无法如愿，于是她只能说了句实话：“我也不喜欢她。”

“是，但你不像我们，你不用和她待在一起。我希望我们不用再见到她了。”索菲说。

“我希望爸爸回家。”杰西卡说。

贝丝的心都碎了。

“他不会回来了，对吗？”索菲问。

“是的，我觉得不会了。”贝丝说。

杰西卡的眼泪在眼眶里打转，索菲的眼神中透露着愤怒。

“对不起，宝贝们，非常对不起。这的确烂透了。”

“我很想他，妈妈。”杰西卡说。

“我也想他。”贝丝说。

“我以为你会恨他。”索菲说，“所以你才把照片都撕了。”

“不是因为这个，不过有时候我的确会恨他。我想他，也恨他，这是一种很复杂的感觉。”

“那你是更恨他还是更想他?”杰西卡睁着一双大大的湿润又充满希望的眼睛问。贝丝用手擦拭着杰西卡脸上的泪，然后吻了吻她的脸颊。

“更想他。”贝丝怜爱地看着这个排行居中、生性敏感的女儿，说道。

“好吧，可我恨他。”索菲说。

“索菲!”贝丝拿出了平日里教训她时的语气。

“为什么你可以恨他，我就不能?”

她说得很对，但贝丝沉默不语。她沉默，是因为就算吉米不再是她的丈夫，也永远是索菲的父亲；她沉默，是因为不管恨什么人，都不是一件好事。但是，如果这就是索菲的真实感受，那她可以去恨自己的父亲吗?把这些真实的感受压抑在心中并不是什么健康的行为。也许贝丝应该和学校的辅导员预约一下，让三个女儿都谈谈对这件事的想法。

“因为我是你们的妈妈。”她最终还是开了口，动用起家长的权威，结束了这场讨论，“天晚了，去睡觉吧。”

索菲翻了个白眼，走回了屋里。她的妹妹也跟着走了进去。贝丝在进屋查看格蕾西的情况并督促她们洗脸刷牙前，又接着看了几页《围墙》。

女儿们刚刚睡下，贝丝就拿着书上了床。在度过了无忧无虑的奢侈的一天后，她莫名觉得疲惫不堪。她希望今晚能把下一章看完，甚至把整本书都看完，但还没翻过一页，她就合上了眼睛。

她沉沉地睡了过去，这本书中的自闭症小女孩与前几个月前看过的《深夜小狗神秘事件》中的主人公重合在一起，相似之处越来越多——孤独离群，无法体会、表达情绪和感受，沉迷于重复的行为或动作，有智力障碍，重视秩序，痴迷数字，对声音和触觉敏感，固执，安静，真诚，勇敢，易被误解。

这些元素在她的睡梦中混合交融，形成了一种新的东西，一种既不属于《围墙》中的小女孩，又不属于《深夜小狗神秘事件》中的小男孩却具有典型特征的东西。这是一个模糊的雏形，是一个正在形成的想法的朦胧幻影。

这个朦胧的幻影在她脑海中奔腾，积蓄着力量，穿梭于她曾描写过的一个奇特的小男孩的幻想世界，融入了转动的风车和尖叫的声音，加入了对另一个小男孩的记忆以及他在海滩上摆石头时眼中流露出的喜悦。在汇集了足够的元素和力量之后，她脑海中这些来自四面八方的画面和声音聚合成一个整体，先是齐声合唱，然后慢慢汇聚成一个清晰的声音。幻影不再只是个幻影，它变成了一种灵感。

那一夜，一个有着棕色头发、棕色眼睛的小男孩走进了她的梦乡。那是一个用不可思议的独特方式看待、倾听和感受这个世界的小男孩。她不认识他，但她的灵魂却很熟悉他，她能清晰地看到他。他是如此生动而真实。她理解他。早上被闹钟吵醒时，她还在梦着这个小男孩。

上午9点，她把女儿们送到了社区活动中心，祝她们度过愉快的一天，索菲又“砰”的一声关上了车门。然后贝丝直接开车去了图书馆。

她走到楼上，看了一眼表，9点15分。她坐在昨天的座位上，打开笔记本，拔下笔帽，深吸了一口气，开始用梦中小男孩的口吻写了起来。

第 12 章

* * *

我躺在后院的露台上，望着天空。抬头看天空是我最喜欢做的事情之一，尤其是在晴空万里的日子里。晴空万里时，我会盯着湛蓝的天空，沉浸其中。我盯着蓝天的时间那么长，我对它的喜爱那么深，我仿佛离开了自己的身体，飘散到了天空之中，就像天气变热时，地上小水坑里的雨水会重回天空那样。

我离开了那个躺在露台上的男孩的身体，自己变成了蓝天。我是蓝天，远远高于大地和露台上的男孩；我飘浮着，自由自在。我是蓝天，是空气，我随着阵阵微风游动，打着旋儿，吹着风，在太阳之下，轻飘飘，暖洋洋，俯视着大地和露台上的男孩。

我是蓝天，我是空气。我无处不在。

我是蓝天，是吸入肺中的空气。我是呼吸，是流动于小松鼠、小鸟、我的爸爸妈妈和树上的绿叶的一呼一吸间的空气。我是由空气变成的能量，存储在体内，成为里面活生生的一部分。我是心脏、骨骼和想法，是露台上那个男孩脑海中未曾说出口的话，是爸爸的肌肉、妈妈的悲伤。我是蓝天，是空气，是呼吸，是能量，是身边所有生命的一部分。

我抬头望着万里无云的天空，我无处不在，和万事万物相联结。我低头看着躺在露台上的男孩。他很幸福。

第 13 章

戴维跟随奥利维娅走进厨房，一边走一边探头探脑，四处张望，大概是在查看地板和窗框的状况，评估房屋目前的价值——他总会不由自主地这么做。她倒了一杯酒，递给了他。

“房子看着还不错。”

“谢谢。你饿吗？我做了沙拉。”她说。

“不用了，刚才来的路上我吃了个龙虾卷。酒的味道不错。给，我给你带了这个。”他递给她一个小小的白色纸袋。

“是莉亚阿姨糖果铺的。”她边说边笑着晃了晃纸袋，还没打开就猜到了里面的东西——果然，是一整块巧克力乳脂软糖。

“你看起来气色很好。”他说。

“你也是。”

他看上去确实不错，穿着一件棉质格子衬衫，没有系扣，也没有把它掖在裤子里，只是随意地把它罩在一件灰 T 恤外面，配了条牛仔裤和一双黑色的意大利皮鞋。他的头发很黑，但鬓角微微泛着灰白色，比以前长了很多。他留短发时，头发又直又密，现在换了新发型，头发没有梳理、有些蓬乱，将他的自然卷和额前的翘发显露了出来。她很喜欢。

但他身上的其他地方依然是以前的戴维：黄褐色肌肤、黑框眼镜、突出的喉结、棕色的眼睛——和她的很像，但颜色更深，也很像安东尼的。然后她注意到了他的手，手指上空荡荡的，没有了戒指。

“抱歉，我没有事先给你打电话，但我真的很想见你，又怕你不让我来。”

“我们去客厅坐吧。”

他跟在她身后，一起坐在了沙发上，两人之间相隔着一段礼貌的距离。戴维抬头望着壁炉上方的墙壁，望着安东尼的照片。爱意、喜悦和悲伤一起涌现在他脸上，它们齐刷刷地出现，势均力敌，好像一定要决出胜负，彻底占有他。他长叹了一口气，想要从中解脱出来，于是拿起酒杯喝了口酒。

“我要搬家了。”

“搬去哪儿？”奥利维娅问，立刻担心他会说“这里”。

“芝加哥。”

她对他的不请自来，以及此刻和她一起坐在客厅沙发上一事仍然感到意外，而现在又听到了这样的消息。戴维是土生土长的波士顿南海岸人，从波士顿学院毕业后，就一直和父母兄弟一起经营着一家房地产公司，他和波士顿密不可分。如果说她在家门口看到他时只是惊讶，那么现在的感觉则是十分震惊。

“为什么去芝加哥？”

“我也说不清楚。萨利在那边，他总说我应该去他那里工作。主要还是因为那儿不是欣厄姆吧。我必须离开欣厄姆，那里的一切都会让我想起自己失去了安东尼。”

他又望向壁炉上方的照片，好像让安东尼也加入了这场谈话，然后又看向奥利维娅。

“还有你，利维。那里的一切都会让我想起自己失去了安东尼和你。”

屋里静了下来。奥利维娅没有喝酒，也没有吃那块乳脂软糖，她注视着戴维的眼睛，安静地等待着，不想把他终于准备好要说出口的话又吓得收回去。

“我必须去一个陌生的地方，一个不会在每个房间里都能看到你和安东尼影子的地方。就算只是经过他的卧室，我的一整天也完蛋了，这种感觉太痛苦了。而且不只是我们的房子会给我这种感觉，所有人都会。我爸妈和道格，他们都会用那种悲伤谨慎的语气和我说话，用担忧的眼神看着我。如果我是他们，大概也会这么做，但我实在是受不了了。我不能一直做那个悲伤的家伙，你懂吗？”

她点了点头。她懂。

“我不能一直是那样的男人，我只想做回戴维·多纳泰利。”他说到自己的名字时，声音嘶哑而低沉，好像正在空气中蒸发。他擦拭着双眼，接着说：“我几乎记不起以前的自己了。我以为时间一久，日子就会变得轻松一点儿，但是并没有，远远没有。”

“我明白，戴维。我明白。”

“我甚至不得不把洗衣液换了，因为我的衣服闻起来总有你们的味道。是不是很不可思议？”

她摇了摇头。没有什么不可思议的，她也是如此。

“所以，还是去芝加哥吧。”他说，好像这是个显而易见的答案，像二加二等于四一样简单。

“换个地方生活会对我有帮助的，对你也会是一样。”

来到楠塔基特岛后，她不会偶遇哪个旧相识；不必面对每个人出于善意却让人难以承受的关切和同情的目光；不必嗅着安东尼枕头上的气息，把他的小鞋握在手里；不必住在那栋本该是他们幸福之家的拥有漂亮颜色墙壁的房子里。她很吃惊，原来她和戴维有那么多相同的感受，更吃惊的是，他现在可以坐在这里，把这些感受表达得如此清楚，可以和她交流。

若是当初……

“更何况，眼下我是个住在郊区一栋四居室房子里的单身男人，是时候开始新生活，去做些更有意义的事了，对吗？”

“你打算把房子卖掉吗？”

现在的房市并不景气，所以她猜测戴维会等上一阵子，先把它租出去，等市场回暖后再出售。

“我已经让道格把它挂出去了。如果你愿意的话，我可以先把你的东西放在他那儿。”

“嗯，好。”

“那你呢？你觉得你会搬走吗？”

“我能去哪里呢？”

“我想你大概会回佐治亚州，离你妈妈和妹妹近一点儿。”

她原本以为自己早晚会回家，回到妈妈的怀抱和童年的卧室中，尤其是在三月初天寒地冷的那几周，这个想法尤其强烈。然而现在，她知道自己不会这么做，她会回佐治亚州探望她们，但绝对不会搬回去生活。如果搬回去，她就会陷入戴维现在正在逃避的境遇——出于善意的同情，无休止地提醒着她悲伤和失去的一切。

“不会，我很喜欢这里。”她说。

“你过得怎么样？在钱这方面，我知道我们说好的是半年，但如果你需要……”

“我没事，我又开始拍照了，拍海滩写真。目前的收入够用了。”

“你确定吗？”

“嗯，日子很充裕。”

他又看了一眼安东尼的照片：“你肯定会拍得很好。”

她笑了：“至少目前还没有人要求退款。”

他又环视了一下房间，还是用他地产经纪人的眼光，但或许也在避免看到身边的奥利维娅和墙上的安东尼：“我本来以为你会把这里再弄一弄呢。”

“喂！”

“不是那个意思，这样很好。我是说，还不太像你的风格。”

他们刚搬进欣厄姆的家里，她就把每个房间都粉刷了一遍。金黄色、知更鸟蛋一样的蓝色以及海绿色的墙壁温暖而愉悦地环抱着每一个房间；而在这里，每面墙都保持着上漆之前原本的白色。所有的家具、装饰和摆设都稀稀拉拉、中规中矩，还是他们刚刚买下这所房子时匆忙买来的，为了及时迎接第一批房客。

“我喜欢这个。”他说，示意咖啡桌上的大玻璃碗，里面装满了白色的圆石头，堆得高高的。她发现圆石头在这里随处可见。

“谢谢。”

“我喜欢这里。我一直以为我们会在这儿度过晚年，两个人一起，在未来的某一天。”

“我也是。”

“我们本来有各种各样美好的打算，后来……”

后来。这个词孤独地停留在半空中，拒绝任何陪伴。

他朝咖啡桌俯下身，从石堆的顶端拿起一块石头，把它紧紧地攥在手里，闭上了眼睛，好像在许愿。然后他睁开眼睛，松开拳头，把石头放回了碗里。

“天不早了，”他说，看了一眼手表，“要想赶上最后一班渡轮的话，现在就该走了。”

“如果你愿意，你可以留下来。”

他轻轻歪着头，仔细端详着她，不太明白这个提议的意思。

“客房里的床是铺好的，不麻烦。”

他的表情像是如释重负，但也有些失落：“真的吗？”

“当然，明天早上你走之前，我们可以去豆子咖啡馆，就像以前那样。”

他笑了：“这个主意不错。如果还有酒的话，再给我来点儿吧。”

已是深夜时分。奥利维娅在床上躺了几个小时，却依然清醒，她听到客房的门开了，戴维走进了客厅。她又听到后门“吱呀”一声打开了，然后纱门“咣当”一声关上了。她等待着，听着，却没有再听到任何动静。她下了床，穿过客厅，打开后门外的纱门，走了出去。

戴维躺在草坪上，身下是一条毯子，正望着天空。

“戴维？”

“嗯。”

“你在干什么？”

“我睡不着。”

她走到他身边，和他一起躺在毯子上。那条毯子不大，她发现很难躺在他身边却又不碰到他。她把胳膊肘紧贴在身体两侧。

“这里的星空太美了。”他说。

“是啊，我很喜欢这里的天空。”

“我从没这样看过星星，还有那个月亮，真是美得难以置信。”

月亮还有些羞涩，没有完全变圆，呈现出明亮的黄白色，洒下皎洁柔和的光辉，月表类似于人脸形状的坑洼，明暗深浅，清晰可见。月亮周边被照亮的天空呈现出白日里的湛蓝，而天幕的其他地方依然是墨色的，点缀着璀璨明亮的星斗，光彩熠熠。她先找到了北斗七星，然后发现了小熊星座、金星。她只认识这些，真应该再多学习些星座知识。

他们继续望着星空。等她的眼睛适应了星空的明亮，更多的星星出现了，而不可思议的是，紧接着又冒出了更多。满天的星斗浩如烟海，发出朦胧混沌的光晕，充满能量的层状星系存在着，燃烧着，闪耀着，深不可测，遥不可及。她想象着从那里的高空中俯视她和戴维的画面——在一座距离美国大陆30英里的海中小岛上，在一片草坪中，毯子上躺着两个渺小的呼吸着的生命。这两个渺小的生命曾经幻想过此生永不分离，曾经共同生育过一个漂亮的男孩，而现在他们并排躺在毯子上，观察着无穷的宇宙。

“看到那个了吗？”他指着天空，用手指画出一个“W”的形状，“那是仙后座。”

“真神奇。”

楠塔基特岛清澈的夜空的确美得出奇。而欣厄姆的夜空，即便出现了什么值得注意的东西能吸引人抬头去看，也不会如此美不胜收。芝加哥的夜空也不会。她想象着戴维在那里生活的情景，四周都是高楼大厦和让人眼花缭乱的城市灯光，他会在密歇根湖边漫步，在一个无云的夜晚抬头望向天空，只看到漆黑一片；而奥利维娅却能看到如此美妙的星空。

拜持续不停的阵阵微风所赐，这是一个没有蚊虫骚扰的清凉夏夜。奥利维娅打了个冷战，身上的那件无袖棉睡裙显得如此单薄。戴维向她贴近了一些，这样他们的肩膀、腰和腿都靠在了一起。他将自己没戴戒指的手和她的手十指交叉地握在一起，她接受了他的手。他身体的触碰和指尖的温度如此熟悉，带给她安慰，让她感到温暖。

“我很想你。”他说，依然望着星空。

“我也很想你。”

“我在离婚协议书上签字了。”

正如她之前预料的那样，戴维花了很长的时间才接受这个结局，但他最终还是走到了这一步，他来到了这里。

她握紧了他的手。

“我必须来看看你，看到你很好，我才能安心离开。”他说。

“我很好。”

“你很好。”

“你也会的。”

他们握着手，望着夜空。月亮、星星、天空、宇宙。这是一片几乎可以让她再次相信上帝的天空，再次相信一切神秘莫测都是神的旨意，万事万物都是命中注定。

但愿如此。

第 14 章

贝丝从睡梦中惊醒，从床上了坐起来，屏住呼吸，双眼圆睁，竖起耳朵静静地听着。*那是什么声音？*她看了一眼闹钟，凌晨 3 点 23 分。声音再次响起，她的神经一下子紧绷起来。她坐得更直了，眼睛瞪得更大。

楼下有人在走动，脚步沉重，是个大块头，肯定不是女儿们。自从她搬到这里生活后，无论是房子还是汽车都再未上过锁——她认识的每一个人都是如此。在楠塔基特岛上，除了夏季游客，没人会把房门和车门锁上，任何人都可以径直走进她家。声音再次传来，楼下有人。是小偷？还是强奸犯？

会不会是吉米？

她走出卧室，心脏怦怦直跳，心想如果她不是这幢房子里唯一的一个成年人就好了，那样就不必亲自下楼追寻声音的来源。她站在楼梯顶端，仔细听了听，没听到什么动静。也许这是幻觉，最近她做了很多生动逼真的梦，也许是她梦到了这个声音。正当她准备转身回屋睡觉时，听到楼下的地板发出了“咯吱咯吱”的声音。不是幻觉，不是在做梦。

在鼓起勇气走下楼之前，她注意到杰西卡的网球包就放在走廊里。她拉开拉链，掏出女儿的网球拍，像握剑一样把它举在了身前。如果家里真的进了小偷或强奸犯，她不知道这只网球拍能派上多大的用场（她发球时一向没什么力气），但手里握点东西至少能让她稍微安心一些。

她把网球拍高高地举在面前，蹑手蹑脚地走下楼梯，穿过黑暗的客厅，走进厨房。她在心里默默数了三下，然后“啪”的一声打开了灯。他出现在了眼前，笑嘻嘻的，做出一副束手就擒的样子，酩酊大醉。

“吉米，你这是在干什么?”

他眨了眨眼睛，眯成一条缝，把手举起来挡在眼睛前，就像一只遮光板，在黑暗中摸索了半天后，他努力地适应着厨房里的明亮灯光。他满脸是汗，红袜队棒球帽歪歪斜斜地反戴在头上，浑身散发着雪茄和酒精的味道。

“我来给你这个。”他拿出一只贺卡大小的白色信封。

“天啊，你不能这样。你可以回去告诉你那个女朋友，我的生日在10 月，而且我不想再收到她的卡片了，永远都不要。”

“这是我给你的，而且她不是我女朋友。”

贝丝的心脏仿佛停止了跳动。如果他说出“她现在是我的未婚妻”这种话，她一定会用手里的网球拍把他痛打一顿，打到他奄奄一息为止。她对天发誓自己一定干得出来。

“我们分手了。我搬出来了。”

她脑袋中的血液重新开始流动。她松开了紧紧握着球拍的手："呃，很遗憾你们俩走到了这一步，但你不能就这么回到家里来。"

"我没有，我只是想给你这个。"他又把信封举了起来。

无论信封里装着什么，她都顾虑重重，不敢触碰到它，于是小心翼翼地伸出手里的球拍。吉米把卡片放在了球拍上。她好像端着一只死老鼠，或是其他什么恶心的、可能有毒的东西，伸直了胳膊将球拍举得远远的，端着卡片穿过厨房，然后把它倒扣在桌面上。

"好了，我拿到了。你可以走了。"她用球拍指向门口。

"我们能不能先谈谈？"

"不能，你现在的状况，什么都不适合谈。"

"我很好。"

"你闻起来可一点儿都不好。"

"求你了。"

"现在可是深更半夜啊。"

"我很需要和你谈谈。"

"你本来有好几个月的时间可以跟我谈；你想现在和我谈，只是因为你女朋友把你赶出来了。"

"她不是我女朋友，她也没赶我出来，是我主动离开的，是我主动结束的。"

"你必须得走。"她一边压低嗓门，一边尽可能地用坚定有力的态度表达出她的想法。她不想把女儿们吵醒。

"我走之前，你能打开卡片看看吗？"

"不行。"她转身走出厨房。既然他不愿意走，那她就离开。现在是深夜，她要回去睡觉。

“贝丝，”他抓住她空着的那只手，拉住了她，“你看着我。”

她看向了他。

“我很想你。”

“很好。”

“我说的是真的。”

“你现在很孤独，所以才会想我。”

“我一直都在想你。”

“你必须得走。”

他没有放开她的手，而是将她拉进怀里，吻了起来。

他身上散发着汗液、啤酒和雪茄的味道。她应该感到反感，感到自己受到了冒犯；她应该把醉醺醺的他撵出家门；她应该用手里的网球拍狠狠敲他的头。但出于某些莫名其妙、毫不理性的原因，她丢下了手里的“武器”，融化在了他的吻中。

现在他正褪去她身上的长睡衣，她没有拒绝。他仍然在吻她，胡子擦过她的脸颊，而她也在回吻他。在她脑海中的某个角落，一个出离愤怒的声音在大吼：“你这是怎么了？”但另外一个声音却平静地回答：“嘘……我们以后再谈这件事。现在别吱声，把他的裤子拉链拉开。”

还没等她反应过来，他们就已经躺在了厨房的地板上。她已经一丝不挂，他的裤子褪到了膝盖处，还穿着鞋和衬衫。在相识以来的15年中，他们从没在厨房的地板上亲热过。事实上，除了卧室和浴室，贝丝从没在家里的其他地方赤身裸体过。

整个过程迫切而热烈，直奔主题。虽然硬木地板把她的脊椎硌得生疼，虽然整件事一分钟就结束了，感觉却出乎意料地美妙。这是彻头彻尾的愚蠢之举，而且她很有可能会后悔，但出乎意料地、不可否认地美妙。

她的耳朵忽然像被针刺了一下。她是不是听到了楼上哪个女儿的动静？哦，天啊，她和吉米弄出了那么大的动静，很有可能某个女儿正在下楼，想查看究竟发生了什么事。贝丝把吉米从身上推开，慌慌张张地穿上了内裤和睡衣。

“快起来，我觉得女儿们听到了。”她小声说，“把你的裤子穿上。”

他听了听，没有动窝：“我什么也没听见。”

他说得对。家里依然静悄悄的。

“你得走了。”

“好，但我们能谈谈吗？”他的裤子还在膝盖那里耷拉着。

“现在不行，改天吧。找一个白天，你没喝醉，也穿着裤子的时候。”

他冲她笑了，那个迷人的笑容依然能将她瓦解。他说：“好。”

“现在快走。”

“行，行，我的帽子呢？”

“在那儿。”她指了指案台，她把帽子扔在了上面。

他戴上帽子，这次帽檐冲前，不再歪歪斜斜。“我很想你。”他说。

“走吧。”

“知道了。”他朝门口走去，“我晚些时候再来找你，好吗？”

她点了点头，他走出了家门。不管他现在住在哪里，她都希望他足够清醒，可以平安开车抵达。她想知道他现在住在哪里，她想知道他想谈什么，她想知道刚才这里到底发生了什么。

她感到自己被一分为三：一个她在面对佩特拉和其他朋友（甚至乔治娅）时，对于刚刚发生的事将感到羞愧难当、愚不可及；另一个一直觉得受到了威胁、觉得未经同意就被迫卷入一场和那个荡妇安杰拉的竞争之中的她，却因为刚刚发生的事，感受到了胜利的喜悦；至于剩下的那个她，还没有想清楚该如何看待刚刚发生的事。

她走到厨房的餐桌前，拿起卡片，打开了它。

贝丝，对不起。我爱你。请原谅我，让我回来吧。

你的吉米

第 15 章

现在是上午 10 点半，贝丝正坐在图书馆里。她在写作。她写的东西刚开始是一个小故事，灵感来自她的一个梦，但很快就丰富起来，形式也发生了变化：可能会变成一部相互关联的短篇小说集、一个中篇，甚至是一部长篇小说。她现在还不能确定。

她正在写一个自闭症男孩的故事，但他的故事和《围墙》《深夜小狗神秘事件》，以及她读过的其他任何一个自闭症故事都不同。在她的故事里，虽然这个得了自闭症的男孩不能说话，她却选择从他的视角和口吻讲述，让这个沉默不语的孩子也有了声音。

今天上午，她把故事写在了自己的笔记本上，而不是索菲的笔记本电脑上。她写字的速度远远超越打字的速度，但无论再怎样奋笔疾书，都赶不上脑海中的文思泉涌。她握笔过于用力，手指有些抽筋。她停下来，甩了甩手，回顾了一下写完的文字，这部分内容讲的是她笔下的角色是如何相信自己的大脑在正常运转的。

* * *

我总能听到别人说我的大脑出了毛病，他们说我的大脑坏掉了。妈妈总是为我坏掉的大脑哭泣，她和爸爸会为我坏掉的大脑争吵，每天都会有人来我家，想要治好我坏掉的大脑。但我觉得它并没有什么问题，我觉得他们都说错了。

我在外面的车道上摔倒了，摔破了膝盖，但感觉那只膝盖好像不是我的。摔破的皮肤出了血，很疼，有时候会变成粉色和白色，或是蓝色和紫色。我摔倒了，摔破了皮，我很疼，会哭，妈妈就会在摔伤的地方给我贴上一个印着班尼图案的创可贴。有时候坐在浴盆里洗澡，班尼创可贴会失去黏性，掉下来，露出来的皮肤依然是粉色的，依然是破的，我就会再贴上一个班尼创可贴。但再洗几次澡，班尼创可贴就掉了，里面的皮肤也长好了。

我的大脑没有受伤，也没有流血。我的大脑不需要贴班尼创可贴。

而且它不像我昨天碰倒的桌上的白色咖啡杯。它掉在地上，碎成了三块。爸爸说他可以再用胶水把它们粘起来，但妈妈说“算了，已经摔坏了”，然后就把曾经共同属于一个白色咖啡杯的三块碎片扔进了垃圾箱。破碎的东西就是毁坏了的，就要扔进垃圾箱。

我的大脑没有摔在地板上，没有碎成三块，它不属于垃圾箱。

它也不像我踩过的蚂蚁，粉身碎骨，身体扁平，再也不能动弹，已经死去了。死了的东西就永远坏掉了。那只蚂蚁坏掉了，但我的大脑没有。我的大脑依然记得那只蚂蚁，记得它小小的身躯在我鞋子底下破碎的声音，所以我的大脑依然在正常工作。

我的大脑并没有像蚂蚁一样死去。

我真希望可以告诉他们，我的大脑没有问题，所以他们不要再哭泣和争吵了，不要再找人来家里给我治疗了。他们把我弄得很累。

我的大脑里有很多不同的房间，每一个房间都有各自的分工。比如，我有一个负责看见东西的眼睛房间，有一个负责听到声音的耳朵房间。我还有一个手房间、一个记忆房间（就像爸爸的办公室那样，里面有很多装满了文件的抽屉、文件夹和箱子）、一个新事物房间、一个数字房间（我的最爱）和一个恐惧房间（我希望这个房间可以坏掉，但它一直很好）。

这些房间并不挨着，它们之间都隔着长长的曲曲折折的走廊。如果我回忆昨天发生的事情（比如我打翻了白色咖啡杯），我就会待在记忆房间里。但如果我想在电视上看班尼的录像，我就要离开记忆房间，走进眼睛房间，或者耳朵房间。

有时当我在走廊里穿梭，去另外一个房间时，我会迷路，会困惑，会困在半路上，不知道自己身在何方。在这种时候，我会觉得也许我的大脑的确出了些小问题，但我知道我只需要找到通往某个房间的路，然后关上门。

但是，如果有很多事情同时发生，我就会遇到麻烦。比如我正在数厨房地板上的方砖（180 块），待在数字房间里，但是如果妈妈这时候突然开始和我说话，我必须走进耳朵房间才能听到她的话，但我不想走，因为我还没数完，而且我很喜欢数数，可妈妈一直不停说话，她的声音越来越大，我感到了压力，于是离开了数字房间，去了耳朵房间。我走到走廊里，但是这时她又抓起了我的手，吓了我一跳，逼得我只能走进手房间，但那里不是我想去的地方，而且她还在和我说话。我听不到她在说什么，因为我正在手房间，而不是耳朵房间。

如果她松开我的手，我就可以进入耳朵房间。她在说："看着我。"但是如果我要看着她，就必须离开耳朵房间，进入眼睛房间，那样就听不到她在说什么了。于是我不知所措，只能在走廊里游荡，无法决定去哪里，被困在了半路，这时我就会陷入麻烦。

如果我在走廊里游荡得太久，而不是安全地待在一个房间里，就会被卷入恐惧房间，从那里出来很不容易。有时我被锁在那个恐惧房间里太久，从中摆脱的唯一方式就是用尽力气大声尖叫，因为有时我的大声尖叫能把大门弹开，直接把我推进耳朵房间里。

尖叫是唯一一种能让我摆脱一切的方式。

我的嗓子可以发出声音，可以尖叫，但不能说话，这并不代表我脑子里有个房间坍塌了。我在大脑里就可以和自己对话，没什么问题，所以我觉得也许我的嘴唇、舌头或者喉咙才是问题所在吧。我希望我能告诉妈妈和爸爸，虽然我不能说话，但我的大脑很正常。不过我不能告诉他们，因为我不能说话。我希望他们能自己想办法弄清楚这一点。

第 16 章

/ / / / / / / / / /

2004 年 1 月 25 日

/ / / / / / / / / /

昨天是很痛苦的一天，我经历了严重的精神崩溃。这种情况已经愈加频繁。我的治疗师觉得我应该开始服用抗抑郁药。这真是上天跟我开的一个事与愿违的玩笑：一直以来，我都在寻找、乞求和祈祷有一种可以解决一切问题的万能药，这就是我该死的祈祷所得到的回答吗？安东尼得了自闭症，所以我要吃抗抑郁药——这样问题就解决了！

就不能开点儿适合他的药吗？开一种真正有疗效的药，这个主意怎么样？给他开个药方，让他能开口说话、堆积木，不再反复开关电灯，不再呜咽尖叫，不再磨牙；开一种让他服用后不会变得像个神志恍惚、木讷呆滞的傻子或是毒瘾发作后焦躁不安的疯子的药；开一种不会让他呕吐在床单、地毯和我身上，吐得到处都是的药，这个主意怎么样？

但是，不能这么做，所以让我吃药吧！就这么定了。这样一切就会好起来了，是吧？

每天安东尼都至少会出现一次精神崩溃。现在，我每天也至少会出现一次精神崩溃。既然对他无计可施，那就来解决我吧——好像把我治好以后，每个人就都能应付安东尼的自闭症了一样。

上个月，治疗师给我开了西酞普兰，我把处方单扔了。我明白她的治疗思路，我很反感，但我尽量不去讨厌她。如果我抑郁了，那就抑郁吧。看看我现在过的日子，这应该是很正常的反应。如果她过的也是这种日子，她也会抑郁，任何人都会。她开出的那张能一劳永逸地解决我所有问题的处方单还是留给她自己吧。我选择继续喝酒了，谢谢你。

昨天的精神崩溃是这样的：我一个人去超市买东西，戴维陪安东尼待在家里，我心情很好，我喜欢一个人去超市。然后我回到家，打开家门后，首先映入眼帘的就是站在客厅中央的安东尼。他朝我斜斜地瞥了一眼，然后开始上蹿下跳，胳膊肘顶在肋骨处，扇动着手掌，发出尖利刺耳的叫声。这是安东尼看到我后很兴奋的表现。我当时脑海中闪现出的第一个念头是：嗨，安东尼，我看到你也很开心。然后我又想，也许我应该做些尝试，如果他不能模仿我们的行为举止，那我可以试着模仿一下他的。我把装满杂货的袋子放在地上，也发出了一声尖叫，一边跳一边扇动手掌。

就这样，戴维坐在沙发上看橄榄球季前赛，而安东尼和我都在尖叫着，上下跳动，扇动着手。这种感觉很不正常，很怪异，就像我在拿他取乐一样。这种感觉太不对了，这不是人们表达喜悦、兴奋或爱的方式。然后我想，这看起来就像智障的行为。单是想到这个词，我就感觉十分羞耻，我讨厌这个词。

为什么他就不能笑着说“嘿，妈妈，看到你回家好开心”？因为他不会说，因为他有自闭症。我恨透了自闭症！他尖叫着扇动着手，看起来就像个智障，这就是安东尼表达喜悦的方式，而我无法体会，也无法和他一起感受这份喜悦。

然后我又想，这辈子也只有这样了，我能得到的只有这些。不会有拥抱和亲吻，不会听到“嗨，妈妈”，不会听到“我爱你，妈妈”，不会收到他亲手制作的母亲节贺卡。他上蹿下跳，扇动手掌，大声尖叫，这就是他表达喜悦的方式，这就是他表达爱的方式。仅此而已。

有些日子里，我会对此心存感激，我可以做得到。但昨天，我实在无法承受了，我只感到了恼火。内心中理性的那个我知道，这是他最好的表现，我也很爱他这一点。我并没有对他恼火，我是对上帝恼火。

我抛下安东尼和装满杂货的购物袋，给福利神父打了个电话，向他倾诉了一番：多么糟糕的上帝才会让一个小男孩得自闭症？什么样的上帝才会让一个小孩承受这种痛苦？为什么？为什么安东尼不能和我们说话？为什么他不能像其他小男孩那样，看着我，笑着叫着“妈妈”，跑进我的怀里？为什么他只能这样生活？他到底做了什么，要让他来承受这样的生活？我到底做了什么，才会受到这样的惩罚？为什么？

然后福利神父说了一大堆无济于事的话——关于上帝的旨意，关于邪恶和原罪的表现。我不知道他说得对不对，一切都变成了毫无意义的空洞。我一言未发，但“为什么”这个词依然挂在嘴边，等待一个真正的答案。

然后他说：“继续祈祷吧，奥利维娅。你向上帝祈祷，他会听见的。”

就在这时，我精神崩溃了。我冲他说了一些话，类似于“我不想让他只听到我的祈祷，我想让他做些实事”“我想得到一些该死的回应”“我厌恶了祈祷，去他妈的祈祷。我受够了祈祷，我受够了上帝”。

我把手机扔到房间的另一头，尖叫哀号着，好像有人要谋杀我，好像这种生活会要了我的命，而且你知道吗？我认为它的确会要了我的命。

这样的日子会要了我的命。

戴维为了让我平静下来，错过了上半场的橄榄球赛。等到他去看下半场比赛时，我喝了一整瓶红酒，然后没吃晚饭就上床睡觉了。

今天醒来时，我头痛欲裂，从来没有那么疼过。我就着一大杯水吞下了四片布洛芬，到了中午，我有生以来最严重的一次头痛就消失了。

头痛时，我们有止疼片；悲伤时，我们有抗抑郁药；信徒们有上帝。

可是对于自闭症，我们束手无策。

奥利维娅已经把这件事忘得一干二净。在她的记忆中，她早就把它塞进一个箱子，锁了起来，束之高阁。但早上读过日记后，她又清晰地记了起来，仿佛这件事就发生在昨天。6 年前的一天，一种强大而痛苦的情绪控制了她。现在这种情绪随着记忆被唤醒，再次在心中翻滚，却感觉柔软了下来，还有些不合时宜，就像一个属于其他人的影子。

现在将近中午时分，她走在镇中心熙熙攘攘的游客中间，努力将注意力从自己身上移开。她脑子里并没有一个具体的目的地，也许是豆子咖啡馆或图书馆，或是去莉亚阿姨糖果铺买些乳脂软糖，抑或只是走一走。她打算随便走一走。

每当她打算走一走时，通常都会去胖女士海滩或巴特利特农场，去那种她可以自由行走其中、忘情于风景之间的地方。所以她今天会选择来到这里确实有些非同寻常：被困在狭窄的砖铺人行道上，走路的节奏经常被前面缓慢前行的游客打乱，前后左右都不断受到购物人群和喋喋不休的电话声的打扰。

她突然感觉手机在包里振动起来，于是停下来翻找。在手机响到第四声时，她接了电话。

“喂?”她等待着回音，“喂?”

她看了看来电的区号，没有认出，但这没有什么可奇怪的。楠塔基特岛上的人来自世界各地，她已经给从加利福尼亚州，甚至是从德国那么远的地方来的家庭拍过海滩写真了。她开始担心自己是不是忘了今天上午的预约，说不定此刻正有哪个家庭在海滩上心急如焚地等待她。但这种担心是多余的，她确定今天是自己的休息日。

她抬起头，发现自己正站在圣母马利亚教堂的门前。这是一座漂亮的教堂，外墙由白色的木隔板搭建，有一扇被磨得发亮的高大前门和一座没有钟的二层塔楼。门前的草坪上矗立着一座白色大理石雕刻而成的朴素的圣母像，她张开双臂，欢迎着教徒的到来。

但奥利维娅并不是教徒，马利亚并没有欢迎她进去。奥利维娅在精神崩溃的那天发了誓，她再也不会走进教堂半步。如果上帝放弃了她，她也会放弃他。这是个双向的游戏。

但即便她周日不再去做弥撒，不再去领受圣餐，即便她责怪、痛恨上帝，她依然在祈祷。她祈祷不是为了做样子，她不再注重形式，不再在胸前画十字，但依然在低声为安东尼祈祷。她会在淋浴时祈祷，在刷牙时祈祷，在等红灯时，在“好市多”超市排队给一个6岁的孩子买纸尿裤时，在进餐前，在睡觉前，她都在祈祷。她还在祈祷，因为即便她放弃了上帝，她对于上帝的抵制也只像是一种惺惺作态，而非真的坚信他无用。她依然相信他。

直到去年，她对他的信念彻底坍塌。

她继续沿着联邦大街步行。街上人来人往，摩肩接踵，占据着每一块可能占据的户外空间。他们在户外的桌子上进餐饮水，在街上骑车遛狗，坐在长凳上一口一口抿着冰咖啡，边走路边打电话边看着商店橱窗里的商品。每条道路上的车流都源源不断，缓缓前行，只有当一小群行人穿过人行横道时才会让出一点儿空隙。

她在原地站了一会儿，纠结是该回到车上，去一个人更少的地方，还是继续留在这里。正当她考虑要不要去巴特利特农场远足时，有人撞到了她，把她推向了一边。

“看着点儿路，小姐。”一个瘦高个男人从她身边经过时，扭着头对她说，没有把脚步放慢一点儿。

是你撞到了我，她心想。

她双脚稳稳地站在砖铺人行道中央，算是一种对人群的公然抗争，同时，这也是因为她不知道要去哪里。周围人流如织，她坚守着自己的一方领地，好像自己是一块在激流中被四处乱撞的漂流船包围起来的岩石。她被困在这个立锥之地，感觉很怪异，而且继续待在那里只会让她的焦虑感愈加强烈。

她真应该去海滩的。

然后她这才意识到自己在哪儿——她站在圣母马利亚教堂的门口。又一次。

她知道自己发过誓，再也不会踏进教堂，但她也曾发过誓，会一直深爱和尊敬戴维，直至死亡将他们分离，而现在她正在和他办理离婚手续。所以，她其实已经是个背誓者了。

而且，也许她现在依然信仰着上帝。自从戴维搬去了芝加哥，她发现自己又开始和他说话了。她来到这座岛上，是为了和过去的所有人、所有事切断联系，独自一人生活，这种她自愿承受的孤独成了她千疮百孔、伤痕累累的灵魂需要的慰藉。但是如果戴维依然在欣厄姆，她的双手就仿佛还抓着救命稻草，她会觉得自己还能回去——也许不能再回到戴维身边，或是挽回他们的婚姻（不过坦白说，她的确认为还有这个可能），但至少还能回到他们的房子里，她的家里，她原本的生活里。现在戴维去了芝加哥，她已经没有“过去”可回了。她和以往的人生、从前的生活彻底切断了联系。过去真的过去了。

会有另外一个家庭住进他们的房子里。安东尼本来应该在那里长大，长成他最棒的样子——无论那究竟会是什么样，而她和戴维本来应在那里一起变老。也许会有别人在那里过上这样的生活，别的比她更幸运、更有福气的人。

戴维还在欣厄姆时，她觉得自己在楠塔基特岛上的生活是一次“试运行”、一次旅行、一个假期、一段暂时隐藏起来的生活；是一次练习、一种伪装、一次彩排。而现在它却变成了现实，这就是她的生活：在楠塔基特岛孤身一人地生活，再无回头路。

她的生活变得一片空白。虽然她依然感到受伤和抗拒，但上帝又回到了她的生命里。她发现自己在和他说话，在厨房里做饭的时候，在洗衣服的时候，在海滩上散步的时候。她意识到自己不是在自言自语，而是在向上帝诉说。于是，事情就成了这样。如果她是在和上帝说话，那她就必须要相信他的存在。

她不断问着同样的熟悉的问题，在寂静中默默等待他的回答。在这片寂静中，她的孤独感如此强烈，像要将她吞噬。她感到孤独，并不是因为没有戴维甚至安东尼的陪伴，也不是因为失去了过去的家庭或朋友，而是因为得不到答案。她要寻求的是答案的陪伴。

而且不管她是否还相信上帝，她一直深信预兆，她觉得今天一定是有某个人或某件东西在召唤她走进这座教堂。她快步走过马利亚的大理石像，爬上台阶，很不情愿地推开一扇闪耀着光泽的柚木门，走了进去。

这座教堂比欣厄姆的圣克里斯托弗教堂要小，举办周日正午弥撒时大概可以容纳300人。里面光线昏暗，待她的眼睛适应之后，她注意到里面所有的东西都像是全新的——崭新的红地毯、光滑的靠背长椅、华丽的管风琴、教堂收藏的楠塔基特编织篮。这里还安装了空调。在这座岛上，遍地都有财富的痕迹。

里面空无一人。周日弥撒应该在早上结束了，要到周六下午，神父才会听忏悔。在走向圣坛之前，她在一张放着祈祷蜡烛的桌子前跪了下来。上面的蜡烛不是真的蜡烛，而是装了电池的蜡烛形状的塑料灯。镇子已经被烧毁过太多次，岛上的每个人就算没有公开表示过对火的恐惧，至少还是有点迷信的，看来天主教的神父也不例外。

她拿起其中的一支蜡烛，把它翻了过来，按下了底座上的开关，然后将它放回到桌上。它散发出橙色的光，完全不像真正的火焰那样让人满意。她像以前那样，又为安东尼“点燃”了一支蜡烛，紧接着又“点”上一支，是给戴维的。她闭上眼睛，想念些祷告词，却想不出要说什么，她已经很久没在教堂里向上帝祈祷了。她双手合十，又试了一次，但脑袋里依然一片空白。

也许她应该像其他人一样，念念《圣母经》或《天主经》这种现成的祷告词。她开始低声念起《圣母经》，但在说完“主与你同在”后就说不下去了。这些语句像是背诵出来的，干巴巴的，毫无意义，像在朗诵一首儿歌，这些不是将她吸引到这里的话。她离开三支“燃烧”蜡烛，慢慢走到教堂前方，来到圣坛后面，发现了一扇关闭着的门。她在门前站了一分多钟，才鼓起勇气敲了门。

“谁呀？请进。”

奥利维娅推开门，发现里面是一间小起居室。一位神父正坐在一张棕色沙发的中央，沙发正上方的墙壁上挂着一个黄铜十字架，他的手里拿着一本合起来的书。沙发左侧的一盏阅读灯还开着，右侧是一张小木桌，上面铺着一块乳白色的桌垫，桌垫正中央摆着一只白色的盘子，里面是一块没有动过的饼干。

“很抱歉，打扰您了。”她说。

“我没有觉得被打扰。请进，坐吧。”

屋里有两把椅子：一把简单朴素，罩着花卉图案的椅罩；另一把是安妮女王椅，上面放着明亮的孔雀蓝色软垫。她选择坐在了安妮女王椅上，双手交握在一起，放在了腿上，盯着地板看了片刻。地板上铺着黑白相间的六边形瓷砖，安东尼一定会特别喜欢。

“我叫奥利维娅·多纳泰利，这是我第一次来这座教堂。”

“欢迎来到圣母马利亚教堂。我是道尔神父。”

道尔神父满头银发，满面红光，这种光彩由内而外地焕发出来，不是太阳晒的。他穿着黑色的短袖衫、黑裤子、黑运动鞋，没有佩戴罗马领①。

“我也说不清楚为什么会来到这里。”

道尔神父等着她继续说下去。

“我5年前就离开了教会，但我一直在祈祷。”

“如果你一直在和上帝交流，你就没有离开。”

“不过，我觉得不是在交流，我们之间没有对话。我问了很多问题，从没得到过回答。我只是在自言自语罢了，我觉得。”

---

① 罗马领：一种白色硬领。黑色长衫和罗马领是天主教神职人员的日常服饰。——编者注

“你问了什么问题?”

她将双手紧紧攥在一起，做了个深呼吸：“我儿子得了自闭症，他不能开口说话，不会和别人有眼神接触或交流，不喜欢被触摸。他 8 岁的时候突发癫痫，因为硬脑膜下血肿去世了。所以我想知道为什么，为什么上帝会这样对我儿子？为什么他来到了人世，又那么快离开？为什么上帝让我曾经拥有他？他生命的意义是什么?”

“这些问题都很难回答。”

她点了点头。

“但都是很好的问题，是很重要的问题。你没有放弃追问，我很高兴。”

“您有什么看法?”

“我不太了解自闭症，但我知道上帝创造每一个人都是在表达他的爱。”

她很熟悉这种抚慰的话。在欣厄姆的神父那里，她也听到过这种教科书式的回复，然后谈话就会戛然而止。把一切都牵强地和上帝的博爱扯上关系对她没有什么帮助，就算能起什么作用，也只是让她心中已经迸发的怒火燃烧得更加猛烈而已。通常在听到“上帝在表达他的爱”后，她都会起身离开，但今天不知为何却没有。也许是神父道尔安慰的语气没有让她觉得受到了冒犯，也许是她喜欢这把蓝色的椅子，她依然坐在上面，纹丝不动。

“他在世时，每天晚上睡觉前，我都会给他盖好被子，对他说‘晚安，安东尼，我爱你’，我不知道他明不明白我在说什么。我是说，他不是什么都不懂，他明白很多东西，但是对于爱，我不确定。他很擅长和明确具体的东西打交道，很喜欢黑白分明的规则，很喜欢秩序，但是人情世故这些，他好像不会注意，也不怎么在乎。所以我也不知道。”

她知道他很爱玩石头、很喜欢班尼和秋千，但对东西的爱和对人的爱是不同的，和人与人之间有互动的爱也是不同的。他不让她拥抱或亲吻他。他们也不会注视着彼此的眼睛。他不会告诉她自己的感受，也不会说出“晚安，妈妈，我也爱你”这样的话。

“但不管怎样，你还是爱他。”

“当然了，特别爱他。”

她咬紧牙关，咽了下口水，想努力忍住眼泪，却无济于事，顿时泪如雨下。道尔神父递给她一盒纸巾。

“我不知道他能不能感觉到这份爱。”

“听不见也说不出‘我爱你’这三个字的聋哑儿童可以感受到爱，先天或后天肢体残缺、无法拥抱的孩子也依然可以感受到爱。爱不需要语言和肢体表达也能感受得到，爱是力量，爱是上帝。”

“我知道。我也认识其他一些父母，他们的孩子生来就有残疾、得了癌症或遭遇了不幸的事故。我知道跟他们相比，我没什么特别的，也配不上拥有更好的生活，但我依然无法理解。我觉得那些父母至少有机会让孩子知道他们的爱，而且这种爱是相互的，是可以得到回馈的，这一点很重要，可以从中获得慰藉。

“至少那些妈妈可以拥抱自己的孩子，把他们搂在怀里说‘没关系，我在这儿，我爱你’。那些孩子可以在妈妈的眼睛里看到爱，感受到爱。我和安东尼从来没有过这样的体验。如果安东尼很痛苦，他会大哭大喊，但我们无法得知原因，也不知道该如何是好，不知道他是肚子疼还是牙疼，是想出去玩秋千还是我不小心把他的哪块石头碰歪了。我感觉自己永远无法走进他的内心去安慰他。”

“那你自己呢？你也需要爱和安慰。”道尔神父说。

她点了点头，将眼泪从脸上拭去：“现在安东尼已经离开了人世，他爸爸和我在办理离婚手续。一切都已荡然无存，什么都没有了。”

“还有你，还有上帝。”

“那他到底在哪里呢？过去10年，他在哪里呢？”

“我知道忠于信仰是件很难的事。各种各样的艰难要么会让信仰更加坚定，要么会将其彻底摧毁，就连十字架上的耶稣都曾说过：‘我的上帝，我的上帝，为什么离弃我？’虽然我们凡人的确很难理解，但他一直都在。”

“我觉得自己特别孤独。”

“你并不孤独，主与你同在。”

“我没有听到我问题的答案。”

“你光用耳朵是不会听到的，要用心、用灵魂去倾听。他的答案就在那里，在你心里。”

“我不知道。”她边说边摇头。

“继续问下去吧，继续和上帝交流，试着用你的灵魂去听。”

她点了点头，但半信半疑，并不确定自己到底在赞同什么。她感谢了道尔神父，告诉他自己该走了。他把手搭在她的肩膀上，告诉她随时可以再来。

她从圣坛旁走过，从她“点燃”的三支蜡烛旁边走过，回到了室外。外面明亮耀眼的阳光刺痛了她的眼睛，让她不得不闭上双眼，稍等了片刻。在她把眼睛闭起来的几秒钟里，她的脑海中浮现出了安东尼的样子——未经修剪的棕色头发、深棕色的眼睛、喜悦的笑容。她也笑了，心中泛起深深的爱意。

这时，在她沿着教堂门前的台阶往下走之前，她又产生了一个想法：如果她不用双眼就能看见安东尼，那么也许她不用耳朵就能听到上帝的声音。

上帝，安东尼为什么要来到人间？他为什么会得自闭症？

她睁开眼睛，努力用灵魂倾听，走向了脚下人潮汹涌的人行道。

第 17 章

贝丝冲了个澡，换好衣服，做了些薄煎饼当早餐，然后她打包好三份午餐，擦净桌子，刷完碗盘，浇了花。收拾利索后，她开车把女儿们送去了社区活动中心，然后拐到镇上，很顺利就在印度街上找到了一个停车位，再次庆幸游客们都晚睡晚起。这就是一个寻常的清晨，一切如常，直到她走进图书馆，发现一切都变了。

她的座位上坐了别人。

那是位老妇人，肯定已经年过七十，有一头漂亮的银色短发，戴着厚厚的眼镜，上面系着一串珠链，挂在脖子上。她手里握着铅笔，好像正在解一道数独题，脚边的地板上放着一个棉袋子，毛线球、编织针和一本平装书从里面探出了头。看这架势，她可能会在这儿——贝丝的座位上——盘踞一整天。

贝丝当然明白，这个座位并不专属于她，不能称之为“她的座位”。但自初夏时起，从她开始来这里写东西时起，她就一直坐在这个座位上。她喜欢坐在这儿，背后是卷帙浩繁的书海，面朝窗户，还能看到墙上的钟表。它位于桌子最左侧的角落，右边很宽敞，可以铺开她的笔记本、纸和电脑。坦白说，她甚至坚信那个座位有神奇的魔力，只有坐在那里，她才可以奋笔疾书，不会质疑自己的文笔，不会嘲笑自己设计的对白，不会感到恐慌，能够勇往直前地写下去。只有坐在木桌旁那把朝东的木椅子上，小男孩的故事才会不断在脑海中涌现，她才能下笔如神。

而现在，一个眼神不太好的老太太却在借助那把椅子的魔力玩数独。

她考虑了一下自己面临的选择——她可以坐到旁边那把椅子上，紧紧挨过去，擤擤鼻涕，清清嗓子，嚼嚼口香糖，用钢笔敲敲牙齿，直至老太太不堪其扰，主动离开，另寻他处；她还可以用礼貌且无威胁性的语气直接询问她，能否换个位子；她还可以扭头回家打扫卫生；或者干脆就像个成熟的成年人一样，再找个别的位子坐。

她在桌子对面选了个座位，和老太太保持着一段礼貌又不遥远的距离，这样一旦老太太有意离开，她就可以第一时间收拾好自己的东西，收复原本属于她的领地。她打开索菲的笔记本电脑，盯着屏幕。现在索菲已经不太情愿和她共享电脑了。身下的这把椅子面朝西侧，坐上去还摇摇晃晃。她用指甲轻轻敲着牙齿，叹了口气，不得不接受一个显而易见的事实——这个座位没有一丁点儿魔力。

又过了一会儿，她转过身，抬头看了看表。她已经来了一个小时，却一无所获，只是回顾了一下写完的内容，而且她最为担心的事情发生了——老太太开始织毛衣了。也许她真的应该回家。她盯着电脑屏幕上的光标，希望它能像通灵板上的小乩板①那样，自动写出些什么来，但屏幕上没有出现一个字，却出现了一个女人的影像。她从屁股下面这把平庸无奇的椅子上转过身去，发现考特妮正站在她身后，冲她笑着。

“嘿，快坐，”贝丝说，为自己终于可以转移一下注意力而轻松了不少，“你来这儿做什么？”

“我去镇上办点事儿，顺便过来看看你。写得怎么样了？”考特妮指着贝丝空白的电脑屏幕问。

“还行，我觉得挺好的。等写完就知道了。”

“你想好书名了吗？”

“还没有。”

“等你写完后，我们应该一起在读书会上读一下，那该多有意思呀。”

贝丝笑着点了点头。如果她的书最终的确写得“挺好”，那么这个主意确实不错；但如果写得很差劲，则会成为一种无法承受的羞辱。

“这是给你的。”考特妮递给贝丝一本书。

书名是“补救你的婚姻”，作者是约翰娜·哈米尔。贝丝翻了翻，发现有些段落下画了线，页边的空白处还有考特妮的字迹。她望着自己的好朋友，既困惑又惊讶。

“这是我的书，我觉得写得很好，比市面上那些讲如何拯救婚姻的

---

① 通灵板：流行于欧美的一种占卜用具。它是一种平面木板，上面标有各类字母（或文字）、数字及其他一些符号，推动上面的小乩板时，木板上会逐字出现亡灵想要传达给使用者的信息，其目的是让使用者与鬼魂进行对话。——译者注

狗屎不如的书强多了。”

“所以，你看过了？为什么？”

“斯蒂夫出轨了。”

“啊？”

正忙着织毛衣的老太太抬头看了她们一眼。

“什么时候的事儿？”贝丝压低了声音问。

“4 年前。”

“什么？我的天，我还以为你会说‘上个星期’呢。”

贝丝盯着书的封面，思绪却飘向了别处。她摇着头，不知道是哪一点让她更为震惊，是斯蒂夫的不忠，还是考特妮把这个秘密保守了4 年？

“和谁？”

“一个离了婚的富婆。他当时和米基的施工队一起在马达凯特那边干活，给那个女人装修卧室和主浴室。他说是她主动勾引了他，这我信，你也知道有些夏天来度假的富婆是什么德行，好像她们理所当然可以占有一切。他说只发生了一次。”

“那你们现在和好了？你已经原谅他了？”

“嗯，刚开始没有。我当时一心想杀了他，这种状态持续了一段时间。后来杀他的念头没有了，但我没法原谅他。我把这类书都翻了个遍，这本可能对你有用，但没有一本能帮到我。我没法原谅他，没法信任他。我们之间不再势力均衡，他明显处于上风，而我是弱势的一方。”

贝丝跟随她的思路点点头，表示同情和理解。

“所以我也出轨了。”

“什么?”

正在织毛衣的老太太再次抬起了头，这次用嗤之以鼻的神情表达着自己的不赞同。很好，也许她们的聊天内容或是说话的音量能把她成功驱逐。考特妮笑着点了点头。

“和谁?”

“一个二十来岁的小年轻，叫亨利。我是在联邦 21 号酒吧碰到他的，只是一夜情罢了。”考特妮咧嘴笑了，知道自己的话让贝丝大为意外，“第二天，我就把这件事告诉了斯蒂夫。我说：‘现在咱俩两不相欠了，到此为止吧。’我们都向对方保证，这件事到此为止，我们的生活就继续了。”

“这也太难以置信了。”

“我知道。确实不可思议，但只有这样，我才能继续和他一起生活，而且我也不想离开他。我很爱斯蒂夫，很爱我们在这里的生活。我不愿意失去他。所以我的意思是，如果你想让吉米回到你身边，就先看看这本书。如果没什么帮助，照我看，你也去找个‘亨利’算了。”

“但吉米这事儿已经持续一年了，我不觉得……”

“你只需要做一次。一次就能扯平了。”

“这也是书里说的吗?”

“我就这么说说。婚姻不只是你们还爱不爱对方那么简单，你们得势均力敌，要信任彼此。你还信任吉米吗?”

“不信任了，但和别人上床就能管用?”

“反正对我很适用。”

贝丝摇了摇头，很难理解这种拉力角逐的学问，她觉得若是自己也出了轨，除了让他们二人都背负上不忠的骂名，成为无法再获得他人信任的骗子以外，不会起到任何实际作用。“我一直在想‘一次不忠，百次不容’这句话是谁说的来着？奥普拉①？还是菲尔博士②？”

“我不知道。我和斯蒂夫不是这种情况。”

“所以你们俩都只是一夜情。”

“对。”

“你们现在很幸福。”

“是，我们的确很幸福。”

“你们还信任彼此。”

“有足够的信任。我们总会受到爱人的支配，不是吗？任何事都有可能发生，但我足够信任他。”

“如果他再出轨怎么办？”贝丝问。

“我会杀了他。”

“不，我是说真的。”

“我不知道，可能会再找个‘亨利’吧。”

“我不知道，考特妮。我不确定我能否做得到。”

“你还希望和吉米顺利解决问题吗？”

贝丝曾以为，她和吉米是灵魂伴侣。他们刚认识的时候，有那么

---

① 奥普拉·温弗莉：美国著名脱口秀主持人。——编者注

② 菲尔博士：指菲尔·麦格劳（Phil McGraw），美国家喻户晓的电视心理学家，《菲尔博士脱口秀》的主持人，畅销书作家。——译者注

多的共同语言。两人都是单亲家庭中长大的独生子女。她母亲去世一年后，他父亲死于肺癌。他们都个性独立，有些大胆无畏，又都有坚定的决心去追求自己的梦想，从事自己热爱的事业——对贝丝来说是写作，对于吉米来说是捕捞扇贝。

吉米在缅因州长大。他父亲是捕龙虾的渔民，为了供吉米读大学，省吃俭用，只希望儿子日后能找到一份不必风吹日晒、更加轻松稳定的工作。吉米去缅因大学读了书，毕业后在一家小软件公司工作，完成了父亲希望他坐办公室的梦想。但吉米厌恶他的办公桌和格子间，厌恶被困在室内，内心向往的是父亲的渔夫生活。

这份“了无生气”的工作他只干了一年，第二年夏天他去了楠塔基特岛，本来只打算在那里过一个长周末，和朋友们度个假，但他和贝丝一样，爱上了这座小岛，决定留下来。虽然他对捕龙虾很在行，但还是学习了捕扇贝，当时这个行当可以赚大钱。

他们喜欢同样的音乐、同样的食物，都喜欢楠塔基特岛。更重要的是，他们深爱着彼此。然而，他们还是走到了今天这一步。吉米放弃了捕扇贝，而她最近才想起了写作这回事。吉米和另一个女人上了床，她不知道他们共同的爱好中还剩下什么。

贝丝朝对面的老妇人望过去。她还年轻，还可以重新开始，新生活中也不见得一定要有个新的男人。她可以重新定义和规划自己作为单亲妈妈的生活，可以写完这本书，可以离开小岛，去报社或杂志社找份工作。她可能会去山区或一个新城市，可能会回波特兰，或是去一个没有海滩、大雾或游客的地方，一个没有安杰拉·梅洛的地方。

诸多的可能性在面前展开，就算想一想“我可以”这几个字都让人兴奋。她可以随心所欲，做自己想做的事。但她到底想做什么？吉米想回到她的身边，这让她很高兴，但她有些怀疑自己高兴背后的动机。他选择了她，她赢了，击败了安杰拉，所以她感觉到的更多的是胜利的喜悦。

但谁又能说得准，再过一周、一个月、一年，他会不会改变心意？会不会在凌晨三点，手里拿着一张卡片，裤子褪到膝盖上，出现在安杰拉家的厨房里？她不想像悠悠球一样被吊在一根绳子上，忽上忽下，起伏不定。

也许这世界上根本不存在什么所谓的灵魂伴侣。也许所谓的丈夫不过是女人将就与之生活在一起的男人，这样就能有人把空调从家里的阁楼上搬进搬出，就能有人爱自己的孩子，就能有人陪在自己身边。但贝丝自己也搬得动空调，有朋友们的陪伴，而且就算她不再爱他，他还是会爱着孩子们。只是还有一个问题：她可能依然爱着他。

“我不知道。”

“你看，吉米现在占了上风。你们之间的问题已经不光是能否再爱或再信任对方了，而是要实现势力均衡。”

就在贝丝思考婚姻的构成要素，思考爱情、信任和势力时，她的思绪飘向了诚实的一边，坐在了她的对面。婚姻应该建立在诚实的基础之上。

“前几天的一个晚上，我和吉米做爱了。”

“我知道，佩特拉告诉我了，所以我才拿给你这本书。”

在听到这句话的一瞬间，贝丝对佩特拉气愤不已，气她辜负了自己的信任。但她只是耸了耸肩：“这么做什么也均衡不了，对吧？”

“思路对了，但找错了男人。”

“他想和我谈谈。”

“吉米这一点值得表扬。”

“我知道。”

“你们应该去看看婚姻治疗师。”

贝丝不知道吉米愿不愿去。

“如果你愿意，可以去找坎贝尔医生。”

“那个养鹰的家伙吗？”

“对，但是如果不找他的话，你就只能找南希·加德纳。”

南希·加德纳是一个离过两次婚的婚姻咨询师，她的姐姐是格蕾西的四年级老师。

“我不知道。”贝丝说。

“他挺好的，吉尔和米基找的就是他。”

“他们也去了？”

考特妮点了点头，故意挑了挑眉毛。

“为什么？他们怎么了？”

考特妮耸了耸肩：“家家有本难念的经，贝丝。”

考特妮看了一眼墙上的表，站了起来：“我得赶紧走了。把书看了，去找坎贝尔医生，再找个‘亨利’。或者干脆就和他一刀两断吧，这个选择也不错。”

考特妮走了，剩下贝丝一个人坐在松动摇晃的椅子上，盯着空白的电脑屏幕。她望向对面的老太太，她手里织的东西很快显现出了一只手套的雏形。真是一把神奇的椅子。

她叹了口气，合上索菲的笔记本电脑，把笔记本和笔收起来放进包里，拿起考特妮的书犹豫了片刻，随即也扔了进去。她沮丧地走出图书馆，一路上想到了爱、信任和势力，还有诚实。在走下门前的台阶时，她思考了自己目前的生活中有哪些显而易见的真实，四个直白的想法立刻跳了出来，高高举起了手。

1. 她不会去读《补救你的婚姻》。

2. 她不会为了和吉米扯平，去找个“亨利”。

3. 如果吉米愿意和她一起去见坎贝尔医生，她会做个预约。她希望他愿意。

4. 明天那个老太太最好不会出现在她的座位上，否则她将彻底失去它。

第 18 章

贝丝昨天一字未写。没有表达出来的内容在她的脑海中积蓄着力量，声音愈加洪亮，逐渐达到顶峰，饱满而迫切，就好像洪水猛烈冲击着即将坍塌的堤坝。天刚刚破晓，她就早早醒来。小男孩的话已经蓄势待发，在她心中奔腾，毫不停歇，不断纠缠着她想要处理日常事务的念头，直至每一个念头都败下阵来。她已经茶饭无心，坐卧不宁。

图书馆才刚刚开门，她就赶到了，三步并作两步跑到楼上，发现馆中没有人时松了口气——没有人坐在她的座位上。她坐下来，打开笔记本，拔下笔帽，开始写作。

* * *

我醒了，天亮了。我起床后，对窗外的大树、盒子里的石头、墙上的日历说了声“早安”。昨天是星期天，今天是星期一。每个星期一，吃过午饭后，丹妮尔都会来。

我并着双脚在每一级台阶上蹦跳，等跳完 12 步，就到楼下了。我走进厨房，坐在餐桌前我的椅子上。我的班尼杯子里盛着紫色的果汁，我的叉子和白色餐巾也摆在桌上，但我的蓝盘子里只有两根浇了枫糖浆的法式面包棒，以前都是三根。

我不能吃两根法式面包棒，因为三根才是早餐。我不能吃两根，因为吃完三根才算吃完了早餐，而吃两根只能卡在早餐中间，卡在中间的滋味太痛苦了。我不能吃两根，因为那样我就永远都吃不完早餐了，如果我吃不完早餐，就不能去卫生间刷牙，不能玩洗脸池里的水，也就不能完成最后一步——换上干净衣服。这样我就不能出去玩秋千。如果我吃不完早餐，就不能吃午餐，那样丹妮尔就不会来，因为她总是午餐后过来。

如果我的早餐不是 $2+1=3$ 根法式面包棒，我就会永远被困在这张餐桌旁。

我还需要一根法式面包棒！

我跑到冰箱前，拉开了门。装法式面包棒的盒子不见了。冰箱里向来放着一只装法式面包棒的黄盒子，现在它不见了，这太可怕了。我的手开始发抖，感到一阵刺痛。我在大脑里焦急地四处乱转，希望能想办法让黄盒子回到冰箱里，但我的呼吸太快，我的手好疼，我想不出来。

现在妈妈站在我和冰箱之间，拿着一个法式面包棒的空盒子给我看。空就是零，零根法式面包棒是一场灾难。我摆动着刺痛的双手，哭了起来。

妈妈带我走到餐桌前，大声地用一种佯装开心的语气和我说话，但我听不到她说了什么，因为我正盯着我的蓝盘子。盘子里有一根法式面包棒被切成了两半，所以就变成了两根小法式面包棒和一根大法式面包棒，这比刚才还要糟糕，因为两根是中间，而一根只是开始。我什么都不能吃，因为这不是早餐，早餐是三根一样大小的法式面包棒。我不能吃这个。

装法式面包棒的盒子里有零根面包棒，我的蓝盘子里有一根大的和两根小的面包棒，哪里都没有三根。要么是零，要么是开始，要么是中间。我不能吃早餐，因为如果没有三根，就永远吃不完，也就不能换好衣服，出去玩秋千，因为换衣服和玩秋千只能发生在吃完早餐后，而我没有三根法式面包棒就不能吃早餐。

我知道怎么解决这个问题。如果妈妈把那根大面包棒切成两半，然后拿走一半，我就有三根小面包棒了，这样我就可以吃早餐了。或者也可以把一根小面包棒切成两半，然后拿走一半，这样我就有大、中、小三根面包棒了，虽然这比不上三根同样大小的面包棒，但至少是我可以接受的三根，我就可以吃大、中、小三根面包棒当早餐，三根就可以吃完，三根很安全。这样我就可以吃早餐、刷牙、玩洗脸池里的水、换好衣服、出去玩秋千、见丹妮尔了。

但我不能把这些办法告诉妈妈，因为我说不了话。而且我也不能自己去切面包棒，因为我感受不到自己的手。我不能去手房间，因为我被困在了耳朵房间里，我被困在这里是因为听到了有人在大声尖叫。

我听到尖叫声的时候，就失去了自己的身体。我好像离开了厨房，走得很远，像梦游一样在空气中飘荡。我不想在空中飘荡，我想要三根法式面包棒，但我没有声音，也没了身体。我觉得自己遥远又恍惚，在奋力挣扎，既燥热又生气，然后大汗淋漓，又浑身发冷。但总体上，我还是待在耳朵房间里，听着尖叫声。

现在我回到了自己的身体中。当我意识到那个尖叫的人就是我时，我已经进了浴室，正望着洗手池中流动的水。我尖叫的声音更大了，大到我又离开了自己的身体。我一直不停尖叫，这样我就可以变成那个尖叫声，变成那个可以表达我感受的声音，而不是那个没有吃到三根法式面包棒就进了浴室的男孩。

第 19 章

贝丝看了一眼手表，再过五分钟她们就该出门了。格蕾西和杰西卡已经准备就绪，都穿着一模一样的白色轻薄T恤衫和“水洗蓝”牛仔裤，站在厨房的餐桌旁等待着，而索菲依然在楼上精心装扮着自己。

“索菲！”贝丝大喊，“还有两分钟！”

她走进卫生间，迅速在镜子前检查了一下自己。她用手指捋平了一缕想要翘起来的头发，擦去了额头上的一点儿油光，然后做了一个假笑的表情，确认牙缝中没有塞东西。虽然她很清楚自己白皙的皮肤应该避免日晒，以免长斑、晒伤，以免长出近两年中越来越容易出现的皱纹，但在过去一周里，她每天都会在室外的露台上躺一个小时，希望能晒出健康的肤色。现在的她脸颊红润，眼睛明亮有神。任务完成。

上个月，她通过斯道普超市里张贴的一张广告联系上了一位收费低廉的海滩摄影师，还网购了非常适合拍摄海滩写真的“老海军”牌T恤衫，一共四件，母女四人一人一件。几周前，她就洗净熨平了所有要搭配的衣服。昨晚，她们还都把脚指甲涂成了孔雀蓝色，并戴了小珍珠耳钉和银手链，从头到脚每一个细节都搭配得完美无瑕。贝丝笑了，心里暗暗称赞自己的有条不紊和面面俱到。

“妈妈!”

厨房里传来一个女儿焦急的尖叫声，贝丝赶快跑进了进去。她先把杰西卡从头到脚打量了一遍，没流血，没流泪，一切正常。她又看向格蕾西，发现她漂亮的白 T 恤的整个前襟都浸透了红色果汁。眼泪汪汪的格蕾西一脸惊慌，手里握着一只几乎见底的大玻璃杯。糟糕，太糟糕了!

“我的天啊，格蕾西！你干了什么?”

“是杰西卡干的！我喝果汁的时候她推了我!”

“我没有推她。”

“你推了!”

“我不是故意的。”杰西卡说。

“你还喝东西干什么?”贝丝问，“我跟你说过再过两分钟就要走了。”

“我渴了。”

“你给我过来。”

贝丝没等格蕾西动弹，就猛地一下把 T 恤衫从女儿头上拽了下来，留下裸露着上半身的格蕾西呆立在厨房里大哭。贝丝冲进洗衣房，往衣服上倒了一瓶盖洗衣粉，打开水龙头用力搓洗起来。污渍的颜色逐渐变淡，从深红色变成了粉红色，但依然没有彻底消失。而且现在整件衣服都湿透了，格蕾西肯定没法穿了。贝丝看了一眼手表，她们现在就需要出门。

想想，想想，快动脑子想想。

贝丝又搓了搓衣服，依然是粉色，依然是湿的。时间已经来不及了，她必须接受眼前的现实：她们不能穿着风格一致的漂亮的白色轻薄T恤衫了，这个美好的梦想已经破灭。

她必须想出个备用方案来。那好，虽然她们不能再穿风格一致的白T恤，但依然可以都穿白衣服。

“格蕾西！”贝丝大喊，“回你的房间去穿件白衣服！”

“哪一件？”

“随便哪件！快去！”

贝丝深深吸了口气，然后缓缓从嘴巴里呼了出来，想要努力冷静一下。她又回到厨房，看到杰西卡正一动不动、局促不安地站着，好像连眼睛都不敢眨一下。

“你为什么推妹妹？”

“我不是故意的。”

“好吧。待着别动，什么都别碰，什么也别喝了。”

格蕾西穿着一件白T恤回到了厨房，胸前印着大大的紫色文字：女孩当道，男孩傻帽。

“不行，不行，不行，”贝丝说，“这件不行，不能有字，衣服上不能有字，再去换件纯白的。”

“我没有纯白的！”格蕾西说，依然在哭泣。

“肯定有。”

“我没有。”

“那穿件杰西卡的！”

“那太大了！”

贝丝在脑子里过了一遍女儿们衣柜中的衣服。格蕾西说得对，她所有的白衣服上都印着文字或图案。贝丝看了一眼手表，她们已经迟到了，她从来都不曾迟到，事事都喜欢提前。她的脸开始发烫，被阳光轻吻过的柔和双颊在压力之下闪耀着红光。

第二个备用方案。

“好，听着。你们每个人都肯定有件纯色的背心，我不在乎是什么颜色，只要上面没有字母和图案就行。快去找出来穿上。快！快！快！”

格蕾西和杰西卡像受惊的鸟儿般仓皇奔向楼上，贝丝紧跟在她们身后，也跑了上去。

“索菲！”贝丝走进自己的卧室，一边脱下身上那件漂亮的白T恤，一边透过它轻薄的面料高喊，“换件背心！”

“什么？为什么？”索菲大喊。

“你照做就行啦！”

贝丝所有的背心都是黑色的，所以瞬间就换好了。她在楼梯口等着姑娘们，站在挂着一只只孤独又悲哀的空相框的走廊里，飞逝的每一秒都重重敲击着她的前额。索菲出乎意料地第一个出现了，她穿着一件红背心，纯色无字，看起来很漂亮，但她的脸除外。

“我的天，你化妆了吗？”贝丝问。

“只化了一点点。”

“你从哪儿弄的化妆品？”

“阿莱娜给我的，她妈妈就允许她化妆。”

“但是，你妈妈不准。”

“太不公平了。”

“生活就是不公平的。过来。”

贝丝望着索菲涂了醒目的蓝色眼影的眼睛，发现它们只比自己的眼睛低几英寸。大女儿的个头很快就会赶上自己，她能阻止她化妆的时间已经不多了，但至少现在，她还能阻止这种情形出现在照片里。

她抑制住了舔一下手掌，用口水擦抹索菲脸庞的冲动，而是抓起她的手，把她拉进了卫生间。她往一块毛巾上挤了些洗手液，在洗手池里浸湿，用力擦净索菲的眼皮和脸颊。

“哎哟！我的痘痘！”

“对不起。你可以留着唇彩，但别的不行。”

另外两个女儿已经站在了走廊里。格蕾西穿着一件粉色背心，杰西卡穿了蓝色的，都没有字母和图案，没有污渍。

“好！我们走！”

她们飞奔下楼，贝丝拍着手，召唤格罗弗跟上，然后一起冲进车里。贝丝一边转动车钥匙点火，一边从后视镜里打量着后座上的女儿们：格蕾西的眼睛还因为哭泣而红肿；索菲的脸因为刚才用毛巾揉搓得太用力而显得斑斑点点，而且她脸颊上的确有枚青春痘；杰西卡咬紧牙关，双臂交叉抱在胸前，气鼓鼓的样子，但贝丝想不通是为什么。她们都穿着颜色各异的纯色背心，贝丝的脸依然感觉发烫发红。

她们本应该都穿着白色衣服，她们本应该平静开心，她们本应该准时出现。还有吉米。这是他们的全家福，“全家”本应该包括吉米。

也许她应该打个电话，取消这次拍摄。她想了想漂亮轻薄的白T恤和走廊墙上孤单悲哀的空相框，又回头看了看三个女儿，然后看了看空荡荡的副驾驶座——这就是她的“全家”。她深深吸了口气，然后呼了出来，将车倒出车道，载着她姗姗来迟、衣装混乱、双眼红肿、污渍斑斑、长了粉刺、怒气冲冲、缺了吉米的“全家”驶向了西斯科海滩。

第 20 章

奥利维娅看了一眼手表，她的客户迟到了。虽然刚刚入这一行不久，这种情况却已司空见惯：可能是全家人集体迟到；要不然就是有个找不到方向而迷路的大表姐；又或是哪个不可或缺的妹妹正坐着渡船径直赶来；再不然就是爸爸虽然已经到场，却依然坐在车里，因为一通工作电话脱不开身，他永远在说“再过一分钟就好了”，结果却往往要等上半个小时。

于是，在拍摄外景时，她总会随身携带一把海滩椅，只要有个地方坐，她并不介意在风景优美的海滩上等待。今天一整天都阴云密布，像要下雨的样子，但奥利维娅怀疑海滩上无时无刻不人满为患。然而，现在人潮基本上都已退去，海鸥的数量比人多。

奥利维娅很喜欢楠塔基特岛的海鸥。她还住在欣厄姆时，总喜欢去南塔斯克特海滩。那里的海鸥和这里的截然不同，除了它们都是灰白相间的水鸟这一条。南塔斯克特的海鸥总是贪得无厌，就像长了翅膀的老鼠，偷窃成性，它们会盯上任何包装袋上有“纳贝斯克”① 或

① 纳贝斯克（Nabisco）：世界著名饼干和休闲食品品牌，旗下主要产品包括趣多多、奥利奥等。——译者注

“乐事”字样的食物，悄悄在沙滩毯的边缘踱来踱去，等待着人们放松警惕，冲上前去啄开一包尚未开封的薯片，或抓起整个金枪鱼三明治飞走。

然而，这里的海鸥却完全不把人类和他们的加工食品放在眼里。她看着一只海鸥从浅海区中抓起一只螃蟹，停落在一个温暖的小沙坑里，把蟹脚和蟹钳扯掉，只留下蟹肉大快朵颐。还有一只海鸥从她头顶掠过，飞向停车场，将一只蛤蜊投落在那里的人行道上，蚌壳被摔裂开来。当眼前都是品种丰富的海鲜时，谁会去将就奶酪泡芙呢？这里的海鸥都是些机敏灵巧、值得尊敬的鸟儿。

奥利维娅的视线随着另一只海鸥穿过多云的天际，很好奇人们对于这样的美景是否也终将会变得熟视无睹。最靠近“S”形海岸线的蓝色水波在荡漾舞动，呈现着金属光泽，但当她放眼宽阔的海面时，一切似乎又归于安宁平坦，几乎变成了白茫茫的一片。远方海天交界处一道清晰整齐的深蓝色线条将大海和泛着粉红色的天空隔开，美不胜收。

海鸥消失在天际。奥利维娅又看了一眼手表，一般来说，如果客户在约定时间半个小时后还未现身，她都会给他们打个电话，确定他们是否会来，有没有忘记赴约或改变了主意。正当她在摄影包里翻找预约表和手机时，她看到她们远远地朝她走来——妈妈牵着狗走在前面带路，三个穿着不同颜色背心和牛仔裤的姑娘跟在后面。

“你是奥利维娅吧？嗨，我是贝丝·埃利斯。很抱歉我们来晚了。”

“嗨，贝丝。没关系。”

“我们的衣服出了点状况。我知道大家一般都会穿得都很一致，你觉得我们这样穿可以吗？”

贝丝说得没错。每个家庭总会穿着搭配一致的服装，就像同一支队伍的制服，要么都穿着“水洗蓝”汗衫和卡其裤，要么都穿着白 T 恤和楠塔基特红裤子。这样搭配的视觉效果会很好，但其实完全没有必要。她很纳闷起初到底是谁针对拍摄全家福时的着装，想出了这种如自闭症患者一样刻板的条条框框。

“你们看起来非常好。”

贝丝无奈地翻了翻眼睛：“半个小时以前，我们确实非常好，但我现在只希望别太难看。”

“不会，这些颜色很有趣。”

“很抱歉，还有一件事，开始拍摄前，我们家老大想知道你后期修图时能不能修掉她的青春痘。”

“妈妈！”老大叫了一声。

现在三个女儿已经在贝丝身后会合。奥利维娅低头瞥了一眼预约表：索菲、杰西卡和格蕾西。

“你可以认为它已经没了，索菲。绝对看不出来的。”奥利维娅说。

索菲露出了一个勉强称得上礼貌的笑容。她不敢笑得太开，脸上那个青春痘看起来很疼。

“你能帮我去掉这道纹吗？”贝丝指着眉毛之间一道深深的竖纹问，“还有我眼睛旁边所有这些让我看起来超过了 35 岁的东西？”

神奇的数码整容术。奥利维娅只需用鼠标精准地一点，就可以去除黑眼圈、鱼尾纹和老年斑。无论她拍出的照片在其他方面有多出彩——捕捉到“神奇时刻”、使用了准确的光圈、构图精彩、适时抓拍到意味深长的表情，以及在每个人都睁眼笑着的时刻按下快门——她最受欢迎的技能大概还是能够巧妙地将岁月的痕迹从一个女人的脸上去除。

“你看起来绝对不会超过30岁的。我们从水边开始吧。”

奥利维娅已经总结出了拍海滩写真的思路——“先啃硬骨头”。她总是先从难度最大的部分入手，将99%的时间都花费在上面，那就是以大海为背景的大合照。拍摄这张照片是客户们此行的主要目的，是最不可或缺的一张，也是最重要的一张，是如果拍得不完美，客户就肯定会恼火的一张。而其他照片，不管是单人的、双人的还是各种组合的；不管是有宠物的、没宠物的还是其他背景的，都只是“餐后甜点”，顶多算是锦上添花而已。

而今天，最硬的骨头很好啃，只有三个略有小脾气但很听话的女儿、一条温顺的狗和一个妈妈。没有哭闹的婴儿，没有被糖果疯狂引诱而不顾一切跑向海里的学步儿童，没有拒绝微笑或除了硬挤出最不自然的微笑外拒绝做任何事的学龄前儿童，也没有丈夫。

虽然从来没有哪对夫妻在海滩上当着她的面公开发生过冲突，奥利维娅也从未目睹过他们真正的争吵，但她已经太多次在照片里看到这种冲突留下的痕迹。拍照前，夫妻之间的小冲突遗留下的愤怒、抱怨、嫌弃和负能量依然在他们脸上暗涌，透过他们的眼神和笑容流露出来，就像索菲脸上的青春痘一样明显可见。这是用Photoshop（图像处理软件）里的任何一种功能都无法消除的。

而且她们的人数也少，拍下同时睁着的八只眼睛要比拍下同时睁着的二十只眼睛容易得多。拍十人以上的集体照难度确实很大，总会有人不老实——没有看镜头，挪动了位置，眨了眼睛等等。相比之下，拍摄四个人的合照简直小菜一碟。她会“咔嚓咔嚓”地一口气拍下600多张照片，希望能从中选出大概200张高质量的再交由贝丝进一步选择。

她们在涌来的浪潮前站成一排。

“笑一笑，看着我。”奥利维娅说。

大家都照做了，只有排行居中的那个姑娘除外。

“等一下，穿蓝衣服的姑娘，你叫什么名字来着?”奥利维娅从相机上方抬起头问道。

“杰西卡。”

“杰西卡，来，给我一个灿烂的笑容。”

“她不愿意笑，”贝丝说，“她戴着牙套，不想露出牙齿。”

“啊，好吧。”奥利维娅说，“那试着不要表现得那么生气，好不好?”

“杰西，高兴点儿。”贝丝说。

“但我不高兴。”杰西卡说。

“那就假装高兴点儿，拜托。”贝丝一边咬紧牙关保持笑容，一边用平淡的语气威胁道。

“好吧。”

杰西卡噘起的嘴唇拉出一点儿弧度，表现出一丝喜悦，这就够了。奥利维娅赶快抓拍起来，她在液晶显示屏上滚动浏览了一遍拍好的图像。最硬的骨头啃完了，现在该上甜点了。

她先让三个女儿在没有妈妈入镜的情况下拍摄各种自由组合的照

片——有狗的、没狗的、坐着的、站着的，接着给贝丝和每个女儿单独合影，然后是每个女儿的单人照，最后是狗的特写。

“再给你自己拍一些独照怎么样？”奥利维娅问。

“我？独照吗？”贝丝问。

“对。”

“不用了，我不需要独照。”

奥利维娅还学会了一点，那就是客户们不会购买没有拍下的照片。尽可能多拍点准没错。

“顺便拍一拍吧。你不用现在决定要不要买。”

奥利维娅想，不管她从事什么工作，应该都需要一张证件照；而作为一个年轻的单身妈妈，她在脸书或者婚恋网的账户也可能需要张头像。

“好吧。”贝丝说。

“很好。看着我，下巴抬高点，肩膀放松。”

咔嚓。咔嚓。咔嚓。

为贝丝拍完照后，奥利维娅让她们一起走到沙丘那边，笑着面对镜头，摆出和刚才类似的动作和姿势，又拍了一轮。虽然最先拍下的照片都是最重要的，但奥利维娅经常发现第二轮照片拍出的效果会更好，大家到了一个新的场景会更为放松，真实的个性和彼此之间的关系也会开始显露。她现在可以看出，索菲和杰西卡更为亲密。索菲脾气急，爱支使人，杰西卡很崇拜这个姐姐。格蕾西很滑稽可爱，虽然也有9岁或10岁了，但在贝丝眼里，她依然是那个最宝贝的小女儿。在给贝丝拍摄面朝沙丘的单人照时，奥利维娅看到了她犹豫不决的表情中透露出的一丝坚定、她肢体语言中表现出的率真，以及笑容中真实的快乐。

一个小时后，相机中存下了652张照片，奥利维娅宣布拍摄结束。

“姑娘们，你们去遛一遛格罗弗，我再和摄影师聊一聊。给你们一只垃圾袋。”

贝丝跟着奥利维娅走到了她的海滩椅和摄影包旁边。

“那我什么时候能拿到照片呢？”

“大概六到八周以后吧。”

“啊，要那么久？”

“也许能快一点儿，不过，嗯，至少要六周。”

让奥利维娅惊喜的是，整个夏天她的客户络绎不绝，平均每周要拍上五次，也就意味着她的确可以以此为生了。但后期修图的工作比她预计的更为费时费力，现在的工作量已经大大饱和。大家庭的全家福照片处理起来尤其耗时，曾有一个32人的家庭在楠塔基特岛庆祝爷爷奶奶的金婚，那次拍摄结束后的后期修图工作简直是一场梦魇，为照片中的每位女性抹除岁月的痕迹是一件非常耗时的事情。

“那时就能拿到样片了吧？”

“对，我会把链接发给你。”

“链接？”

“是，都是在网上进行的。”

“哦，那就没有制作好的相册了？”

“没有，我都是在线上进行的。”

“哦。”贝丝说，听起来有些失望。

“效果很好，你会喜欢的。你可以自己选择尺寸、黑白或彩色效果，操作起来也很容易。到时候有什么问题，你可以随时和我联系。”

奥利维娅把相机放回摄影包中，拉好拉链，收起了海滩椅，她该走了。在随后的购买过程中，她很乐意随时通过电话或邮件给贝丝提供帮助，但两个人面对面交流的环节也就到此结束了。

“好的，谢谢。刚才杰西卡苦着个脸，不好意思。”

“没事，她拍出来会很好看的。”

“我觉得她是因为爸爸没来不高兴了。我们今年冬天分居了，她们一直很难接受。”

“啊，真遗憾。”奥利维娅站着，肩上背着沉重的摄影包，另一侧的胳膊下夹着海滩椅。

“我也一直很难接受。你经常遇到这种情况吗？为没有父亲的单亲家庭拍照？”

贝丝的问题让奥利维娅觉得莫名熟悉，于是不再急着离开。她仔细打量了一番贝丝脸上的表情，突然反应了过来，原来让她感到熟悉的是一种想让自己在别人眼中显得正常的需求，一种想被他人接受的渴望。

“很常见。”奥利维娅撒了个谎。

贝丝感激地笑了。

奥利维娅在贝丝身上还体会到了其他熟悉的感觉，但她说不清楚。然后，她明白了过来，清清楚楚，就像在镜子里看到了自己，那熟悉的感觉是——孤独。奥利维娅决定和贝丝一起等待她的女儿们带着狗回来。

天空此刻已经乌云密布，太阳很快就要落下，天气明显比5分钟前更加阴冷。贝丝从包里掏出一件运动衫，正当她把运动衫套在头上时，奥利维娅注意到贝丝的包里露出的一本封面朝上的婚姻指导书。

“那是我的书。”奥利维娅原本只想自言自语，却不小心大声说了出来。

“什么?”

“我是说，我参与了那本书的编辑工作。我以前在出版社工作。”

“哦，我还没来得及看。这是一个朋友给我的。”

两个女人陷入了尴尬的沉默。贝丝转过身，望向海滩，她的女儿们还是远方的三个黑点。她又回过了身，用脚趾滑过沙子：“这么说，你以前是做出版工作的?”

“5年前，但感觉是更久以前的事。”

“我知道这么说有点儿唐突，不过我正在写一本书，是一本有共同主题的故事集，也可能会是部长篇小说，我还不确定，但我很希望能有位专业人士帮我看看，指点一下。”

“哦，我编辑的书都是励志类的，不是小说……”

“没关系。如果你有时间看一看，提点意见，我会很感激的。”

除却工作以外，奥利维娅从未主动提出过要阅读任何人写的任何东西，她不想成为那个告诉别人还是好好专注本职工作，让别人的写作梦想破灭的人。她低头看了看贝丝光着的脚，看了看她涂着蓝色指甲油的脚趾、包里那本《补救你的婚姻》、仍然戴在手上的订婚和结婚戒指，又看了看她孤单的脸上流露出的满怀希望的神情。她叹了口气。她的确有时间。

“当然可以。等你写完，我很乐意看一看，到时候和我联系就行了。”

“太感谢了！”贝丝说，立刻喜形于色。

奥利维娅也笑了。她调整了一下右胳膊下面夹着的海滩椅，刚才把它拿起来时觉得很轻，此刻却感觉无比沉重。摄影包的背带也勒进了她肩头裸露的肌肤中。她没有带运动衫，只穿了件背心裙，感觉很冷。她越过贝丝的肩头望了出去。

“你的女儿们回来了。”

贝丝转过身，看到她们正牵着狗朝她走过来。“哦，好，再次谢谢你。我就知道找你来拍照肯定没错。”

奥利维娅伸出勉强可以自由活动的手，去和贝丝握手，但贝丝却绕过了这个正式的姿态、摄影包和海滩椅，给了奥利维娅一个真诚的拥抱。奥利维娅的胳膊上闪过一丝寒意，并不是因为她冷，而是因为已经很久没有人拥抱过她了。

“不客气。”

女儿们都回到了贝丝的身边。索菲一只手里攥着一根巨大的海鸥羽毛，另一只手握着拴狗的绳子。杰西卡则拎着一袋狗的粪便。

“妈妈！快看我给你找到了什么！”格蕾西大喊，兴奋地笑着。

她伸出小手，掌心里露出了一只琥珀色的幼鲎外壳。

“好棒啊，宝贝。”贝丝说。

“这个是给你的。”格蕾西说，向奥利维娅伸出了另一只手。

奥利维娅朝格蕾西伸出一只还算空闲的手，一枚几乎半透明的湿漉漉的椭圆形白石头滑落在了她的手心中。她的胳膊再次泛起一阵寒意。

“这是个珍珠。”格蕾西说。

“谢谢你，”奥利维娅从发紧的喉咙中挤出声音，“我很喜欢。”

“好的，我们该走了，再次感谢。”贝丝说完，开始朝停车场走去。

“那我们六周后再联系？”贝丝停在车门前问。

“对，六周。”奥利维娅说，虽然很有可能需要八周。

贝丝朝她挥了挥手，钻进车里，开走了。

奥利维娅把她的摄影包和海滩椅扔到吉普车的后座上，然后钻了进去。车里闷热的空气像一条厚重的毯子，紧紧裹住了她裸露的肌肤。她倒车时，天上开始下雨，她打开车灯和雨刷，庆幸天气等到她收工后才开始变差。她开出停车场，手里握着格蕾西的礼物，心生感激地笑了，在瓢泼大雨中沿着圆丘塘路行驶。

进了家门，她把格蕾西送给她的石头放进了咖啡桌上的玻璃碗中，让它加入了日益壮大的石头队伍，然后将相机连上电脑，从厨房的餐桌上拿起一本日记。趁着将今天拍摄的照片上传到电脑上的空当儿，她坐在客厅的椅子上，回想着贝丝和她的三个女儿、她的孤独和她的书。奥利维娅很好奇她的书是写什么的。

然后她翻开日记本，读了起来。

第 *21* 章

/ / / / / / / / / /

2005年4月12日

/ / / / / / / / / /

今天我仿佛又重温了久违的八年级生活。一切都始于游乐场，快到中午时，我们去了那里。安东尼像往常那样，直接跑向了秋千，他的个头太大，早已不适合坐进小秋千上给学步儿童准备的斗式座椅里了，但他拒绝改坐大孩子玩的那种秋千。我只能把他举起来，费力地将他的双腿塞进儿童座椅中。旁边有个妈妈正推着她两岁的孩子玩秋千，而安东尼已经五岁了。她神情紧张地冲我笑了笑，什么也没说。

户外终于暖和了起来，游乐场里很热闹，有很多跟安东尼一样大的孩子在一起玩耍。有两个男孩和一个女孩互相追逐着，在滑梯上爬上滑下，笑着闹着，玩得很开心。有四个孩子排成一队，正在玩“学领袖”游戏①，一个跟着一个，走过游乐场旁边的草地。每个人都学着前

① “学领袖”游戏：一种模仿游戏。选出一个带头人站在前面，所有人在他身后排成一队。接着带头人做什么动作，后面的人要一个接一个地模仿出来，没有模仿对的人会被淘汰，队伍中最后一个模仿的人会成为下一轮的带头人。——译者注

面的人，把胳膊举起，然后放下，蹦起来，在地上爬行，然后拍手。还有一群孩子在攀登架下玩耍。

有两个女孩正在售卖“木片冰激凌”，扮演顾客的孩子在她们的“冰激凌摊”前排着队，轮流点餐，拿木片当钱支付，然后假装吃着美味的冰激凌，就这样来来回回玩了好几次。若不是因为感到心酸，我很愿意一直看下去。

安东尼和这里的一切差了几个光年的距离。那些游戏需要互动，需要想象力。

还有朋友。

其他孩子可以自然而然做到的事，在安东尼这里都要被分解成一个个独立的行为片段。每个片段，卡林都要在安东尼身上训练数个小时、数周甚至数月，才能让他假装木片是一支香草味的冰激凌，但如此一来，就完全失去了这一行为背后纯真的乐趣。他最终可以完成这个行为，却纯粹是为了得到品客薯片的奖励，或是让卡林别再为此打扰他，让他一个人待着。他想要的只是一个人待着，这才是他的乐趣所在。

在这个游乐场里，安东尼感兴趣的只有秋千。但当我看到其他孩子玩耍时，我会向往更多东西，会厌倦只是站在那里将他推来推去。很多次我都会拉住他的秋千，问他愿不愿意去试试玩滑梯，想不想和其他孩子玩耍，乐不乐意去沙坑里玩？他很喜欢沙子，但没什么能比得上秋千，而且他也不肯改变主意，于是我们就继续待在那里荡秋千。我觉得很难为情，也很沮丧。

他只要独自玩秋千就很开心，为什么我就不能为他感到开心呢？为什么我坚持要认为他只有做了我希望他做的事才会开心呢？因为这个世界上到处都是人，安东尼，而不是秋千，我希望你能在这个世界上得到快乐，而不是只在一个秋千上感到快乐。这个想法很过分吗？有这样的愿望很自私吗？

因为游乐场中的其他孩子都可以自己玩，不会一个上午都只在秋千上坐着，所以他们的妈妈就可以一起围坐在野餐桌边。我推着安东尼荡秋千，听着那些妈妈谈笑风生，享受着大好时光，感觉自己仿佛又回到了八年级，又变成了不入流的局外人，而不是主流群体中的一员。

据说，现在每110个孩子当中，就有一个患有自闭症，但镇上其他患自闭症的孩子的妈妈我一个都不认识。她们都在哪里？我已经彻底离职半年了，很想念只有成年人的公司、交谈和晨会。

还有朋友。

卡林和里亚每天都会来，但他们是安东尼的理疗师，算不上朋友。而每次我向戴维提出一个再寻常不过的问题时，他的反应都像是我在要求他重铺一遍屋顶的木瓦。我知道自己正处于生理期，可能有些敏感，但看到那群妈妈的时候，我觉得自己很孤单。那是一个我永远无法融入的群体，她们就好像八年级时那些最引人注目的女生一样——有着和法拉·福塞特①一样完美的头发，穿着时尚的“约达西”牌牛仔裤。我很讨厌她们，却又希望能成

① 法拉·福塞特：好莱坞女星，曾在名噪一时的电视剧版《霹雳娇娃》中担任女主角。她有一头金色的波浪卷发，在20世纪70年代，很多女性都争相模仿她的发型。——译者注

为她们当中的一员，可以和她们相提并论。

我们已经荡了一个多小时的秋千了，那边的妈妈们开始叫孩子到野餐桌旁吃午饭。孩子们都乖乖围了过去。妈妈们打开漂亮的保温饭盒，互相分发着三明治、酸奶、切成片的橙子、奶酪条、金鱼饼干和盒装果汁。

很有趣的野餐会，但和我们无关。

该回家了。我倒数着“3、2、1”来提醒安东尼，这一招有时候有用，但今天没用。我停下秋千时，他马上发出了一声刺耳的尖叫，摆动着小手，但我没有继续推秋千，而是把他举了起来。他立刻失控了，身体绷紧，尖叫声也升级到了“有人要谋杀我”的分贝级别。我用尽全身力气，才把他大约45磅重的身体从座椅中拖出来。同时，他也因为被迫与相伴了一个半小时的秋千分离而痛苦地挣扎和尖叫着。我把他又拖又拽，没有扭头去看野餐桌旁的妈妈们，但我敢肯定，整个过程中她们一直都在观察我、讨论我，心想：幸亏我不是她。一切就像八年级时那样。

我把安东尼弄进车里，以最快的速度打开了班尼的录像，他平静了下来。感谢班尼。然后我犯了个天大的错误：决定在回家的路上去一趟便利店。今天早上我刚来月经，而家里的卫生巾已经不多了。对于游乐场中的那些妈妈来说，如果你来了月经，手头又只剩下两个卫生巾时，去一趟便利店只是件天经地义、不值一提的小事。她们只需要轻轻松松地走进去，买完后迅速离开，仅此而已，甚至可能在当天就将这件小事抛在脑后。但对于我来说，这个决定简直愚蠢至极，让我永生难忘。

平时从游乐场出来后，我们都会直接回家，我总会先走中央大街，然后拐到鸽子巷里，但便利店在另外一个方向。我原本以为安东尼注意不到，只不过绕道几分钟而已，他应该不会在意。我真是个傻女人。

从停车场驶出后，我刚刚往左一拐（而不是像往常那样向右拐），安东尼就开始大声尖叫。我继续往前开，他开始用脚乱踢，那时我就应该调头回去，但我没有。他一边尖叫，一边拼命摇晃脑袋，摆动手臂，想要挣脱汽车座椅上的安全带，就好像有一把刀不停地刺着他的身体。

当时的我被愚蠢的决心驱使着，只想完成一件简单又必要的差事。我一路开到了便利店，但完全无法进去：考虑到他的状态，我绝对不可能带他进去，但又肯定不能把他一个人丢在车里，更不可能给他讲道理。

妈妈需要买卫生巾，宝贝。求你冷静下来吧。我们再过 5 分钟就能到家了。

于是我开车回了家。

到晚饭时间，我已经没有卫生巾可用了，但我不敢再冒险经历一次“车内崩溃”，只能等到戴维回家，再去一趟便利店。为了能坚持到他回来，我用一沓厕纸自制了一个卫生巾，但戴维回家的时间比平时晚了 45 分钟（也没有事先打电话），那沓厕纸已经被经血浸透，染红了我最喜欢的一条裙子。

八年级时的噩梦再次上演。不过至少这次意外发生在家里，而不是游乐场中那些“入流”的妈妈面前。

当我在一天之内第二次开车去便利店时，才突然意识到，在八年级之后的整个人生中，我都一直惧怕成为局外人。为了融入主流群体，我几乎愿意做任何事，总是渴望拥有归属感。但安东尼对这些都毫不在意，他不介意独自一人待着，反而乐在其中，也不在乎别人的眼光；他不会被昂贵的名牌服装或最新款的、标价 100 美元的运动鞋吸引，也不会为了让自己看起来很酷去吸烟喝酒；他永远不会随波逐流。

他不会去关注别人穿什么、想什么或做什么，他只喜欢自己喜欢的东西，做自己想做的事，直到我宣布时间到了，把他从秋千上拽下来。

我想起了今天那些玩“学领袖”游戏的孩子。安东尼永远不会跟在队伍后面，模仿前面的带头人，而他也不会成为带头人。若是平时，这个想法会让我心如刀割、悲从中来，但在开车去便利店的路上，我却出乎意料地感到心安。

他根本没把那个游戏放在眼里。

第 22 章

* * *

我正在游乐场上荡秋千，我很喜欢荡秋千。荡秋千的时候，我和我的身体在一起。

大多数时候，我都知道我有一双手，但如果有什么有趣的事——比如数数、思考或看电视——吸引住了我，我的身体就消失了，我就感受不到它。我说不出话，所以有时候大人对待我的方式就好像我没有身体，好像我并不存在。不过大多数时候，我也感受不到我的身体，所以也许他们是对的，也许我真的没有存在于这个世界上。

但荡秋千让我感觉到了自己的存在。

我脑袋里的想法经常反复出现。如果冒出了一个我很喜欢的念头，我会不断去想，这样就可以一直很开心，就像吃品客薯片一样。品客薯片太好吃了，我永远都吃不够，希望可以一片接一片地吃下去。如果我发现了一个让我开心的想法，我也愿意一遍又一遍地去想。但是如果我想了太多次，就变成了“我需要去想”，而不是“我愿意去想”，因为我害怕如果没有把它一直带在脑子里，它就会消失，我就会失去它。所以我的脑袋经常卡在同一个想法上面，一遍又一遍，不厌其烦。在这种时候，世界上的一切就都消失了。

前几天，我卡在了“三盲鼠”① 这几个字上。我不断在脑袋里重复这几个字，一个上午都沉浸在里面，无法自拔。整个世界都消失了，甚至连我也不存在了。我变成了那几个字——三盲鼠。

不过我现在没有卡在这几个字上，因为我在荡秋千。我荡秋千的时候，就不再是自己重复的念头；我荡秋千的时候，是不断重复一个动作的身体。我在天空中飞舞，向前向下向上，向后向下向上，向前向下向上，向后向下向上。我是安东尼的身体，重复着这个完美的节奏。我在荡秋千，而且我存在于当下的这一刻。

我向前向下向上，向后向下向上，感受着拂过我脸颊的凉爽空气。我的脸在笑，我的脸真实存在着。

妈妈突然停下了我的秋千，让我去沙坑里玩。我拼命摆着手，叫嚷着，让她知道我不喜欢这个主意，我不想离开秋千。我摆手，我叫嚷，是因为我说不出“不”这个字。

---

① 《三盲鼠》（*Three Blind Mice*）是一首英文儿歌。——编者注

妈妈明白了我的意思，又开始推秋千。

其实，我很喜欢玩沙子。我喜欢捧起满满一把沙子，举得高高的，把它们洒落下来。我喜欢沙子从我的指缝里流过的感觉，像淅淅沥沥的小雨，像闪耀的星星，像跳动的音符一样从空中落下，几乎跟水一样好玩。

但游乐场沙坑里的沙子和沙滩上的沙子很不一样，沙坑里的沙子总是离其他孩子很近。每次我在里面玩，总会有别的孩子的妈妈告诉我不能玩沙子，她们会说："不要再这样玩了，沙子会吹进别人的眼睛里。"然后妈妈就会把我从沙坑里抱出去，因为我还会继续这样玩下去，而且我不知道怎么"和别人分享沙子"。

妈妈又停下了秋千，想让我去玩滑梯。我又叫嚷起来，摆动着手，所以她又推起了秋千。向前向下向上，向后向下向上。

我不喜欢玩滑梯。有时候，有些小朋友会沿着滑梯往上走，而不是坐在上面滑下去，这就破坏了玩滑梯的规则。如果我坐在滑梯的最高处，而另一个孩子开始沿着滑梯往上爬，我就会不知道该怎么办：我不能滑下去，因为下面有个孩子挡住了我的路；我也不能沿着台阶走下去，因为那些台阶是用来爬上来的，这才是规则。玩滑梯时，我不知道该怎么解决这种难题，所以我不想去玩。

而且在游乐场里，经常会有别的孩子打我一下，或推我一下，或问我一个问题。妈妈们总是在问我问题，用她们的眼神和每句话末尾上扬的语气来打扰我：“你叫什么名字啊?”但我不能说话，所以不能告诉她们，我不想回答她们的问题。

在秋千上，我感觉很安全，可以远离这一切。没有人能碰到我，没有人让我说出我的名字，没有人告诉我不要玩沙子。我只想荡秋千。

妈妈又停下了我的秋千，这次她没有说和游乐场有关的话，而是开始把我从秋千上往外拉。我尖叫着摆手，让她知道我不想下去，但她还是把我弄了出来。

不要！我还想荡秋千！我还没玩够。我想继续待在秋千上！我想继续待在我的身体里！不！我想继续感受自己在这个世界上的存在！我的身体需要重复这个动作，否则我可能会永远失去它。我可能会永远消失！

我叫得很大声，想让妈妈明白我需要继续荡秋千，否则我可能会死掉，但不知道为什么，她并不明白我的意思。我绷紧了四肢，尽力将身体留在秋千上，但她的力气太大了，而且她不懂我的意思，还是把我拽了下去。我紧紧闭着眼睛，这样就不会看到自己的身体离开秋千。我叫得更大声了，大到我溜走的身体和秋千一起消失了，只剩下我的尖叫声。

等我回过神来，已经不在外面了，我正坐在车里看班尼。我看着班尼和它的好朋友做着我知道它们应该做的事。我不再尖叫，我没有死掉，因为我在看班尼。我很好。

但是，紧接着我的感觉又变糟了。我们的车驶向了错误的方向，那不是回家的路。回家的路是先出现三座白房子，然后是一座砖房，再穿过一条街，就有一座黄房子和两座白房子，然后是一个红绿灯，过去后会有一座教堂、很多大树、一座棕房子、一座白房子、一座油漆剥落的灰房子，然后就到了鸽子巷，家就在那条巷子里。

但我们没有走这条路。我先看到了一个标志牌，上面有个女孩的照片，然后是一座棕房子、一座白房子、一座蓝房子，穿过一条街后有一座大楼、一个停车场和一个红灯。这不是回家的路。我们每次从游乐场出来后都会回家，这条路不是我脑袋里的地图上标着的那条回家的路。

我不知道我们要去哪儿，但肯定不是回家，不是回家吃午餐，吃餐桌上的蓝盘子里配着番茄酱的三个鸡块和我的班尼杯子里的果汁。这样我就见不到丹妮尔了，因为丹妮尔在午餐后会来我家，而我不在家，我在其他地方。

也许我们迷路了，也许我再也见不到我的家了。从游乐场出来后的规则一直是回家，但现在这个规则被打破了。如果这个规则都可以被打破，那么世界上的任何东西都会被打破，也许这个世界也在破裂。

我开始尖叫。我想回家，我想离开这辆迷路的汽车，但我被困在了座位上。我尖叫着，感觉身体里有一股滚烫的液体在流动，可怕极了。这股可怕的滚烫液体一直在流动，直到它充满了我的全身，让我感到整个身体在灼烧。我甩动着手，想把这股可怕的液体从我的指尖甩出去，但它继续填充着我的身体，好多好热好快，我的手指无法把它清空。

我闭上了眼睛，这样就看不到错误的房子、大楼和大街了。我用尽力气大声尖叫，这样我就可以变成自己的尖叫声，而不是那个被困在汽车座椅上、不能再荡秋千、只能在歧途上一路疾驰的小男孩。

当我睁开眼睛的时候，我发现我不再尖叫了，我正躺在我的床上，盖着我的班尼毯子。我可以看到窗外那棵树、我装着石头的盒子和墙上的日历。我知道这是好事，因为这意味着我回到了家，也意味着世界没有毁灭，但我的感觉还是不太好。我觉得自己浑身是汗、疲惫不堪，那股可怕的滚烫液体依然在我的身体里冒着泡、四处游荡，我需要把它们排出体外，腾出空间，才会感觉好起来。

我躺在床上，很纳闷我们是怎么回的家。一定还有一条不同的路。我不知道我们为什么要走另一条路。

今天是星期一，天气温暖晴朗，我穿着棕色裤子和红色T恤衫。也许在温暖晴朗的星期一，当我穿着棕色裤子和红色T恤衫时，当妈妈不让我在游乐场玩秋千之后，我们就要走另一条路回家。也许在温暖晴朗的星期一，当我穿着棕色裤子和红色T恤衫，离开游乐场回家时，我们要走的路就会先出现一个标志牌，上面有个女孩的照片，然后有一座棕房子、一座白房子、一座蓝房子，然后要经过一条街、一座大楼、一个停车场和一个红灯。也许这是一条新规则。

我现在好饿。我沿着楼梯，并着双脚跳了十二级台阶来到楼下，走进厨房。桌子上放着我的午餐——放着三个鸡块和番茄酱的蓝盘子、盛着果汁的班尼杯子，还有我的叉子和白色餐巾，像往常一样。妈妈没有坐在餐桌旁，但我能感觉到她就在附近。我摆着手，蹦着跳着，发出开心的声音，以彻底摆脱我体内最后几滴可怕滚烫的液体。

我坐下来，开始吃午餐。我感觉很好，但脑袋里出现了一个不开心的想法——我不知道原来从游乐场到家的路不止一条。现在有两条路，但我不喜欢数字“2”，“2”意味着卡在了半路，“2”代表没有完成，“2”是中间，我不喜欢中间。我希望从游乐场到家有三条路。

第一条路，就是原来的老路，先出现三座白房子，然后是一座砖房，再穿过一条街，就有一座黄房子和两座白房子，然后是一个红绿灯，过去后有一座教堂、很多大树、一座棕房子、一座白房子、一座油漆剥落的灰房子，然后就到了鸽子巷。第二条路是我们在温暖晴朗的星期一，当我穿着棕色裤子和红色T恤衫时走的新路，会先出现一个标志牌，上面有个女孩的照片，然后有一座棕房子、一座白房子、一座蓝房子，然后要经过一条街、一座大楼、一个停车场和一个红灯，然后又经过了一些我没看到的地方——因为我当时闭着眼睛，最后到了鸽子巷。

一定还有第三条路，在从游乐场到家里的地图上一定要有三条路。但如果只有两条路，该怎么办呢？如果我们就卡在两条路上，该怎么办呢？

我感到那股可怕的滚烫液体又开始在我身体中涌动，但这次我预测到了它的到来，在它还没碰到我的脚趾时，我就关上了门，将它挡在门外，这样它就完全没有机会淹没我了。

三盲鼠。三盲鼠。三盲鼠。

三盲鼠。三盲鼠。三盲鼠。

三盲鼠。三盲鼠。三盲鼠。

第 23 章

写完新一章后，贝丝提前离开了图书馆，现在正坐在坎贝尔医生办公室的沙发上。他的办公室实际上就是他家里的客厅。她后悔刚才没有坐在车里等，她准时到了，吉米却迟到了。她独自一人坐在婚姻咨询师家里的沙发上，无话可说，很不自在。

而且这个沙发也在帮倒忙。她刚坐上去，就深深陷进了沙发垫里，不自觉地向后仰去，并拢的膝盖也被迫分开，双脚离开了地面。她努力调整着坐姿，又想尽量装作什么事也没有发生过，但她越是扭动身体，就陷得越深。坎贝尔医生的沙发就像一盘散沙。

坎贝尔医生就坐在她对面一把很结实的皮椅上，呷着咖啡，端详着她，一言未发。他刚才对她说“坐吧”，并用手示意她坐在这里。也许这是某种心理测试吧？也许他会根据她陷入沙发垫后的反应来判断她的性格。继续这样坐下去，是否意味着她是个脾气随和、随遇而安的女人？或者是个默默忍耐、逆来顺受的受气包？她到底应不应该礼貌地请求换把椅子坐呢？

她决定继续沉默下去。她摇晃着悬空的脚，仿佛在随着某种欢快的旋律摆动，环顾着房间，尽量表现得随意自在。

坎贝尔医生有一头长长的灰色卷发，戴着眼镜，留着胡子。他看上去像一个身形瘦弱的圣诞老人，手上戴着一枚金色的结婚戒指。很好，婚姻咨询师应该有美满的婚姻。女儿们的儿科医生没有孩子，这一点总是让她心存顾虑。从学费高昂的大学里学习了理论知识，拿到了学位固然了不起，但牵扯到要让她掏腰包的事情，她一向认为现实生活才是最好的学校。

他正拿着一只大大的白色星巴克马克杯喝咖啡，这引起了她的兴趣。她从未去过星巴克。纽约的第一家星巴克在她离开后才开业，而且是她刚一离开就开业了。但她知道它的存在，因为这些年来有不计其数的游客曾拦住她问："请问星巴克在哪里?"当她第一次听到这个问题，并反问对方"星巴克是什么"时，那个男人脸上的表情让她永生难忘，仿佛他看到了一个刚刚从精神病院释放出来的女人。现在遇到这种情况，她都只是简单地回答"这里没有"，然后为那些难以置信的人指出豆子咖啡馆的方向。

她很好奇坎贝尔医生的这只咖啡杯是哪里来的。他一定去了岛外旅行，她想知道他去了哪里，也许是波士顿或纽约，也许是地球上有星巴克咖啡店的异国他乡。

虽然屋里一只书架都没有，书和杂志却无处不在——有的在墙边堆成高高的一摞，和贝丝一样高，摇摇欲坠；有的摞在坎贝尔医生的座椅两侧；有的散落在地板上。这里简直就是苏斯博士①笔下的图书

① 苏斯博士（Dr. Seuss）：美国著名童书作家、教育学家，作品充满想象力，有各种稀奇古怪的角色。代表作有《戴帽子的猫》《绿蛋与火腿》等。——编者注

馆。有几摞高高的书堆看起来已是岌岌可危，只要抽出一本书或杂志就会坍塌，就像“层层叠”游戏中堆起来的积木，看上去马上就要输了①。

白色的墙壁空荡荡的，只挂着一幅画，那是一支翔实的家谱，手绘在一张看起来年岁已久的茶色纸上。她追随着上面画出的分支细细一看，才发现这就是坎贝尔医生自己的家谱，而且如果内容属实，他竟然是爱德华·星巴克的嫡系后代，而爱德华是1659年最早定居楠塔基特岛的首批移民中的一员。这让她颇感意外和钦佩，以前她对此一无所知。

岛上居民的血统渊源会关系到各自的社会地位。吉米已经在这里生活了21年，她来了15年，但他们会一直被视为“岛漂”，是外来者、乡下人。他们的女儿在这里出生，所以索菲、杰西卡和格蕾西可以算是本地人，但也只是第一代——虽然是自己人，但依然是外来的乡下人的第一批后代。而坎贝尔医生则是祖祖辈辈都生活在这里的本地人，算得上是楠塔基特岛的“皇族”了，只不过比较低调，没有狗仔队跟踪，也没有城堡或威风的排场，甚至没什么真正的财富，但他们的“皇族身份”在这里是受到公认和肯定的，这是确凿的事实。

她很好奇星巴克咖啡店和楠塔基特岛的星巴克家族之间是否有什么关联，不过这种可能性应该不大，否则岛上无论如何都应该开上一家。所以她没有询问。

---

① 层层叠是一款经典的益智类游戏。玩家先将积木三根为一层，交错叠高成塔，然后以掷色子的方式选取一块积木，将它从塔中抽出，放在塔顶。如果木塔倒塌则游戏失败。——译者注

迄今为止，屋里最有趣的东西就是坎贝尔医生养的一只隼，关在他身后壁炉旁的一只巨大鸟笼里。这只隼大概有一只小鹰那么大，长着一双深灰色的翅膀，其中一只看起来好像折断了，白色的肚皮上有一些灰色斑点，让人毛骨悚然的黑眼睛周围环绕着一圈灰色羽毛，看起来就像恐怖分子戴的面罩。它安静地栖息在一块浮木之上，几乎一动不动地盯着贝丝，眼神犀利，像是要把她的眼睛啄出来似的。

“那是奥斯卡。别担心，它是驯养的，不会打扰我们。”坎贝尔医生说。

贝丝困扰地点了点头。

门铃终于响了，谢天谢地。坎贝尔医生站起来给吉米开了门。

“这是给鸟的。”吉米说着，递给坎贝尔医生一只黑色的垃圾袋。

坎贝尔医生打开袋子瞥了一眼，笑了：“太好了！坐吧，我马上回来。”

楠塔基特岛上的当地人都很喜欢以物换物。贝丝和吉米以前用扇贝支付过汽车的维修费用，吉尔的丈夫米基会帮助医生施工，以支付口腔诊疗费，而坎贝尔医生会接受客户带来的马路上被汽车轧死的动物，以抵销他们的部分咨询费。

吉米坐在了沙发的另一端，和贝丝隔着一个沙发垫。他也像贝丝那样陷了下去，但看起来没有丝毫不适，脚还可以稳稳地踩在地面上。

“你迟到了。”她小声说。

“我找那个东西花了好长时间。”

“那个袋子里是什么？”

“松鼠。”

“哎哟，好恶心。你为什么不干脆去杂货店买点宠物食品？”

“我这么做就是想省下 20 美元，如果还要花钱给它买吃的，那就有悖初衷了。”

“你在哪儿找到的松鼠？”

“迈尔斯通路。”

“你洗手了吗？”

吉米还没来得及回答，坎贝尔医生就回来了。他拿着一些她只能从味道判断出是死松鼠的东西，打开了鸟笼，放了进去，又把门闩上（她一直密切注视着），然后坐回到皮椅上。他拍了拍大腿，笑了。

大家为什么都不洗手？

“我们开始吧，”坎贝尔医生说，“你们来这里的目的是什么？”

他们两个人都没有作声。贝丝和吉米坐着，舒服地保持着各自熟悉的沉默，不舒服地坐在各自下陷的座位上。贝丝望向吉米，他正盯着自己带有细菌和动物尸体气息的双手。她又越过坎贝尔医生的肩膀望向奥斯卡，它黄色的喙上还挂着一丝松鼠的黏液，黑色的眼睛依然在犀利地注视着她。

“吉米，”坎贝尔医生说，“你先说吧。”

“啊，嗯，我们分居了。我们结婚 14 年了，现在分居了，想重归于好。”

吉米把双手握在一起，默默等待着。仅此而已，这就是他的总结。

抓住他，奥斯卡。把他的眼睛啄出来。

“我们分居是因为他出轨了，而且我不知道我们还能不能重归于好。”

“好。”坎贝尔医生说，并没有像贝丝希望的那样，表现出明显的怒意或向着她说话，“吉米，你为什么出轨呢？”

吉米显得局促不安，在沙发垫上陷得更深了一些。这时，一只白爪子的黑猫大摇大摆地走了进来，它从贝丝身边经过时，在她悬空的脚上蹭了蹭，然后在窗边地板上一块阳光充足的地方蜷缩起来，正好避开了一个书堆投下的阴影。吉米对猫过敏。

“我不知道。”

“贝丝，你觉得他为什么会出轨？”

因为“索尔特”的气氛太性感了；因为安杰拉太性感了，而我不够性感；因为我在他眼里没有吸引力了，他不再爱我了；因为他是个浑蛋，是个骗子，是个谎话连篇、只用下半身思考的男人。

“我还是想听听吉米的答案。”

贝丝和坎贝尔医生望着吉米，等待着。又一只灰色的猫跑进了屋里，追逐黑猫，迫使它从地板上的阳光区跑了出去。现在它们都消失在了沙发后面。奥斯卡开始叽叽地叫，扇动着那只健康的翅膀，拍打着鸟笼。吉米揉搓了一下鼻子，清了清嗓子。

“你们看，我知道我错了，我是应该受到指责的那个人，我真的很抱歉，但我希望我们能把这件事放下，重新开始。再把这件事翻出来重说一遍不会又一次伤害贝丝吗？”

“如果我们已经聊过这件事了，现在才算‘重说一遍’，但我们从来没有聊过这件事。”贝丝说。

“贝丝，你原谅吉米了吗？”

“没有。”

“那你准备好把这件事放下，重新开始了吗?”

“没有。”

“如果你们想重归于好，就要弄清这件事发生的原因，并在这件事上达成一定程度的和解，这对于你们两个人来说都很重要。如果你们没有意识到原因就复合了，这种事就很有可能再次发生。所以，虽然讨论这件事会令你们不适和痛苦，但你们必须要经历这个过程，好吗?”

坎贝尔医生家里的某个角落响起了电话铃声，但他就像没有听见一样，继续喝着咖啡。他们三个人都在沉默中坐着。电话不再响了，他们三人继续沉默地坐着。

“她和我在一起时总是闷闷不乐的。我已经记不清上一次她看到我回家后很开心是什么时候的事了。”

“你都是在凌晨两点回家的！我在睡觉，吉米。很抱歉我没有醒过来，穿着拖鞋站在门口，对你笑脸相迎、甜言蜜语，再给你点上一支雪茄。”

“我还没去做酒保的时候，你就很讨厌看到我了。”

“那是因为你没有工作，我讨厌不上班的你，不仅脾气不好，还整天无精打采地在家里到处晃悠，把屋子弄得乱七八糟的让我打扫，就好像家是你住的旅馆，我是清洁工一样。”

“家里所有的东西都要严格按照她喜欢的样子来，一切都要很完美。我并不完美，贝丝，没有哪个男人是完美的。”

“我没想让你变得完美，吉米。你只要介于完美的男人和脾气暴躁又出轨的浑蛋之间就很好了。”

他沉默了。她把双臂交叉抱在胸前，摇晃着一只脚，很满意自己是令对方哑口无言的那个人。

“好了，吉米，现在让我们回到刚才那个问题上，”坎贝尔医生说，就好像一位在和两个学龄前儿童谈话的家长，把两人重新领到原来的话题上，“你觉得自己不被需要，不开心。你和贝丝谈过你的感受吗？”

“没有，但这很明显啊。”

“也许是，也许不是。你不告诉她，就没有给她一个帮助你或做出改变的机会。你必须和她交流自己的需求，把内心敞开，让贝丝有机会了解你的真实想法和状态。很遗憾，我们人类没有读心术，不能读懂别人的心思。”

吉米点了点头。

“贝丝，你对吉米很不满意吗？”

“在我发现他出轨以前吗？”

“对。”

“嗯，是这样，换成是谁都会这样。他不再捕捞扇贝后就失业了，他无所事事、晃来晃去的时候很不招人待见。”

“你那时候根本就不支持我。”吉米说。

“你这话是什么意思？我怎么就不支持你了？”

“不管遇见谁，她都要跟对方说我是个游手好闲的懒汉。”

“我从没这么说过。我只是和别人提一下这件事，这样只要哪里有什么工作机会，他们就可以给你打电话介绍了。”

“那你自己呢？我也没见你出去找工作来帮我们渡过难关啊。”

“我把所有报纸都看了，上面没什么招聘信息。而且我确实在工作，你不记得我在照看那些夏季度假屋吗?”

“那个活儿一个月也就挣几百块钱，根本算不上正儿八经的工作。”

“那我应该怎么办，吉米? 15 年前，我放弃了我的一切，嫁给了你，生了三个孩子，在这座与世隔绝的小岛上生活。我本来可以回归校园，成为一个作家。”

“我从没让你放弃过写作。”

当格蕾西还是个婴儿，杰西卡和索菲还没上学时，贝丝连冲个澡的工夫都挤不出来，更别说写什么东西了。也许她就是在那个时候，把所有那些写着散文、短篇小说和练笔的笔记本束之高阁的。她没有时间，也没有空间。但后来女儿们长大了，生活上也更独立了，她们开始上学，贝丝也有了充足的时间可以冲澡。她已经有足够的时间和空间来重拾写作，但她没有，无论阻挠她的是什么，都一定不是吉米。

“我现在可开始写了。”她说，像是一句威胁。

“你以为做酒保就是我的梦想吗?”

“你很爱这份工作啊。”

“刚开始可没有，而且我现在也更想去船上工作。”

“那我也更想要一个不和女招待上床的丈夫。”

现在她的声音空洞沉闷，因为愤怒而发抖。她把眼泪硬挤了回去。她生气的时候总会哭出来，就好像情绪短路了一样，她很讨厌自己这一点。她的心脏怦怦直跳，配合着她的愤怒，她又红又烫的脸庞也感受到了她的愤怒，她的大脑理解她愤怒的原因，但她的眼睛在领会了这些信息后，做出的判断却是：你很悲伤，快流泪吧。真是让人窝火。

“对不起。”吉米说。

“你的确对不起我。”

“这件事现在结束了吗?”坎贝尔医生问。

“结束了。她想让我离婚，和她结婚，这是绝对不可能的。这件事从头到尾就是个天大的错误。已经过去了，我保证，而且肯定不会再次发生。贝丝，我不想失去你。”

“贝丝，你相信他吗?”

贝丝思考着，她不知道该怎么想，她希望相信现在的他下班后会独自离开“索尔特”，直接去朋友哈里家，在客房里独自睡到中午，下午对自己的所作所为追悔莫及，晚上再去上班。

但是，她还在“索尔特”。贝丝想到了他们两个人同时在那里工作的情形，她想象着他们的微笑，大笑，触碰，她把手放在他的胳膊上，与他接吻。贝丝很容易就能想象出那些画面，它们比吉米独自待在一间她从未去过的公寓的画面更加生动和真实。她眼前浮现出安杰拉的项链，它在她丰满的胸脯前悬荡，与此同时她闻到了一股强烈的松鼠尸体或其他什么东西的味道，是猫尿吗？她浑身上下都不舒服起来。

“我不知道该相信什么。他们每天晚上都在一起。”

“我们晚上没有‘在一起’，我们只是在同一个地方上班。”

“好吧。她在他做酒保的地方上班。我不知道还能不能重新信任他。”

“我保证，我们已经结束了。”

“好吧，不过你显然也并非总能信守承诺。”

坎贝尔医生放下他的星巴克咖啡杯，昂起了头。他们都等待着他的反应。

“你们听到了吗?”

贝丝摇了摇头，吉米也什么都没说。

“你们听。”坎贝尔医生说。

贝丝听到了吉米吸鼻子的声音和外面一辆汽车开过的声音。

“不好意思，我马上就回来。”坎贝尔医生说完后就冲出了房间。

贝丝和吉米沉默地坐着，直视着前方，希望坎贝尔医生可以很快回来，但他并没有。吉米开始变得局促不安，他清了清喉咙，声音比坎贝尔医生坐在屋里时更大。贝丝揪着指甲周围的死皮。吉米看了一眼手机，她也看了一眼她的。

她没听到外面有什么动静。也许这又是一种测试，是让表现不好的夫妻暂时休战的招数，也许他说“你们听”，是要他们彼此倾听。

不管怎样，这一招都没什么用。他们不知道该如何交谈，也不知道该怎样倾听，要不然也不会来到这里。除了感觉陷在坎贝尔医生家的沙发里很可笑，感觉自己正被一只隼死死地盯着，为吉米的背叛感到愤怒，为自己一生气就哭鼻子而难为情，为吉米和安杰拉还能每天见面而心烦意乱，此刻她还觉得自己遭到了抛弃和操纵。这个咨询师不知道自己在做什么。

坎贝尔医生还没有回来，她和吉米之间的沉默变得越来越长。坎贝尔医生走了，沉默被拉得很长很长，变成房间里显而易见的存在，就像那只隼一样真实，一样危险。它也有着恶狠狠的目光，追随着他们，当坎贝尔医生不在时便会被释放出来，舔舐着自己的猎物，等待着出击的最佳时机。她和吉米之间的沉默只想将他们吞噬，这就是它这么多年来想要达成的目的。

终于，坎贝尔医生回到了屋里，坐在了皮椅上，叹了口气。他可能只是出去了几分钟，感觉却像一个世纪那么漫长。

“很抱歉，家里的狗跑出去了。现在我们回顾一下刚才讨论的内容。吉米，你希望有被需要的感觉，希望贝丝对你满意。贝丝，你需要相信，如果吉米不开心，他会和你沟通交流，而不是再次出轨。对吗？这样说合理吗？”

“我觉得只说吉米想有被需要的感受，这不太合适。他有了外遇，至少这不代表他需要我。我可没‘需要’过其他男人。”

“对，是这样。那好，我们把这一点也加上。你们都希望感觉被需要、开心、有安全感和被爱，对吗？这样说合适吗？”

“对。”贝丝说。

“对。”吉米说。

“那么，这就是你们以后要努力改进的方向。”坎贝尔医生拍着自己的大腿说。

“但是如果两个人都很适合彼此，这些不就会很自然地实现吗？”贝丝问。

“有些会，但有些需要两个人的交流和经营。”

吉米打了个喷嚏。贝丝在心里默默说了句“上帝保佑你”①，然后紧闭着双唇向坎贝尔医生露出了一个胆怯的微笑。

① 在西方一些国家，一个人打喷嚏时，旁边的人会说上一句“上帝保佑”，类似于中国人打喷嚏时说“万岁”。——编者注

“好，”坎贝尔医生说着，看了一眼手表，“我要给你们留个作业。你们各自准备四张纸，一张代表被需要，一张代表开心，一张代表安全感，一张代表被爱。在每张纸上写下你们需要看到什么具体的行为，听到什么样的话，才会有这种感受。尽可能多写，不必有所保留。”

“呃，这个，是什么意思？”吉米问。

“嗯，这四种感受对于你们两个人来说都不可或缺，但在实际生活中它们所对应的具体行为可能会因人而异。比方说，让你感觉到“被爱”的行为可能是每天下班回到家时贝丝的拥抱和亲吻，可能代表雪茄和拖鞋，也可能代表性爱。对于贝丝来说，这些事物——可能雪茄和拖鞋除外——大概也会有同样的含义，但让她感觉到“被爱”的行为可能还不止于让，还包括帮她洗洗衣服，带她出去吃个饭。”

贝丝点了点头。

“爱、开心、安全感、被需要——这些是婚姻中最基本的感受，对吗？但正因为如此，大家通常都会认为它们是理所当然的存在。但你喜欢做的事她不见得就会喜欢，我们都有不同之处。如果你不和伴侣沟通，不告诉对方能让你感觉到爱和开心的是哪些具体或古怪的行为，他就猜不到点子上，这样你就感受不到爱和开心。对吗？”

吉米点了点头。

“好，今天就到此为止。你们的表现都不错。”坎贝尔医生说。

吉米就像一个听到下课铃声的孩子，从沙发上弹了起来。他用现金支付了坎贝尔医生今天的咨询费，扣除了用新鲜的动物尸体抵消的20美元。贝丝摇晃着从沙发上站起来，离开了那个陷下去的“沙发洞”。她把双手插在口袋里，笑着向坎贝尔医生表示了感谢，然后和吉米一起走出了门。

“你觉得怎么样?”等她确认坎贝尔医生不会听到他们的谈话后，马上问道。

“我觉得这个家伙很奇怪。”

贝丝被逗笑了。

“他大概比我们还需要去看心理医生。”吉米笑着说。

“说真的，你觉得怎么样?”她又问了一遍。除却玩笑之外，她还需要从他那里得到更多信息。

“心理治疗真的不太适合我。”

她点了点头。

“不过如果能见效，还是值得一试的，对吗?”他问。

她又点了点头。

“好了，我得回去做作业了，”他笑着说，“回头见。”

“回头见。”她随声附和着。

她坐进车里，突然开始放声大笑，但更像在释放自己紧张的情绪，而不是觉得有趣。这场婚姻咨询真是一次奇特古怪的经历——那间客厅、那个沙发、用动物尸体抵销诊费、那只隼的黑眼睛、那两只猫咪、那些“吵闹”的狗。

她在开车去图书馆的路上，琢磨了一下自己的作业，但她已经迫不及待想要开始下一章的写作了。被需要、开心、安全感、被爱。她需要什么才能感觉到吉米需要自己？她需要什么才能感觉到吉米爱着自己？吉米那四页纸上又会写些什么呢？她书里的小男孩又需要什么才会有这些感受呢?

她开着车，心思却还停留在方才的心理咨询上，反复回想着发生的一幕幕。

信任。愤怒。沉默。沟通。那只隼。那个沙发。那种味道。猫和狗。

她的思绪又飘到了笔下那个棕眼睛的小男孩身上，此刻，他正在她已经写完的文字中游荡。

不说话。蓝天。不断重复。他的妈妈。

被需要。开心。安全感。被爱。

坎贝尔医生可能确实有些古怪，但他也有着大智慧。

第 24 章

* * *

我正在客厅里给石头排队。它们都是我上星期捡来的，是一堆新石头。这支队伍从咖啡桌脚下一直排到了墙边，等我排好以后，就会是一支由128颗石头组成的队伍。还没排完，我就已经想象出了这支有128颗石头的队伍的样子，光是想想就觉得兴奋不已。

这就是为什么我不再排列塑料动物和恐龙玩具了——它们总是不够多。我可以按照种类、大小、颜色、谁会吃掉谁，或奔跑速度快慢的顺序排，但队伍永远无法从咖啡桌延伸到墙边。我总是需要更多的动物和恐龙玩具。

我只能等妈妈或爸爸从商店里给我买来新玩具，但他们买的玩具也总是不够多，有时甚至一个都不给我买。就算我跟他们一起去了商店，请求他们再买一些，也不是总能如愿以偿。

“不行，你的大象够多了。今天不行，你不能再买恐龙了。”

但是他们错了。我的大象不够多，我真的需要更多恐龙。他们一说“不行”或“今天不行”，我就想放声大哭，因为家里的动物和恐龙压根儿排不到墙边，而我就要空手离开商店，离开那些我很需要的动物和恐龙。

所以我决定放弃动物和恐龙。摆石头容易多了，妈妈几乎每天都带我去海边，我总能在那里找到更多我需要的石头。妈妈有时会忘记带上我的小绿桶，但没关系，因为我可以在裤子的口袋里放上21颗大石头，在另一只口袋里放上48颗小石头。如果天气很冷，我穿了外套，还可以在外套口袋里放27颗大石头，在另一只口袋里放54颗小石头。

在海边，妈妈从没说过“不行”或“今天不行”。海滩上的石头不用花钱，我可以随便捡起来带回家，捡多少都行。

捡石头也要有规矩：石头必须基本上是白色的，基本上很光滑，基本上是圆的。至于怎样才算是“基本上”，由我说了算。

有时候我会捡一颗玉米糖形状的石头，真的一点儿都不圆，甚至算是个三角形，但如果它特别光滑，特别白，我也会捡走。如果有颗石头非常圆，但颜色有点儿泛黄，或有些坑坑洼洼或裂纹，我也会捡走。妈妈会把这种石头称作“不符合规格的例外”，但我觉得它们是规格的一部分，所以也就符合了规格。

回到家里，我喜欢数它们的个数，把它们整理好，摆成一排又一排，横跨我卧室的地板，客厅或厨房的地板。如果外面很暖和，不太冷，没有下雪或下雨，我还会把它们摆到露台的地板上去。厨房里铺着瓷砖，摆起来很有难度。我必须思来想去，提前设计好，才能保证所有石头间距合理，不会有石头压到瓷砖之间的缝隙。每一颗石头都必须放在瓷砖上面，而且不能因为要避开砖缝，就让两颗石头的间距过大，那样就断成了两支队伍，而不是一支。我不喜欢“2”这个数字。

厨房里很难摆石头的另一个原因是，妈妈总在那里走来走去，等我注意到她时已经晚了。有时她会从我的石头队伍中间穿过去，把几颗石头踢到一边；有时她会告诉我：“把这些石头收起来，别挡路。”不管怎样，石头队伍都被毁了。如果我的石头队伍被毁了，我也就被毁了。所以我宁愿去别的地方排列石头，这样我和它们都不会被打扰或被一脚踢开，被收拾干净或被毁掉。

熟悉了所有石头后，我就可以按照各种方式随意排列它们。可以按大小排，从比豌豆还小的石头（通常也是最圆和最白的）排到像我的手掌一样大的石头（肯定是椭圆形的）；也可以按光滑程度排，从没有裂纹或坑洞的排到有纹和坑的；还可以按照形状排，从完美的球形到鸡蛋形、水珠形、玉米糖形，一直到完美的椭圆形。

还可以按照不同的白色去排。大家都把我的石头称作“安东尼的白石头”，但这样叫是不对的，因为这不是真的。其实，我的石头里只有几颗是纯白色的，大部分石头只能说基本上是白的，也就是说还有其他颜色，比如黄色、灰色和粉色，混杂在里面。如果你花点时间拿起它们，仔细看一看，就能发现在大部分石头里，不是只有白色而已。

有一天，我学到了各种白色的名字，兴奋极了。那一天是8月22号，一个星期日，妈妈和爸爸打算把窗户和门周围的木框重新刷一遍漆。妈妈在厨房的餐桌上铺开一捆纸样，每一张上面都有六个长方形，每一个都是不同的白色！就像我的石头一样！看到这么多白色，我非常激动！

妈妈看到我对纸样上的长方形如此兴奋，于是指着每一个长方形，告诉了我它们的名字——超级白、设计师白（夹杂着灰色的白）、鸽子白（夹杂着黄色的白）、中庭白（夹杂着橙色的白）、古董白（夹杂着橙色和黄色的白）。

其他夹杂了黄色的白还有：亚麻白、纳瓦白、豆沙白、象牙白、海贝白；夹杂了灰色的白还有：骨白、瓷白、牛津白、纸白、云白、沙丘白；夹杂了蓝色的白有：淡青白、粉蓝白；夹杂了粉色的白有：玫瑰白、石膏白、粉黛白。

8月22号一整天，我都待在记忆房间里没出来，记住了所有白色的名字。我太开心了，这样我的石头们的颜色就都有了名字，这样我就可以排出所有石膏白的石头，或是按照名字排出所有黄白色的石头，先是鸽子白，最后是海贝白。

今天天空阴沉。为了配合天空中云朵的颜色，我排了一长串超级白、云白和沙丘白的石头。从咖啡桌脚下最小的鹅卵石开始，一直到墙边最大的石头结束。这支队伍一共有128颗石头，按颜色分的话，有11颗超级白、78颗云白、39颗沙丘白；按大小分的话，有36颗小石头、80颗中石头，12颗大石头。

有11颗超级白的小石头，0颗超级白的中石头，0颗超级白的大石头；20颗云白的小石头，50颗云白的中石头，8颗云白的大石头；5颗沙丘白的小石头，30颗沙丘白的中石头，4颗沙丘白的大石头。

我躺在咖啡桌角下那块冰凉的木地板上，望向我的石头。它们太漂亮了。我的指尖上都荡漾着幸福。

妈妈有时候会看着我的石头队伍，评论一番：

这一串像恐龙尾巴的骨骼。

那一串像我的珍珠项链。

那一串像天空中的一排云朵。

我不明白她为什么要这么说，它们只是一串石头而已。有时候我会按照一定的规则去排列它们；有时候我会排出一串全是椭圆形或鸽子白色（我家的门窗边框涂的就是这个颜色）或中等个头的石头，但它们永远都是石头队伍，永远都很美丽。

妈妈总是说我的石头们年岁已久，来自火山，她还说是海水把它们冲刷得如此光滑。但我觉得她只是在编造一个很有趣的故事，因为火山喷发出来的是熔岩，是一种橙色的滚烫的液体，冷却后会变成黑色的岩石，而不是白色的。而且我试过拿几颗有凹坑的石头到水池里，用水冲了很久很久，可它们并没有变光滑，所以我不觉得是火山或水让石头们变成了这样。我觉得我的白石头们生来就是如此。

我从咖啡桌下的角落挪到了队伍的中央，趴在地上，望向我的石头队伍。它很完美。我笑了，故意模糊了自己的视线，这样石头看起来就没有尽头。

但在似乎没有尽头的尽头那里，发生了一些变化——有另一支石头队伍开始出现。我揉了揉眼睛，觉得它们大概是在捉弄我，在我脑袋里排了一长串石头，而不是在客厅的地板上。然后我看到了一只手，那只手正一颗又一颗地摆着石头。我认识那只手，那是我妈妈的手！

在我的石头队伍旁边，妈妈的手正用更多的石头摆出一条直线。她摆放的石头有象牙白、豆沙白和亚麻白的，大部分是圆形的小石头。妈妈摆好了。她这支黄白色、几乎全是圆形小石头的队伍中一共有21颗石头。

就在我欣赏这支新的石头队伍时，我在它后面的地板上看到了妈妈的鼻子、嘴巴和下巴。我匆匆瞥了一眼，看到了妈妈的眼睛。我把这些拼凑在一起，看到了妈妈的脸。妈妈的脸就像我的一样，也趴在了地板上。

你的石头队伍真漂亮啊，妈妈！你看到以后，是不是也觉得平静和高兴呢？你是不是也很爱摆石头？

我真希望自己能说话，这样我就可以问她了。但当我更仔细地看她的嘴唇时，我看到妈妈在笑，所以我不用问她，就已经知道了她的答案。

第 25 章

10 月拉开了序幕，日历又翻到了新的一页，进入了天气真正开始转凉后的第一个秋日。然而这种季节的更迭，这种从夏日生活到某种截然不同的状态的转变，仿佛一个月前就已发生。劳动节刚过，家里有学龄儿童的夏季居民立刻大批大批地撤离了小岛。周一的假日，小岛还和往常一样，熙熙攘攘，人来人往；周二下午却一下子安静起来，安静到仿佛可以听到小岛喘息的声音，空荡和冷清得让人害怕。奥利维娅现在可以放松下来了，随便哪天都可以去斯道普超市，开车时也不必等上好几分钟才能左转，可以一人独享海滩的美景。然而奇怪的是，就像夏季居民大量涌来后她需要专门对生活进行大规律调整一样，他们的突然离开也需要适应一番。

劳动节过后的整整一个月里，奥利维娅发现自己依然沉浸在消沉和愁苦之中。她很享受独处的时间，甚至更喜欢一个人独处，但不知为何，当 9 月份所有游客离开楠塔基特岛时，她却感觉像是遭到了遗弃，仿佛正式错过了最后一艘船。没有人再预约拍摄海滩写真，10 月、11 月和 12 月的日历上都空荡荡的，没有任何标记。还有大量的照片等待她去编辑，足够让她忙碌上一个月，但她每天早上醒来后都觉得自己无事可做，没有固定的日常活动，没有生活的目标。

她无时无刻不在想念安东尼，在预料不到的时刻真实地感受到他的存在。她闭上眼睛，脑海中浮现出他脖颈后卷曲的头发、遗传自她的小手和手指、圆乎乎的肩膀、熟睡的脸庞上安详的平静。晚上她听着蟋蟀的叫声，就能听到他光着脚丫在地板上跑动的声音、他笑起来的旋律、他发出的“咿咿呀呀”声。她呼吸着清新凉爽的秋日空气，就能闻到他晒完太阳或洗完泡泡浴后皮肤的香气。

她依然在努力理解这一切发生的缘由，在祈祷，在努力用灵魂去倾听上帝的答案，却依然完全不知道该如何倾听。她感觉自己好像在努力用眼睛呼吸，用鼻子倾听，或者更不可思议的是，在试图哄骗甚至连自己都不确定是否存在的某一部分身体或灵魂变成一种天线，一种可以从天堂接收智慧信息的卫星天线。而这种感觉毫无成效，而且十分疯狂。

不过今天是个好日子，能让她暂时忘却得不到回应的祈祷和漫无目的的独处。今天她要去蓝蚝酒店，在一场婚礼上担任罗杰·凯利的助理摄影师。罗杰是岛上最炙手可热的婚礼摄影师，他的助理由于家里突发急事离岛，剩下罗杰一个人乱了阵脚。7 月份时，奥利维娅曾为摩根一家拍过海滩写真，而摩根太太是伴娘的妈妈最好的朋友，于是经由她在最后关头口头推荐，奥利维娅接到了这个活。她要去拍一整天，报酬也不多，只比拍一套写真多一点点，但后期不必加工照片，而且她很庆幸终于有事可做。

罗杰让她抓拍一些纪录风格的照片，现在很时兴这种新闻摄影风格，而他本人则负责拍摄更加正式、传统的合影，让拍摄者摆好姿势。他负责啃“硬骨头”，她负责“甜点”。她滚动浏览了一些已经拍好的照片，翻到喜欢的便停下来端详一会儿，满意地点点头——新娘的父亲亲吻女儿脸颊的照片；新娘笑着的照片；新郎在新娘耳边低语的照片；担任花童的小女孩拎起裙子的薄纱，望着脚上别致的玛丽珍①皮鞋的照片。

婚礼仪式在蓝蚝酒店可以远眺海港的小型人造海滩上举行，现在已经结束，招待酒会正在酒店露台上如火如荼地进行。天色已晚，天空被皓月繁星映亮，石火坑里的火焰在熊熊燃烧，户外加热器就像路边的灯柱一样，被放置在餐桌之间，以免冷飕飕的晚风吹透精致的白色纱帐。奥利维娅拍摄着海港上空的月亮、四周的小圆蜡烛、白色亚麻桌布上装着蔓越莓的玻璃碗、摆放在一杯香槟旁的新娘手捧的白玫瑰花束。

舞池中热闹非凡，但奥利维娅的注意力却被一个独自坐在六人桌边的小男孩吸引。他看起来大概七八岁，长长的金色头发像冲浪手一样有些蓬乱，穿着白色衬衫、卡其裤和船鞋，模样特别可爱。他将两根食指塞进耳朵，胳膊肘架在身体两侧，在座位上前后摇摆着。咔嚓，咔嚓，咔嚓。奥利维娅看着相机上的液晶屏，发现照片里的他注视着远方，目光涣散。

乐队奏完了《爱的小屋》，男孩的妈妈回来照看他，亲吻了他的额头。咔嚓，咔嚓，咔嚓。然后她回到了舞池里，他继续用手堵着耳朵，

① 玛丽珍鞋：指圆头、低跟、鞋背上有绑带或搭扣的鞋子。——编者注

前后摇摆着。

乐队的奏乐声很大很响。大家都要大声叫喊，才能听到彼此在说什么。歌手的音量被话筒放大，低音乐器砰砰作响，上百人扯着嗓子交谈，再加上舞蹈、灯光、炉火的味道——一切杂乱得让人难以承受。小男孩正在抵抗这场外界刺激的猛烈攻击，用尽全力想将它们阻挡在外，通过“前后摇晃”这一自创的自我刺激来锁定自己的注意力，通过前前后后摇摆的节奏来安慰自己，就像把自己放在了一个摇篮里。

爸爸回到桌边，坐在了儿子旁边。咔嚓，咔嚓，咔嚓。爸爸喝完了杯中的酒，又坐了一首歌的时间。然后妈妈也回来了，满头大汗，兴高采烈。她对儿子说了些什么，但他还在摇晃，没有看她一眼。她拉起丈夫的手，他笑了。咔嚓，咔嚓。他们又回到了舞池中。

奥利维娅觉得心头一紧，这才发现自己已经屏住了呼吸。她呼了一口气。她经历过这样的生活，这就是她的过去。那个可爱的小男孩不会坚持太久——对于其他人来说，这是快乐的欢庆，而对于他来说却是十足的痛苦，这里的一切都不能让他感到丝毫的快乐。奥利维娅希望他的父母可以把他留在家里让保姆照看，或是到此为止，早早离开。但她也很理解他们想让他参与自己生活的心情，希望能把他像其他受邀参加婚礼的小男孩一样精心打扮一番，带上他一起出席活动，冒着再听一首歌就会发生意外的风险，全家人一起待在这里，享受当下的快乐时光。

她和戴维也曾带着安东尼参加各种婚礼、生日和节日派对，但最终还是放弃了这种努力。和在公众场合可能会发生的状况相比，还是把他留在家里更为轻松安全。自闭症和喧闹的派对并不相配，如果男孩的父母在这里待得太久，派对结束时就一定不会皆大欢喜。迟早有一刻，用手指堵着耳朵在椅子上摇晃的办法将不再奏效，他的神经系统一定会突然崩溃，再也无法忍受多一秒的疯狂。他要么会情绪失控，要么会飞速跑掉——非战即逃。

奥利维娅猜测，他的父母可能也清楚这么做会带来的风险。她一边再次屏住呼吸，为小男孩担心，一方面却又默默支持着他的父母，希望在隐形定时炸弹的导火索燃尽之前，在一个参加婚礼酒会的浪漫夜晚变成一场痛心的逃亡之前，他们能以丈夫和妻子的身份再多跳一支舞。现在他们正翩翩起舞，似乎完全没有注意到嗞嗞作响的导火索。奥利维娅看了看手表，知道时间已经太晚了。

乐队改变了曲风，换了首节奏缓慢的歌。丈夫将妻子轻揽入怀，她把头依偎在他的肩头，两个人轻轻摇摆着，转着小圈。虽然舞池里十分拥挤，他们的眼中却只有彼此，伴随着共同创造的独一无二的节奏舞动，似乎全世界只剩下他们两个人。咔嚓，咔嚓，咔嚓。

奥利维娅放下相机，放下方才阻挡在他们之间的镜头，注视着这对夫妻。刹那，一股悲伤涌上心头，堵住了喉咙，她吞咽了好几次，才把它压制了下去。

戴维。

她和戴维为什么做不到这样？他们为什么不能拥抱彼此，来抵抗全世界？他们为什么就不能向自己无法掌控的现实妥协？他们为什么没有勇气来拥抱有自闭症存在的生活？她希望可以如此，而且觉得自己在历尽艰难之后终于拥有了这种能力，但她用了太久，就像正当她准备好要进入舞池时，音乐却已经停止。

她又望向小男孩坐的桌子，他不见了。恐慌淹没了她全身的每一个细胞，让她瞬间无法动弹，但一股强大而又熟悉的直觉立刻开启。

出口在哪里？她看到了酒店通往停车场的大门。他想回家，而汽车是他回家的工具，是熟悉和安全的存在；或者他们可能就住在酒店里，但不管怎样，他都必须费力挤过出入洗手间的拥挤人群，漫无目的地在喧闹的大厅、门房和前台之间转来转去。

她又望向另一边，在远离人群、纱帐和所有噪声的草坪下面，有条风吹过的小路，它通向台阶，通向海滩，通向港湾，通向水里。如果安东尼从这里逃跑，他一定会去那里。

奥利维娅将一切抛在脑后，向那边跑去。每跑一步，高跟鞋都会陷进草坪上松软的泥土中，拖慢她的脚步。她把鞋踢到一边，光着脚冲下冰冷的石头台阶，同时向上帝祈祷，希望转过拐角，看到海滩时，他就在那里。

第 26 章

贝丝偷偷看向厨房的窗外，看着吉米开车带女儿们离开，有种被抛弃的感觉。现在是周六下午，大概一个小时前，吉米突然出现在家门口，说晚上休息，想带女儿们去巴特利特农场远足，然后一起吃个晚饭。她听到这个提议时起初有些不太情愿，并不是因为她和女儿们还有其他紧急的事要做，而是因为他没有邀她同去。

过去几个月里，吉米的不请自来会让她不安或恼火，但今天她十分享受他的陪伴。他进屋前先在门垫上蹭了蹭鞋，然后更换了客厅吊灯的灯泡，告诉她已经约好了烟囱清洁工，还询问了女儿们和学校有关的各种问题。他还问起了贝丝正在写的那本书，以及关于自闭症的很多问题。今天的他体贴周到，热心勤快，和她交流时满怀诚意。

临出门时，他还很自豪地告诉贝丝，自己已经完成了坎贝尔医生留的作业。但当贝丝坦承自己还没开始做时，他看起来有些沮丧。她确实需要完成这项作业，她知道自己一直在回避它，也在回避问自己为什么要回避。

她拿出一张打印纸，坐在餐桌边，在纸上画了一个十字，将纸分为四部分，在每一部分的顶端分别写下：*被需要、开心、安全感、被爱*。她的眼睛盯着纸，思绪却已飘远。她用笔轻轻敲着牙齿，发了几分钟的呆，然后突然回过神来，继续思考眼前的任务：*被需要、开心、安全感、被爱*。空白。空白。空白。空白。

她叹了口气，把纸折起来，塞进口袋里，打算过一会儿再写。晚些时候再写。

幸好这种让作家恐惧的“文思枯竭”只在她处理私事时出现，而不是在她写作那部她尚未命名的小说时。她仍然尽量坚持每天都去图书馆，每天早上一想到这个都会兴致勃勃。整个写作过程很顺利，她对目前写完的内容颇为满意，重读这些章节时，她深信自己对这个想象出来的、患自闭症的男孩的口吻拿捏得还算准确到位。

她手里还握着笔，小说的情节正萦绕于脑中，激发出一种近乎强迫性的写作冲动。她又看了一眼手表，望了望厨房窗户外面空荡荡的车道，吉米的卡车几分钟前还停在那里。突然迸发的渴望促使她站起来，抓起钥匙和包，走出了家门。她没有做婚姻咨询的作业，也没有打扫卧室或整晚瘫在沙发上看家庭频道，等着女儿们回来。她要去图书馆写东西。

她三步并作两步冲上图书馆的二楼，心一下子沉了下来。平日空荡荡的桌子旁边坐了四个人，她的位子上坐着商会的埃迪·安蒂科，而帕梅拉·文森特正站在讲台后大声朗读着什么。贝丝朝咨询台处的玛丽·克劳福德走去。

“这是在干什么？”贝丝低声问。

“这是《白鲸》的 25 小时连续阅读活动。”

“真的假的？现在读了几个小时了？”

玛丽抬头看了一眼表，算了算：“6小时40分钟了。你想参加吗？我们可以把你安排到凌晨4点到6点这个时间段，具体时间随你挑。”

那还用说，这个时间段又没人抢！

玛丽给贝丝看了一眼花名册。年逾古稀的园艺俱乐部会长罗丝·德里斯科尔被安排在了凌晨3点，玛丽自己报名在清晨6点参加。

“不，不用了，谢谢。”贝丝说，强忍住笑意，无法想象会有哪个神志清醒的人计划在凌晨4点去图书馆朗读或听别人朗读《白鲸》——或者说实在的，无论何时去读都难以理解。在楠塔基特岛的旅游淡季，让人兴奋的事物还真是因人而异。

贝丝环顾了一下四周，试图找到能留下来写作的理由，可以不必离开，但也只是徒劳，只能无奈地接受现实。她可以去楼下或豆子咖啡馆，或回到此刻安静的家里，在餐桌前写作，但她就像一个在意连续安打场次的棒球手①，已经对写作位置迷信起来。她必须待在图书馆，坐在那张长桌旁离讲台最近、面朝窗户的座位上。她明白自己对于这些客观环境的迷信接近于病态，而且它们也不可能真的对她的写作起到了帮助，但她依然固执地坚持着。毕竟她是在那里得到了灵感，在那里邂逅了安东尼的故事，那里是奇迹发生的地方。

她很不情愿地走出了门，拉上了大衣的拉链。她站在车门前犹豫不决，她专程赶到镇中心，不想就这样一无所获地调头离去，返回家

---

① 安打：指棒球中打击手把投手投出的球击出到界内。连续安打是棒球比赛中大量得分的很好方式，多场次连续安打难度很大。——编者注

里。她在这边还能做点什么？也许乔治娅此刻正在蓝蚝酒店，可以抽出时间，和她一起在酒店的吧台那里喝上一杯。这个想法真是完美。

她脚步轻快地走过四个街区，为即将见到乔治娅并与她一起喝马天尼的念头兴奋不已，但当她来到蓝蚝酒店门前时，却发现人造小海滩上正在举行一场婚礼。她停下脚步，一下子泄了气。有婚礼就意味着乔治娅正忙得团团转，脱不开身去喝一杯。现在该怎么办？她大老远地跑来镇上，又走了大老远的路才来到这里。

她看到乔治娅就站在两排整齐的白色折叠椅后面，于是决定偷偷溜过去，至少和她打个招呼再走。

“嘿。”贝丝走到朋友身边，低声说。

“嘿!”乔治娅小声回应。

乔治娅的脸庞激动得发红，洋溢着羡慕之色，眼眶中噙满了喜悦的泪水。她用纸巾轻轻擦了擦眼睛，说：“他们都亲自写了结婚誓言。我好喜欢这样。”

贝丝望向那对新人，想努力听清他们在说什么。她可以听到新郎的声音，但他背对着她，她无法听清他在说什么。新娘青春貌美，脸上神采奕奕。贝丝不知道自己当年嫁给吉米的时候，脸上是否也洋溢过那样的光彩。她相信是有过的，在她的婚礼上，她也是如此容光焕发。但在走进婚姻殿堂后，她也说不清楚过了多久，具体从哪天起，那种光彩就消失了。吉米说得对，她已经有很长一段时间没对他露出过笑容了，无论是看他躺在床上，坐在沙发上、餐桌前，还是走进家门——她的脸上都没再流露过那种光彩。她还能把它找回来吗，还是说吉米已经再也无法让她焕发出那种神采？今天她有没有找回一点点呢？

她又看了看乔治娅。乔治娅绝对不可能根据口型破译出新郎说的话，但新郎的一字一句好像都能让她的脸上写满幸福。不过，这事发生在乔治娅身上并不奇怪，她是个看广告都能看得神采奕奕的人。

“我该走了。”贝丝说。

“为什么？别走，我很快就完事了，然后我们就能一起去喝一杯了。”

“好啊。”贝丝笑了，很开心两个人如此心意相通。

新郎和新娘接了吻，所有人都鼓起了掌，以示祝福。

“跟我来。我得把他们都带到露台那边去。”

乔治娅将宾客们领到搭了纱帐的露台上，他们可以在那里拿取开胃小食和香槟，听听乐队现场演奏的音乐。新娘和新郎还在沙滩上拍照。贝丝和乔治娅站在露台后方，面前是舞池和餐桌，离酒店大门不远。

“我们只需要等新人回来，把他们在那边安排好，就可以走了。”

“好。”

“多美好的婚礼，对吧？”

“是啊，我和吉米的婚礼好像是一个世纪之前的事了。”一个世纪再加上昨天。

“你们俩现在怎么样了？”

“我也不知道，我们去了坎贝尔医生那里咨询，不过我说不清楚。你觉得我应该怎么办？”贝丝问，但已经很清楚乔治娅会如何回答。

“如果你能原谅他，我觉得就可以让他回来。”

“你说什么？你以前可从没接受过哪个前夫回来！”

“我知道，不过我希望自己当时这么做了，希望自己当时知道该怎么处理好这些棘手的事情，然后和他们重归于好。我从没体会过那种可以征服一切的爱情，我希望我可以，但我做不到，我做不到不管发生什么，都可以一直爱一个人。”

乔治娅一直向往着“从此幸福快乐地生活在一起”的童话式爱情，但迄今为止，她的白马王子们都不具备可以实现这一完美结局的品性和毅力——白马王子不会和富婆或荡妇上床，不会养成不到中午就已喝了12瓶啤酒的习惯，不会不再宠爱自己的公主。但即便乔治娅已经开除了四个不合格的王子，她内心深处依然相信婚姻可以像迪士尼动画片中的一样美好，她只需找到那个最合适的王子就好。

而贝丝又相信什么呢？她相信吉米吗？相信吉米再也不会背叛她吗？相信他们会有属于自己的“从此幸福快乐地生活在一起”的完美结局吗？吉米会是那个和她牵手一生的人吗？她还相信爱情吗？

“我也不知道我能不能做到。”

“但我不用考虑孩子的问题，所以一刀两断，不再回头，对于我来说更容易些。”

“我不能只为了女儿才跟他和好，对吧？”

“对，不能。但如果换成是我，考虑到女儿们，我做决定时会更谨慎，会花更多时间去努力解决问题。”

“所以如果是你的话，你会让吉米回来？”贝丝难以置信地问。

乔治娅歪着头，好像的确在认真考虑这个选项的可能性，但她很快放弃了这个夸张的动作，觉得自己很好笑：“不，我肯定做不到，那样我就完蛋了。但这并不意味着我这么做就是对的。”

对于“修复婚姻是正确的选择”这一观点，贝丝能列出许多理由来支撑它：原谅吉米，让他回家，一切就可以恢复正常，原谅是件好事，正常就是福气；女儿们也可以回到爸爸身边，她们理应拥有爸爸陪伴在侧的生活。这似乎是一个好妈妈会为了孩子们做出的无私选择，这样会显得她很伟大。

看在孩子们的分儿上，让他回来吧！

但反方观点也同样在响亮和底气十足地大声叫嚷，那些激烈的言语刺伤了她原本就已脆弱不堪、伤痕累累的心，流露出了她的怨恨和对自己的嫌弃。

你在跟我开玩笑吧？如果你不跟那个浑蛋离婚，你就是个懦弱可悲、毫无自尊的圣母！

她想象着在偌大的图书馆里，当埃迪·安蒂科读到第7个小时的《白鲸》时，帕梅拉·文森特对黛比·麦克马洪窃窃私语道：“你听说贝丝和吉米·埃利斯复合了吗？他背着她出轨了一年，她还原谅了他，真是太傻了！”

她又想象吉尔和考特妮一杯又一杯地喝着冰镇霞多丽白葡萄酒，议论着她：“可怜的孩子们，要在没有爸爸陪伴的情况下长大了。贝丝甚至都没有再给他一次机会。我们都是人，都会犯错。”

她担心不管怎么做，认识她的人都会对她指指点点、说三道四。她摇了摇头，闭上眼睛，尽量不去想脑中那些告诉她该怎么做的声音和别人的想法，甚至不去想孩子们，把脑袋全部清空，只关注自己的内心，在她曾经溢满幸福的内心中寻找只属于她的真实。其实她只需要问自己一个很简单的问题。

她还爱不爱吉米，还想不想让他回来？

她睁开了眼睛。一对新人已经在酒席上华丽亮相，正以丈夫和妻子的身份跳第一支舞，新郎的表情紧张而专注，两个人的舞步也称不上流畅，显然只是临时突击，参加了几节舞蹈课的成果。虽然舞蹈略显生硬，但两个人愿意为之付出努力这件事却很甜蜜。贝丝和吉米甚至没有专门为婚礼去正儿八经地学跳舞，只是像两个参加学校舞会的中学生那样，左摇右摆，晃来晃去。

新娘很放松，笑容满面。她笨手笨脚的夫婿可能每周抽出一个晚上，和她一起上了舞蹈课，甚至有可能课上的每一秒都很煎熬，但他还是去了。他这么做，是因为他爱她，为了讨心上人的欢心，他愿意像个傻瓜一样在上百人面前跳舞。不过，若是再过 10 年，即使他只愿意换一卷新厕纸，或是在吃东西的时候端个盘子，她就算得上幸运了。

“我喜欢会跳舞的男人。”乔治娅说。

“他又不是金·凯利①。”

“但至少他努力尝试了。我很欣赏这一点。”

第一支舞过后，接下来上场的舞者都是婚礼上的传统搭配——新娘和她的父亲（他也不怎么会跳）、新郎和他的母亲，然后是新郎和他的奶奶。新郎和奶奶这支舞尤其得到了乔治娅的青睐，若不是他刚刚和别人喜结良缘，肯定早就让她一见倾心了。现在舞池已经完全开放，大家可以随意进去跳舞。管乐队由五件乐器奏出的音乐欢快而响亮，

---

① 金·凯利：美国著名舞蹈演员，代表作为《雨中曲》。——译者注

贝丝和乔治娅只有大声叫喊才能听到彼此的声音，于是她们不再交谈。乔治娅看了一眼手表，从放香槟酒杯的托盘上一把夺过来一杯香槟。

“给，你待在这里，喝杯香槟！我再去办件小事，很快回来，然后我们就能走了！”

“好！”

贝丝倚靠在墙上，呷着香槟，观察着人群，这才意识到她现在无人陪伴，有些难为情，并敏锐地觉察到自己穿着牛仔裤，来到了一场并未受邀参加的婚宴。她小心避免和经过她身边去洗手间的每一个陌生人进行目光接触，暗自希望不会有人和她交谈，问她是怎么跟新郎新娘认识的，而且上天保佑，千万不要有人请她跳舞。

然后她被一个小男孩吸引住了。他独自坐在最前面的一张桌子旁，用手指堵住耳朵，正在座位上前后摇晃。她现在已经对自闭症了如指掌，根据她读过的那两本书和自己正在写的这一本，她已经可以一眼辨认出它的存在，就像遇到一个从未听说过的晦涩难懂的词汇——一旦学会，就发现它随处可见。

但她的写作经历让她不仅可以辨认出自闭症，还能让她在面对像桌边这个可爱的小男孩一样的自闭症儿童时，感受到他们之间有一种同情的联结，像是触碰到了内心最柔软的地方，像是分享了最私密之事的两个亲密朋友。若没有写这本书，她看到这个男孩时可能会想，他好像很奇怪，不太对劲，然后就会故意将视线挪开。而现在，她望着他，嘴角会情不自禁地泛起温柔的笑意，心想：我懂的，这里太吵了。我也想离开这儿。

男孩的父母不时回来查看他的情况，但他对他们完全不理不睬。

好孩子，真是聪明。如果他理会父母的存在，如果他听了他们说的话，如果他把接收外界信息的门打开一条缝，这扇门马上就会被冲得大开，那时喇叭声、长号声、歌声和其他不计其数的嘈杂喧闹的噪声都会和父母的声音一起一窝蜂地涌进来，将他吞没。随之而来的后果将不堪设想。

他现在摇晃得更厉害了。他的目光依然涣散，却开始环顾四周，他的防御机制已经无法再发挥作用。他想要消失，她有这种预感。

她刚刚萌生这个猜测，他就跳下椅子，开始狂奔。他跑出纱帐，径直奔向了草坪，冲进夜色里。贝丝扫了一眼舞池，发现他的父母正拥抱着彼此，跳着节奏缓慢的舞蹈，完全没有注意。

贝丝不假思索地放下香槟，开始向他追去。他跑得很快，匆匆奔下石头小路，回到了刚才举行婚礼的沙滩上。正当她小心翼翼地走下台阶，害怕摔倒在地时，他从她的视线中消失了。她一边继续向前走，一边安慰自己，等走到沙滩上时就会看到他，他不会去别的地方。如果他不在沙滩上，那他就可能在任何地方。

她果然在沙滩上看见了他。他迈进海水中，走到齐膝的深度，把手伸进水里，然后高高举过头顶，溅起一片水花。他笑着，尖叫着，拍着湿漉漉的小手，让水珠从指间洒落，然后他又把手拍向明净无波的水面，溅起了更大的水花。他叫着，笑着，不断重复着这个过程。

贝丝站住了，双手叉腰，大口喘着粗气，庆幸自己不必再跑，小男孩也很安全，但她不知道接下来该怎么办。她希望自己刚才离开前通知了他的父母，不过现在他们应该也已经注意到他不见了，于是她干脆留在这里陪他，等他们找过来。

小男孩只是沿着海岸线走动，似乎无意走向更深的水中，不愿让水没过自己的膝盖。很好。贝丝也不愿意跳入冰冷的大海去拯救一个溺水的男孩。她就站在离他很近的地方，他却没有受到丝毫的干扰，依然开心地用手泼着水。这时，贝丝听到有人沿着石阶跑了过来，她回头望去，本以为会看到孩子的父母，却看到了另一个女人。贝丝认识她，但由于完全出其不意，一下子没认出她是谁，直到她注意到她手上的专业相机，这才反应过来——她是奥利维娅，给她拍过照的摄影师。

奥利维娅径直走向海边，她脸色苍白，神情恐慌。但小男孩正在开心地大笑和尖叫，他很好。奥利维娅站在水边，双手叉在腰间，大口喘着气，微笑地望着他，眼泪却从脸颊上滑落下来。

“奥利维娅。”

奥利维娅吓了一跳，用手捂住了胸口。“我的天，贝丝，我刚才没看到你，”她说，擦了擦眼睛和脸庞，“你认识他的爸爸妈妈吗？”

“我知道他们是谁，但我不认识他们。”

“我也是。你愿意去把他们找过来吗？我可以留在这里陪他。”奥利维娅问。

贝丝同意了，但她刚刚转过身，他的父母就出现在了石阶下方。

他的妈妈已经脱下了鞋，直接跑进了冰冷的海水中，她身上那件黑裙子的裙边立刻被浸湿了。“欧文！你不能再自己跑掉了！我们可不想失去你！”她把手放在他的腋下，将他整个拎了起来，把他的双脚拽离水面，然后抱着他旋转，转了一圈又一圈。他的脸上洋溢着纯粹的喜悦。

开心。

奥利维娅举起了相机。咔嚓。咔嚓。咔嚓。

“谢谢你们照看他，”孩子的爸爸对奥利维娅和贝丝说，“我本来以为他肯定跑去了停车场。”

“不客气。”

男孩的爸爸、贝丝和奥利维娅就这样站在一起，在让人安心的沉默中伫立许久，望着男孩和妈妈一起在明亮的月光下玩水、旋转和欢笑，神采奕奕。

被爱。

咔嚓。咔嚓。咔嚓。

“原来你在这儿呢！”

贝丝转过头，看到乔治娅正朝她挥手，穿着高跟鞋踉踉跄跄地走向最后一级石阶。她脱下脚上的鞋，走向他们这个莫名其妙临时聚在一起的小团体。外人看到这幅情景肯定会完全摸不着头脑，不明白他们为什么会聚在这里。

“大家都没事吧？”

“没事，”爸爸回答，开始脱下鞋子，卷起裤腿，“我们现在都很好。”

安全感。

“那就好。”乔治娅说。

妈妈大概是感到了眩晕，不再和儿子转圈，只是站在他的身后，看着他玩水。爸爸加入了他们的行列，握住了妻子的手。

被需要。

咔嚓。咔嚓。咔嚓。

开心、被爱、安全感、被需要。在眼前这个家庭中，贝丝不费吹灰之力就看到了维系一段感情所必需的特性，看到了这些必不可少的感受。在这个患了自闭症的小男孩身上，她可以清晰地看到每一种感受，就像夜空中明亮的月亮一样清晰，然而她依然无法在自己身上找到可供它们出现的状态。

“我以为你撇下我走了呢。”乔治娅说。

“怎么会呢？你可以走了吗?”贝丝问。

“可以了，我们走吧。”

贝丝踏上石阶前，又转身望向海湾，想和奥利维娅道个别，但只见她正蹲在水边，给男孩一家人拍照，贝丝不想打扰她。她笑了，可以想象拍下的照片有多么美好。她已经迫不及待地想看到自己一家人的照片，应该很快就能出炉了。她本想问一问的。

她们沿着石阶往上走，贝丝很好奇，究竟是什么促使奥利维娅来追赶这个小男孩？大概任何一个成年人注意到小朋友独自离开、跑向海边都会这么担心吧，但当她和乔治娅穿过酒店的草坪时，才回想起奥利维娅当时惊慌的眼神和苍白的脸庞上滑下的两行泪珠。她怀疑这背后另有原因。

等下次见到她，她一定要问一问。

第 27 章

一整个上午，贝丝都处于心神不宁的焦躁之中，迫切地想去图书馆，但她手头有太多无法忽视的家务琐事急需处理，而且此刻她还被困在足球场边，看杰西卡的比赛。吉米也在，只有他一个人。他们一起站在场边，看着杰西卡在球场上跑来跑去，虽然并排挨着，却各站各的，尴尬地沉默着。

“你的书写得怎么样了?”吉米终于打破了沉默，但目光依然在球场上。

“挺好的，进行得很顺利。”贝丝说，同样没有将眼神从球场上挪开，但并不是因为她不想错过比赛的一分一秒。

“太好了。你又开始写东西了，真是很棒。我为你感到骄傲。”

“谢谢。”她说，意外地有些受宠若惊。

她扭过头望着他。他现在也面带微笑地望着她，而不是球场。

“我很想读一读。”

她的脸红了，热乎乎的，开始低头盯着自己黑色的鞋子。她一直将自己全部的身心投在了写作上，把自己一点一滴的感受、所见所闻和所思所想全都倾注在了这个故事里。吉米突然对她的书、对她主动产生了兴趣，这让她很欣喜，但一想到吉米会阅读她的思想和灵魂，一想到要把自己如此私密的一面毫无保留地暴露在他的面前，就觉得内心有个尚未准备好被触碰的角落被戳痛了——那里放的是信任。

她抬眼望向吉米，和他四目相交，脸上闪过一丝羞怯的笑容，然后强迫自己继续关注球场上的姑娘们。

球赛结束后，杰西卡跟着吉米离开，贝丝直接开车去了图书馆。她走上二楼，从走廊里偷偷朝里面瞥了一眼——埃迪·安蒂科和帕梅拉·文森特都已离开，没有人在朗读《白鲸》，也没有人坐在她的位子上。她笑了，安心坐了过去。

她昨晚又梦到了自己的书，早上醒来时，下个章节已经在脑海中成形，细节生动，喷薄欲出，等待着她动笔，就像天赐的礼物。她很兴奋，却愈加焦虑不安，因为她知道只要没有把它们写下来，变成白纸黑字，它们就每时每刻都有可能从她的脑子里蒸发消失。她打开笔记本，拔下笔帽，在这些字句消失前，以最快的速度把它们记录了下来。

* * *

我只有一个名字，是安东尼。小时候，我以为自己有两个名字：安东尼和“你”。

妈妈和爸爸会对我说：

安东尼，快过来。

你想出去玩吗？

你想喝果汁吗？

安东尼，给你果汁。

你能说"卡车"吗？

安东尼，说"卡车"。

安东尼，穿上鞋。

开始吧，你可以的。

你能做得到。

安东尼，动手吧。

所以，很容易就能看出来我以前为什么会弄混吧？这些称呼别人的小名——你、我、我们、他、她——我有时还是会搞混，现在我虽然不喜欢它们，却也基本上可以接受它们的存在。这些小名的意思取决于具体情况，我不喜欢任何要看具体情况的东西。

所以我喜欢数字。6+3=9，永远都是。6+3筒品客薯片、6+3个甜甜圈、6+3颗石头，或是停车场里6+3辆银色小货车，答案永远是9。永远是。

你好吗？

如果爸爸在说话，妈妈也在场，这个"你"就是妈妈；但是如果妈妈在说话，丹妮尔也在的话，这个"你"就是丹妮尔；不过如果丹妮尔和爸爸都在，那"你"可能是爸爸，也可能是丹妮尔。所以谁被叫作"你"，取决于谁在说话，说给谁听。就像我前面说的，谁是"你"要看具体情况，要遵守"看情况的规矩"，这不是我喜欢的规矩。我喜欢"永远不变的规矩"——无论你在哪儿，无论谁在说话，永远都不会变的规矩。

“永远不变的规矩”真是完美，因为它们总是和一种叫“因果关系”的东西有关，这让我感到安心和高兴。我以前以为，电灯开关就遵守“永远不变的规矩”：如果我把开关往上拨，就能打开电灯；如果我把开关往下拨，就会关上它。一遍又一遍，反反复复，都是如此。

但是后来，电灯变了，变成了遵守“看情况的规矩”。去年冬天发生了一场暴风雪，家里停电了，我把所有电灯开关反反复复拨来拨去，拨上拨下，电灯都没有任何反应，它们没有变亮。

原来电灯遵守的不是我喜欢的那种“永远不变的规矩”，而是“看情况的规矩”。只要暴风雪没有把电偷走，打开开关，灯就可以亮，所以电灯的开关是否有用取决于天气。去年冬天这场暴风雪过后，我就不再喜欢电灯开关了。

眼睛做的事也是要看具体情况的。眼睛可以开心也可以生气，可以感兴趣也可以悲伤，可以睡觉也可以醒着，可以明亮也可以疲倦，可以注视也可以移开，有时候，眼睛还会哭泣。眼睛在不一样的情况下总是不一样。有时候，妈妈和我去杂货店，她的眼睛是明亮的；但有时候同样在杂货店里，她的眼睛却是疲惫的。在教堂，她的眼睛有时很开心，但有时候也会哭泣。就算在同样的情况下，我也不知道眼睛会做什么，所以我也不喜欢眼睛。

“你”、电灯开关和眼睛这些要看具体情况的东西都不好，因为我无法信任它们。当“你”、电灯开关和眼睛出现时，我不知道接下来会发生什么，因为一切事情都有可能发生，而“一切事情”太多了，我接受不了。我会被困在脑袋中的走廊里，不知道该去哪个房间，既害怕又困惑。如果我要面对一个看情况的东西，最后我通常只能躲在恐惧房间的角落里。

所以我会躲避眼睛和电灯开关这些说不准的东西，但“你”这种小名我却躲不过。它们到处都是，我只能试着去接受它们。

但大部分时候，我只喜欢永远不变的东西。我喜欢因果关系：一件事让另一件事发生，而且我事先就可以知道会发生什么，因为每一次都是这样。这种感觉很好。

但说不准的东西出现时，任何事情都有可能发生，这让我非常恐惧。我会忍不住尖叫和哭泣。

我有一种叫作“自闭症”的东西。妈妈和爸爸不明白它从哪里来，所以对它感到恐惧，会因它尖叫和哭泣。他们一定也像我一样，喜欢因果关系，喜欢永远不变的东西。

是个男孩不一定就有自闭症，因为大多数男孩没有自闭症，而一些女孩却有。需要打针也不一定就有自闭症，因为很多男孩和女孩都会去打针，他们却没有自闭症。所以自闭症也是个说不准的东西。自闭症和数学不一样，它就像“你”，要看具体情况。所以我也会逃避着，不去想自闭症这回事，我不喜欢说不准的东西。

一想起“你”、电灯开关、眼睛和自闭症这类东西，我就会在脑袋中的走廊里徘徊不定。我现在要去数字房间了。

我正在数厨房地板上的瓷砖，一共180块。厨房地板上的瓷砖永远都是180块，永远都是。

“永远都是”让我心情愉快。

“永远都是”让我有安全感。

永远都是。

第 28 章

奥利维娅坐在客厅的椅子上，腿上放着一本日记，出神地望着窗外院子里的树。她不喜欢这里的树，都是些短叶松和矮栎树，它们如此纤细矮小，一副病怏怏的样子，好像营养不良，在她眼中显得那么弱不禁风。以前在欣厄姆家中的院子里种的，才是正儿八经的树——几百年树龄的参天橡树，郁郁葱葱、枝繁叶茂，树干粗壮到能把藏在后面的人整个遮住；到了每年的这个时节，叶子就会变成火红或金黄色，美不胜收。此刻她望着眼前矮栎树上锈棕色的叶子，叹了口气，怀念着欣厄姆的秋天。

/ / / / / / / / / /

2006 年 10 月 1 日

/ / / / / / / / / /

我想停掉安东尼的应用行为分析治疗了。诚然，这套疗法在很多方面都有效果：他集中注意力的时间比以前更久了；他们还教他怎样安分地坐在椅子上，怎样玩拼图、搭积木、穿衣服、刷牙。

我承认，这种治疗还是有用的。每当安东尼做出了符合我们期望的行为——起初，只要做出了接近我们预期的事——他就可以得到积极的反馈，奖励他良好的表现。拿起一片拼图，奖一片品客薯片；把你的头套进衣服中间的洞里，好，品客；把你的脚放进鞋里，品客。

我记得自己起初并不喜欢这种治疗思路。科学家会利用这种行为反射训练动物，用奖励颗粒饲料的方式训练鸽子啄纽扣。安东尼是房子里的男孩，不是笼子里的鸽子。但ABA①还是起作用了，它让安东尼掌握了很多我一直担心他永远学不会的技能。

但是最近，卡林的治疗重心不再是培养更多的技能，而是消除那些我们不希望出现在他身上的行为，用ABA的术语来说，这叫“熄灭”。这个词让我很不舒服，它会让我想起一支正在燃烧的蜡烛，在安东尼身上闪耀着橙色的光辉，而卡林就像一只邪恶的大灰狼，正拼命对着蜡烛吹气，想要把它吹灭，想要把他“熄灭”。

他们一直在想办法去除安东尼身上最显著的自闭症症状，也就是对他的正常表现或正常行为影响最大的症状，其中最明显的一条就是反复摆手。“把手放下。”每一次他摆手，卡林都会这么说。她把他的手放在他身体两侧以提醒他，如果他能保持下去，哪怕只有一秒钟，也可以得到一片品客。

“熄灭”摆手行为的理论根据是：它是安东尼依赖的拐杖。他通过摆手进行交流沟通，用它代替了开口说话，表达想法和感受。如果我们能让他放弃摆手，他就必须找到另一种沟通的方法，希望可以是开口说话。

这么做还有另外一个大家没有明说但都心照不宣的原因，就是摆

① ABA：即应用行为分析治疗。见第35页注释。——编者注

手看起来很奇怪，会让每个人一下子看出来他出了什么问题。他在平静和淡漠的时候，看起来和别的孩子没什么两样，但一旦开始摆手，我就会注意到周围人异样的眼光，仿佛在说“这孩子有问题”。家长们看到他摆手，立刻小心翼翼地把自家孩子拉到一边，和他保持一定的安全距离，就好像他的行为会传染一样。

卡林刚开始和我提出这个计划时，我内心有一部分是抗拒的，但我说不清楚原因。再说了，她是理疗师，她才是专家，她要做的事她最在行。于是我没有反对，只是开了个玩笑。

“他是意大利人的后代，当然会用手说话①。”

卡林笑了，然后继续制订让安东尼的双手不再摆动的具体方案。

但问题是，我并不觉得这种行为是他的“拐杖”。看到他摆手时，我并不会想：哦，要是安东尼不再这样，他就能和我们说话了！我反而会觉得，虽然他不会说话，但幸好他会摆手。安东尼通过一声声高低起伏的尖叫和上下摇晃的手臂，来和我们交流，这就是他告诉我们他的想法和感受的方式。

的确，这种交流的形式很受限，但这是他能掌握的唯一一种方式，而且我也已经熟悉了这门古怪的语言。我知道他的手在表达“这个太好玩啦”“这是我见过的最好的东西”“我不知道发生了什么”“这里太吵了”“我还想继续荡秋千”或“我想现在就回家”。像任何一门语言一样，摆手的方式和轻重程度，配合具体的语境，就能表达出具体的意思。

把手放下。我们是要让一种本就无声的语言彻底消失吗？我们难

① 意大利人说话时喜欢做各种各样的手势。——编者注

道不该向另一个方向努力吗？手，再多说一些吧！

列在要“熄灭”的行为中的，还有他对班尼的痴迷。安东尼依然坚持要看班尼的录像，而且只看班尼的，看了一遍又一遍。如果他还没看完我们就让他做别的，如果我们要出门不得不把电视关上，如果治疗时间到了不能继续再看，他就会抓狂。“持续症状”“成瘾”和“沉溺”是他的治疗师、老师和医生们会用的词，所以我也在说这些词。和“去除安东尼的摆手动作可能会迫使他说话”的治疗思路相同，他们希望通过戒除安东尼对班尼的痴迷，为他培养和年龄更加相符的兴趣腾出空间。

起初，我是赞成这一做法的。班尼快把我逼疯了。我希望安东尼可以看点别的，哪怕沉溺在一个新兴趣中也行。相比之下，他对石头的着迷就好得多，至少我们可以在海滩上多待些时间，我甚至很享受在海滩上捡石头的时光，这算是我俩共同参与的一项活动。虽然我不能理解他把石头排成一排时的喜悦，却并不反感那些石头。但那只唱歌的紫色恐龙，我真是受不了了。

我也思考过，他之所以会对班尼如此着迷，恐怕也有我们的功劳。我们给他买光盘，用数字硬盘录像机刻录节目。每天至少有一次，我还会怂恿他呆呆地坐在电视机前，好让自己能清静半个小时。现代科技的确很容易助长自闭症的症状。在我小时候，没有光盘播放器，没有点播电视，没有数字硬盘录像机。如果我也可以每天看电视，而不是一年才看一次，我敢肯定自己也会沉溺在《音乐之声》或《绿野仙踪》里。所以现在这些东西很容易让人上瘾，而我就像个毒贩子，每天都乐于给他提供他自选的毒品。

卡林说，如果我们愿意，可以采取强制戒除的手段，直接扔掉所有的班尼光碟，删除所有录好的节目，不再继续刻录，收走他的班尼毯子和所有的班尼玩具，一切就可以结束了。或者她也可以通过 ABA，让他慢慢摆脱这个习惯。我感觉这样做似乎更有人情味，就像美沙酮门诊①一样，帮助他戒除班尼。

然而，昨天电视屏幕变暗后，卡林阻止他触碰遥控器时，他瞬间变得歇斯底里。看到这一幕，我的想法产生了变化。我们一直把他对班尼的着迷称为“持续症状”“成瘾”和“沉溺”，但如果我们把它称为“爱”呢？

我发现，安东尼看班尼时的表情简直如痴如醉。每一次当那只小小的紫色毛绒玩具变成活灵活现的巨大恐龙班尼时，他漂亮的小脸蛋上就写满了喜悦和兴奋，他会大声尖叫，咿咿呀呀，摆动着他的手，好像在说：“这个太好玩啦！”

他最近在遥控器上发现了“快退”按钮，学会了如何把同一段 30 秒的影片重复播放，一遍又一遍地来回看。每看一遍都捧腹大笑，摆着手，好像在说：“我太喜欢了！”

安东尼深深地爱着班尼。我们怎么能夺走他所爱的东西呢？我们不应该支持和鼓励他的兴趣吗？我们为什么要“熄灭”这样的爱呢？

我也希望他喜爱的是别的东西，而不是班尼，我发自肺腑地这样希望。但我们有什么权利替他选择他喜爱的东西呢？我喜欢看书、去海滩和烹饪，戴维喜欢橄榄球和冰球。如果有人认为我花了太多时间在去海滩、看书和做饭上，要求我放弃这些喜好呢？如果有人来“引

① 美沙酮门诊：指专门对海洛因成瘾的病人进行药物维持治疗的门诊，美沙酮和海洛因成分相近，可以用于成瘾替代治疗。——译者注

导”我，要求我爱上冰球呢？这样我就不能读书，不能去海滩，也不能做饭，而是不得不观看冰球比赛，学习比赛规则，还要参与其中。我很讨厌冰球，那会让我痛苦不堪，不再是真正的我。

我知道戒除摆手和班尼在一些方面可以帮助安东尼：他会显得更正常，会更容易融入学校的主流群体，可以更容易地和同龄孩子打交道（地球上没有哪个神经正常的6岁男孩会热爱班尼）。

但问题是，安东尼不是个正常孩子——瞧，我写出来了，天并没有塌下来，我并没有死去，他也没有。他就是不正常。他有自闭症，所以他只能摆手，而不能说“那个你甚至没注意到的噪声快把我逼疯了”或者“我太喜欢班尼了”。

所以我不想“熄灭”安东尼的摆手和他对班尼的爱，但我不敢告诉戴维，他不会同意的。他会说，这就表示我们放弃了安东尼。不久以前，我也这么想，但现在我的想法变了。在我看来，我们可以将安东尼的摆手视为一种需要戒除的反常行为，但我们也可以认为，我们的儿子在运用自己唯一可以掌握的方式勇敢地表达他的想法和感受。看到安东尼一遍又一遍地重放班尼的镜头时，我们可以说这是一种需要治疗的成瘾症状，但也可以称之为“爱”。

戴维会说，如果我们不让他戒除这些自闭行为，他就永远不会变正常，他就永远是一个不一样的孩子。

对于他这个疑问，我的回答会是“是的”。是的，他将永远是一个不一样的孩子。

但即便如此，天也不会塌下来，我也不会死。安东尼还会待在客厅里，爱着班尼。

第 *29* 章

进入 11 月后，岛上渐渐荒无人烟。每过一周，前来度假的“一日游”游客和周末游客都会变少一些。无论是在海滩上，还是在家门附近的街道上，奥利维娅都常常走了很久也看不到一个人。镇上的商户依然在营业，但也仅仅是因为店主想再撑一段时间，坚持到圣诞节，在冬天正式降临之前，再从游客身上大赚一笔。她知道 12 月过后，大多数商家就会关门歇业至少三个月。若不是商会的人搞出了一些名堂吸引游客冬季也来观光，比如组织了 1 月份的“楠塔基特冰雕节”、2 月份的“楠塔基特冬季奥运会”和 3 月份的“楠塔基特咖啡节”，没有人会在第二年春天之前回到这里。楠塔基特岛是一座古色古香的季节性度假岛屿，而不是冬季的度假胜地，当然更不是任何清醒理智的人会选择常年居住的地方。

奥利维娅的工作也要随着季节的更迭告一段落了，她手头只剩下一套照片需要编辑，然后就没有别的活儿了。她的日子渐渐变得平静缓慢、简单轻松，现在的她可以很愉快地接受这种转变。

傍晚时分，她走去邮箱取信。她通常会在早起读过日记后、吃早餐前去取信，但今天她忘了。过去几个月里，重温以前的日记让她可以在缓慢柔软的时空中，用同情的眼光和充满爱意的内心回顾过去，去发现自己当时的无知。当时的一切来得太直接、太强烈，很多事情她没有意识到。那时的她完全沉浸在彼时的情绪和日常琐事之中，自然不会幡然醒悟，更不可能去理解背后的玄机，但现在她可以洞若观火。

她看到了自己对现实的拒绝接受，然后用源于恐惧的愤怒取代了这种拒绝。她看到了自己的绝望、戴维的绝望以及他们两人之间日渐增大的鸿沟。然而最重要的是，她现在可以清清楚楚地发现，合上日记本后，她心心念念的只有安东尼——不是对安东尼得了自闭症的拒绝接受，不是因为他的自闭症而生出的愤怒或绝望，甚至不是安东尼和他的自闭症。只是安东尼。

她叹了口气，多么希望自己那时就可以明白这番道理。

她独自一人漫步在马路中央，在地面上投下长长的影子，听着从头顶飞过的海鸥的叫声、远方风铃的响声、她的双脚踩在路面沙砾上的节奏。空气湿润寒冷，弥漫着咸味。走路的感觉很好，可以提神，可以说服那些令人害怕和已被掩埋的想法从躲藏之处现身——它们其实很安全，可以鼓励尚不成熟的想法露出依然毛糙的边缘，还可以愉快地接受自己纷飞的思绪和脆弱无力的想法。走路的时候，她的想法就像白色的石头一样，在她的脑海中排成一排，一清二楚，可以得到最直接的关照。今天，她在走路的时候，想的是妈妈和姐姐。

姐姐玛利亚希望她能回佐治亚州过感恩节。奥利维娅很想念她，见到她会很开心，但一想到要收拾大包小包，坐轮渡或者飞机离开小岛，至少忍受一次转机，在玛利亚家客厅的沙发上过夜，就觉得无法承受。

奥利维娅已经很多年没有见过玛利亚的孩子们了，她为此感到十分愧疚，而且这份愧疚越来越深，但即使如此，她仍然没有做好和他们相处的思想准备。她漂亮的外甥和外甥女，也是安东尼的表亲，都长大了，正在茁壮成长，如此健康结实，生机勃勃。而且，奥利维娅要面对的不只是孩子们，还有玛利亚的整个人生。从小到大，她一直可以轻而易举地拥有更好的生活——她的成绩更好，男朋友更帅；她考上了更知名的大学，找到了薪水更高的工作；她连个子都比自己高。再看看现在的她，拥有美满的婚姻和两个健康的孩子。奥利维娅明白，这样比较并不公平，也毫无意义，但如果她去玛利亚家过感恩节，这番比较就是无法避免的。

她也完全没有准备好去面对自己的妈妈。玛利亚说，妈妈还是每天去教堂，从头到脚一身黑，不光为安东尼祈祷，现在还开始为奥利维娅已经离婚的灵魂祈祷。她大概还会手持念珠，念诵几遍《玫瑰经》来洗脱自己的罪名，以保证能让上帝知道她对于奥利维娅离婚这一违背教义的可耻罪行绝不负有任何责任。奥利维娅还没有勇气回家，接受宗教和妈妈的双重审判。

玛利亚说，奥利维娅总不能一直这么躲下去。三月份她来到这里时，确实是出于这个目的，但是不知不觉间，当整座小岛准备进入冬眠时，她却有了一种生根发芽的感觉，一种开始新生活的可能性。也许对她来说，楠塔基特岛不仅仅是一个暂时的庇护所，让她逃避悲伤，拥有从前没有机会实现的生活，这里还是她的家。

遥远的距离也是个完美的借口，可以让她躲避可怕的航空旅行、不恰当的嫉妒和没完没了的指责。不，她不会去佐治亚州过感恩节。她要待在楠塔基特岛的家中，感恩这里可以成为自己的栖息之地。

她走到了邮箱前，拉开箱门，掏出一小沓邮件。她转过身，看到一个女人正牵着一条黑狗走在路边。奥利维娅手里握着邮件，站在原地，发现女人和狗是朝着她的方向走来的。那女人是贝丝·埃利斯。

“嘿！”贝丝笑着说，“你住在这里吗？”

“对啊，我住在莫顿街。”

“不会吧？我住萨默塞特街。原来我们是邻居，之前怎么一直不知道呢？”

奥利维娅耸了耸肩。贝丝的狗在她的鞋和牛仔裤上嗅了几下，然后劲头十足地将注意力转移到她的胯部。贝丝赶快拉住了拴它的皮带。

“格罗弗，回来！……你住在这里多久了？”

“三月份搬过来的。”

“真的假的？三月份的日子可不好过啊。”

“对。”

“你结婚了吗？”贝丝问道，并未在奥利维娅戴着手套的手上找到答案。

“离婚了。”

奥利维娅望着贝丝一边打开她的邮箱，拿出厚厚一沓册子和信件，一边慢慢消化着这条消息。

“那你有孩子吗？”贝丝问。

“有个儿子。”

“哦，多大了？”

“10 岁了。”如果他还活着的话。

“和我们家格蕾西一样大！那他是不是也在吉利斯太太四年级的班上？”

“不，他不住在这里。”

“哦。”

这个回答终止了贝丝的刨根问底，但奥利维娅可以明显感觉到还有很多问题在贝丝的脑海中翻滚——这是什么意思？他跟着爸爸住吗？这是个什么样的妈妈啊，竟然不和自己的孩子在一起？那他在哪儿呢？还未等她开口问出任何一个问题，奥利维娅就转换了话题，希望贝丝也能跟上她的节奏。

“太巧了，我正想给你发邮件呢。你的照片已经好了。很抱歉让你等了那么久。”

“哦，太好了！我本来都有点儿担心了。我已经迫不及待地想看了，还想挑一张做圣诞节卡片呢。”

“我一会儿回到家就把链接发送给你。照片很棒，你一定会喜欢的。”

两个女人开始一起往前走。

“我的书应该快写完了。”一阵让人不安的沉默过后，贝丝开口说。

“太好了。祝贺你啊。”

“不过我还不确定。我这个问题可能很傻，不过怎么样才能知道自己已经写完了呢？”

结局总是不易的，要将所有内容打包，系上一个结实优雅的蝴蝶结，留下一个让读者心满意足的结局，和他们告别。

“你的作品要具备所有基本要素——开头、中间、结尾。你会有感觉的，我觉得是一种直觉。结局对了，你会知道的。”

“我也不知道我到底知道什么。我已经读了很多遍，会不自觉跳过很多内容，已经看不进去了。”

“也许搁置一段时间再回头看，眼光就会不一样了。”

贝丝边走边点头。

“如果你还愿意帮我看看的话，我还是希望能得到你的指点。”

“等你写好了，我会很乐意拜读的。”

“太谢谢你了，”贝丝笑着说，“等我觉得完美了，会发到你的邮箱里。”

“不要追求完美，完整就好。”

完美只是永远无法企及的幻影罢了。

“好，”贝丝的语气中透露出一丝迟疑，好像不太明白这二者之间的区别，“我记住了。”

她们走到一个岔路口，面对面站住。贝丝要继续往前走，奥利维娅要向右拐。贝丝笑着冲她摆了摆手，然后离开。

奥利维娅往家里走去，又陷入了思考。她想着贝丝和她的小说，很好奇书的内容是什么，她刚才忘记问了。她还思考了结局和直觉，想到她的婚姻，想到她和戴维两个人如何心知肚明他们的婚姻已经结束，想到他们是如何早在翻到“婚姻”这本书的最后一页之前就已经看透了结局。等她走到家门口，翻看了一遍手中的信件时，她想到了最后一次见到他的情景，他们一起躺着看星星，手牵着手。

电费账单和图书馆的时事通讯之间夹着一封信，是戴维寄来的。

第 30 章

贝丝坐在图书馆里她一直坐的位子上，手中握着打印好的小说，慢慢读着。她觉得好像写完了，但还是和之前一样，每当产生这个想法，心里就马上会变得奇痒难忍，就像红烫的皮疹一样，困扰着她，让她不得安宁。还是有些不太对劲。就算她的目标不是完美，只是完整，她也做不到心安理得地宣告自己已经大功告成。

今天她又在重读写完的内容，她很享受阅读这个故事，但还是判断不出来缺了点什么。现在她正在读的是第十章，写的是“三只小猪”的故事。

* * *

我很喜欢妈妈给我读《三只小猪》那本书，我太爱“三只小猪”了。但我爱的不是这个发生在大灰狼和小猪身上的故事，我并没有对小猪“着迷”，也不怕那只坏坏的大灰狼。我爱的是妈妈动听的声音，她念这个故事时，说出的总是三个字。整个故事都完美地由三个字组成：

小小猪。小小猪。

一二三。一二三。

快开门。

一二三。

故事的名字我也很喜欢——有数字“3”。妈妈读这个故事的时候，我感觉那些字都伴随着清晰的击鼓声，伴随“咚咚咚”的鼓点跳跃着，按照完美的三个字的节奏敲击着：

砰。砰。砰。

一。二。三。

跳。跳。跳。

妈妈读《三只小猪》的时候，就像在唱一首圆舞曲。我伴随着她美妙的歌声旋转和舞动。

我不开。

我不开。

就不开。

我很气，

用力吹，

把房子，

全吹歪。

妈妈讲完故事后，合上了书。我开心地叫着跳着，摆动着手，央求她再给我唱一遍。但她说她厌烦了《三只小猪》这本书，还说我长大了，不应该再听这个故事了，她想读点别的。

她从书架上拿下了两本不是《三只小猪》的书，给我看了看它们亮晶晶的封面，但我不想听那些不是用三个字念出来的故事。

妈妈叹了口气，又把我不喜欢的书放了回去。她打开《三只小猪》，又读了起来：

小小猪。小小猪。快开门。

一二三。一二三。一二三。

妈妈读着我最喜欢的故事，我的整个世界都唱起了歌。

第 31 章

“你今天怎么没去图书馆写东西?”佩特拉问。

贝丝和佩特拉正坐在“迪西”餐厅一角的小隔间里大快朵颐，分享着满满一盘油腻到让人产生罪恶感且极易令人发胖的龙虾奶酪通心粉。现在是 11 月一个周三的午后，餐厅里空荡荡的，中午只有两个客人来用餐，一个小时前就已离开。这就是 11 月份楠塔基特岛餐饮业平日的状况。佩特拉会勉强支撑到圣诞节，然后关门歇业到来年 4 月 1 日。

“我觉得我可能写完了。”贝丝说。

佩特拉睁大了眼睛，流露出兴奋和喜悦。

“真的吗？你整本书都写完了?”

“我不知道，说不太准。我打算先放一放，隔段时间再看，这样会看得更清楚，然后再判断是不是真的结束了。”

佩特拉嘴里塞满了龙虾和通心粉，挤出了一声含糊的笑。

“怎么了?”贝丝说。

佩特拉把嘴里的食物咽下肚。

“你刚才的话，是在说你的书还是你的婚姻啊？”

还真是有趣。贝丝很好奇这二者在冥冥之中是否有什么关联。

“婚姻咨询师给我们留了个作业。我两个月前就该做完，但直到现在还连碰都没碰一下。就因为这个，我让吉米取消了下次预约。我也不知道我这是怎么了。”

“可能你害怕自己会发现什么东西。”

“可能吧。”

“很有可能。”

佩特拉直视着贝丝的双眼。没有人会像她这样注视她，她的眼神专注而从容，不怯于停留，友善而真诚。

“我觉得我害怕的是他会再次出轨。”

“他有可能会。”

“如果我让他回来，每天早上睁开眼，我都会想‘他今天可能会出轨’。”

“有可能，但在他出轨之前，情况不也是如此吗？你懂我的意思吧。每一天都是一个承诺，是一个选择，对于你们双方都是如此。”

“我明白，但他选择了出轨。这样以后一闹点儿小别扭，我都会担心他会不会又和别人在一起；每一次我看到他，都会想‘你和别的女人上床了’，还会想象他们在一起的情景。我知道这很恶心，但就是忍不住，好像陷了进去，无法自拔。我真想直接抹掉这段记忆。”

“你还爱他吗？”

“嗯，但我也恨他。”

贝丝的话千真万确，她对他爱恨交加。她很想念他，却又不想再见到他。一想到他就心烦意乱，却又忘不了厨房地板上的那一夜。

佩特拉叹了口气。

“我要是知道该怎么办就好了。”贝丝说。

“就像你的书一样，先放到一边，什么也别想，不要有任何思想负担。等你准备好了，再回头看，头脑会更清醒，眼光也会有变化。”

贝丝点了点头，她发现了一大块埋在奶酪下面的龙虾肉，用叉子把它叉了起来。

“不过你是怎么想的呢?”贝丝问。

“什么怎么想?”

“吉米啊。你觉得我应该和他和好吗?”

“只有你自己才知道答案。”

“但是如果是你的话，你会怎么做?”

佩特拉从盘子的一侧挖下一块浇了焦糖、烤得焦脆的奶酪通心粉，塞进嘴里，然后喝了口水，用餐巾纸擦了擦嘴巴。贝丝默默等待着她的回应。佩特拉紧闭着嘴唇笑了。

“佩特拉？我是认真的，我需要你的建议。”

佩特拉挑了挑眉毛，一言未发。

“我会这么办，”她终于开了口，“不再唠叨这事儿，不再从外界寻找答案。一个人静下来，问问自己一直让你惧怕的作业上的那些问题。不管你有什么发现，那都是事实真相，都是你的答案。换成是我，我会这么做。”

贝丝叹了口气，有些失望，但毫不惊讶。她原本就该知道，佩特拉不会帮她完成作业。

“你这么冰雪聪明，单身真是可惜了。”

佩特拉笑了起来。

“这恰恰是我单身的原因啊！不，应该说，我也想找个人共度一生，生儿育女，总有一天我会这么做，只不过现在还没列入计划。我一直忙着打理餐厅，照顾这些需要工作的雇员，还有我爸妈。但这是早晚的事，总有一天，我希望能过上你所拥有的生活。”

“是我曾经拥有的生活。”

“而且依然拥有。只要能像你这样，我就很走运了。”

贝丝笑了，感激她善意的提醒。她还有三个漂亮健康的女儿、一个温馨的家、亲密的朋友和第一本可能已经写完的小说，她已经拥有了很多。她看了一眼表。

“哦，我的天，我得赶紧走了，要去接孩子了。”

贝丝把她亮紫色的围巾往脖子上一围，抓起包，给了佩特拉一个拥抱，和她告别。“谢谢你请我吃这么美味的午餐。”

“随时欢迎你来，”佩特拉拥抱着她说，“见到你好高兴。”

“我也是。”贝丝说完就向门口冲去，担心自己会迟到。

“你会想清楚的。”佩特拉说。但贝丝已经走出了门，没有听见。

现在是周二的晚上，再过两天就是感恩节了。贝丝和女儿们刚刚吃完晚餐，吃的是奶酪通心粉。贝丝并不心满意足，她家里冷冻的“卡夫”牌奶酪通心粉已经被佩特拉那儿的彻底比了下去，变得难以下咽。她在冰箱里翻找着其他食物，希望能找出些甜品之类的东西解解馋，却没什么能吊起她的胃口。

此刻，女儿们都在客厅里：索菲手握遥控器，掌控着电视机，浏览着可以点播的电影，而一边的杰西卡和格蕾西正大喊着各自想看的电影名。明天她们都不用上学，今晚也没有什么活动——没有篮球训练，没有戏剧排练，没有作业。贝丝很珍惜这样一个可以完全放松的夜晚，没有任何安排，也不用去接送谁，而且如果女儿们可以达成一致的意见，大家还能一起看个电影。

她点燃了壁炉，用微波炉加热了一包爆米花。女儿们还在看预告片，对选择观看哪一部电影犹豫不决。贝丝抓起一条毯子，想安稳地坐在格罗弗旁边的沙发上，却莫名地感到焦躁不安。她站起来，看了看厨房窗外。外面看上去又黑又冷，毫不舒适，但说不清为什么，她感觉必须要出去走一走。她拿起外套、帽子、围巾、手套和一只手电筒。

“我出去走走，不会很久。我回来之前，不要开始看电影哦。”

“好的!”格蕾西说。

被电视深深吸引住的索菲和杰西卡完全没有听到她的话。等她们回过神来，格蕾西可以告诉她们她的去处。

今晚没有月亮，漆黑一片，但星空很美，而且没有她想象的那么冷。她打开手电筒，照着前方的路，往前走着。起初她没有明确的目的地，但走了几分钟后就明白了自己想去哪里——胖女士海滩。虽说比她计划的要远一些，但她会加快步伐。

脚下是一条泥土路。她用手电筒照着前方，注意着坑坑洼洼的路面，嘴里呼出的一团团白气、呼吸的节奏都和脚下的步伐协调一致。虽然看不见道路两旁的东西，她却很清楚四周的环境——未开垦的平坦草地，几乎没有树木，就像非洲的热带草原。走走路，动起来的感觉很好。她现在生活中的大部分时间，确切地说是一生中的大部分时间都是坐着的——不是坐在餐桌边，就是坐在车里或图书馆里。常年久坐不动，困在原地。

裸露在外的鼻子和脸颊快要被冻僵了，眼睛被风吹得泪汪汪的，身上却裹得很严实。她感到心脏在有力地跳动，腿上的肌肉酸痛。她又热又冷，同时感到两股对立的能量，内心立刻被激发出一种陌生却兴奋的感受。

终于走到了海滩。虽然没有沿着海边散步，但她觉得自己已经走得够远了。在打算直接转身回去前，她在原地停留了片刻，全身心感受着此时此刻、此情此景。她关上手电筒，听着海浪的节奏，像是大地在呼吸。她抬起头，仰望星空，它广阔神秘、浩瀚无际，却又闪烁着触手可及的美丽，它的存在诠释着大千世界万物的定律，却又蕴含着无尽的未知。

海边只有她一个人，虽然形单影只，却仿佛和世间的万事万物联系在了一起，形成了一幅美妙的画面。两股对立的能量在她的身体里流动，猛烈碰撞着，似乎有什么已经苏醒。

该回家了，回去盖条毯子，捧着爆米花，和女儿们一起看部电影。她离开海滩，回到来时的泥土路上，手电筒的光束中突然出现了两个闪亮的光点，就像两颗从空中坠落的游动的星星，她立刻站住了。就在离她不远处的前方，有一头小鹿正面对着她。他们都一动不动地站着，面对着面，呼吸着，注视着彼此，足足待了一分钟。贝丝细细端详着它黑色的鼻子、活泼灵动的耳朵、直挺细长的脖颈，好奇自己在它眼中是副什么模样。突然，它毫无征兆地迅速跑开，消失在了楠塔基特岛漆黑荒芜的草原中。

回到家时，三个女儿已经对贝丝的消失既担心又烦躁。她们早就准备好了，一直在等她回来看电影。不过贝丝还是先给她们做了雪山乐啤露①，给自己做了奶昔。然后她们一起窝在沙发上，盖上毯子，看《马利和我》。这部电影她们已经付费购买过，一起看过不下三次了。

看完电影已是深夜。贝丝送每个女儿上床后，很快也躺下睡觉。平日她要过好一会儿才能睡着，至少要辗转反侧半个小时，在脑中回放白天的画面，再惦记一下第二天的事情。但今晚，大概是散步和清新的空气已经让她筋疲力尽，她躺下后就立刻睡着了。

然而一个小时后，她忽然睁开了眼睛，睡意全无，心脏怦怦直跳，感到有件迫切的事需要去做。她下了床，找出纸和笔，在纸上画了个十字，分成四部分，然后开始奋笔疾书。笔尖书写的速度远远跟不上脑海中奔涌的念头，她原本没有意识到的想法全都喷涌而出。

写完后，她望着纸上的四个方格，反复读了三遍。这下好了，作业终于完成了，这就是她的答案。她又看了一遍，明白了自己该做什么。

可以让我感觉到被需要的事：

抽出时间陪我（而不是睡得很晚、一个人在外面抽雪茄、下班后不回家、和其他女人上床）；

---

① 雪山乐啤露：一种美国常见的冷饮，做法是在冰激凌中倒入根汁汽水，让冰激凌浮在汽水上面。——编者注

看到我会很开心；

不时称赞一下我，要说出具体的细节，而不是笼统地说“你看起来很漂亮”；

再也不要出轨。

可以让我感觉到开心的事：

女儿们；

朋友们；

写作；

看到并珍惜我对家庭和生活付出的爱和关怀；

保持家里干净整洁；

抽时间去岛外度假，去一个大城市或离山近的地方；

相信我值得拥有幸福开心的生活。

可以让我有安全感的事：

知道女儿们一切都好；

再也不要背上债务，永远不会入不敷出；

再也不要见安杰拉；

让我相信你再也不会出轨。

可以让我感觉到爱的事：

拥抱和亲吻；

听到你说“我爱你”。

第 32 章

奥利维娅站在厨房的案台边，上面放着两打玻璃罐，里面装着热气腾腾的自制蔓越莓果酱，都泡在水盆中冷却。在过去半个月里，她一直忙得团团转，表面看起来是在为过冬做准备——她收起了露台上的家具和烧烤架，放进了小棚屋；她耙平了院子，关上了户外淋浴的水阀；她订购了一打新书和一箱最爱的美乐红葡萄酒。她还一头扎进厨房，埋头煮饭烧菜。

她做了很多以前最爱的拿手菜——意大利面豆汤、蛤蜊浓汤、冬南瓜意大利烩饭、黑豆汤，还尝试了些新菜式，比如泰式炒河粉和龙虾奶酪意大利面。对于一个独自居住且从无来客的女人来说，她做出的食物多得惊人。她每天都在做菜，做了大量的美味佳肴，基本上还未品尝就将其分放到塑料容器里，整齐地叠放在冷柜中。冷柜放满后，她又盯上了蔓越莓，于是便有了蔓越莓核桃面包、柑橘蔓越莓松饼，现在则是蔓越莓果酱。

她告诉自己，在厨房里忙乎的工夫不会白费。若是这个冬天异常寒冷，若是遭遇东北风暴，若是房屋被暴风雪掩埋（她手边还有一把小沙铲），她就不用外出觅食了。但这只是她说给自己听的理由，实际上，她埋头做饭另有原因。

她是在收到戴维的信后走进厨房的。她做的第一道菜就是意大利面豆汤，这是从前妈妈会在周六做的汤，步骤早已熟记于心。切洋葱时，她的眼睛一直被辣得流泪，她愉快地接受了刺痛双眼的泪水。搅拌汤水和豆子时，她在啜泣；汤做好了，泪水也停了。做黑豆汤、番茄海味浓汤、肉丸子的时候都是如此，但等到她开始用洋葱做冬南瓜意大利烩饭时，她把它们拿到冷水下冲了冲，用衣袖擦了擦眼睛，直到做好饭，她都没有再流一滴眼泪。

她不再哭了，眼泪好像流光了，但她还是没有离开厨房，似乎做饭是唯一一件能让她保持理智的事情。填满一只锅，也就填满了空虚。她不敢让手停下来，一直不断鼓弄着锅碗瓢盆。当她的手在写着蔓越莓果酱制作步骤的纸上滑过时，她已经可以在想起戴维和他的信时不再崩溃。那封信她已经读了太多遍，反复琢磨了其中的一字一句，哭成了泪人。现在，她已经可以把它像妈妈的意大利面豆汤菜谱一样熟记于心。

亲爱的利维：

我思前想后，还是决定给你写信，而不是打电话。这样似乎更合适些，我希望你能从我这里听到这个消息，而不是通过别人告诉你。我要结婚了。她叫朱莉，是个数学老师，是我到芝加哥后认识的。我知道这件事发生得有点快，但我感觉对了。我觉得我已经准备好了。

利维，我也希望自己能陪你再次找到幸福，对不起我没有做到。我知道我没有把最好的自己给你和安东尼。我想在我们曾经经历的艰难中，我有些迷失了自己。我忘记了幸福的滋味，我想我们都忘了。

我希望这个消息不会伤害你，但我知道还是很有这个可能。希望你知道，这并不是我的本意，从来都不是。我每天都在祝福你能好好生活，也能像我一样再次找到幸福。如果你愿意的话，可以给我打电话。

爱你的戴维

此刻，最初看到信时的震惊已经渐渐消失，洋葱也不会再引发数小时洗刷灵魂般的泪水，其他没有那么强烈的情绪却开始轮番上阵。前一分钟她还为一个人的生活感到心满意足，打开戴维的信后却觉得遭到抛弃，孤独得很。她去查看果酱瓶的瓶盖是否已拧紧时，突然害怕自己会孤独终老。

一个叫朱莉的数学老师，听起来很年轻，也很漂亮，而且说不上为什么，她的头发应该是金色的。奥利维娅把果酱从水盆里一瓶瓶掏出来，每掏一瓶就用她妒忌的双手在围裙上把它擦干。

他们以后大概还会有孩子。她想象戴维抱着一个襁褓中的婴儿，想象他有一个大家庭，孩子们满屋乱跑——是他的孩子，不是她的。这些画面在她脑海中生动地显现出来，美丽得让人心痛，让她喘不过气，反反复复，不能自主，她希望能有个办法阻止自己不再去想。她扶住厨房的案台，不知道自己接下来是会深呼吸还是会哭泣。今天，她深深吸了口气。

她又在脑子里过了一遍那封信，仿佛听到了戴维的声音。他的声音听起来轻松愉快，他很快乐，遇到了一个叫朱莉的女人，可以和他一起分享他的快乐。

他说得对，她忘记了幸福的滋味。起初，幸福并不是他们的头等要务：安东尼有自闭症，她把每一分力气都用在了他身上，她的幸福并不重要，似乎也并不合适。当他们的生活是一场悲剧时，她有什么资格去开心呢？后来，当她刚开始意识到幸福和自闭症可以在同一个房间、同一句话以及在她的心中共存时，安东尼死了。幸福不再是一个她可以理解的概念。

他死了。那个痛不欲生的上午过后，在很长一段时间里，每一天她都在脑海中不断回放着他死去的画面，让伴随画面而来的巨大悲痛释放出来，让这些难以承受的悲伤淹没和吞噬自己。她觉得自己会一直这样，也应该一直这样。她的悲痛是她每日必须温习的功课，她的不幸是对儿子最卑微的怀念。

不过，重温过去的日记让她回忆起了除却那个上午以外的日子。在安东尼的生命中，除了死亡，还有其他，而这“其他”也不只是自闭症，还有太多太多的瞬间。现在，她可以做到在回忆安东尼时，不会被自闭症或悲痛吞噬。

然而，“不被悲痛吞噬”与“幸福快乐”还相去甚远。她把装好瓶的果酱都放在食品储藏室的架子上，只在案台上留了一瓶。她现在正想着戴维，他正在笑。画面从戴维切换到了安东尼。他们有一样的嘴巴，脸颊上都露着酒窝。安东尼也在笑。这是个很容易在脑海中延续下去的画面，是栩栩如生、难以忘怀的记忆。虽然安东尼的状况让人沮丧，虽然他有攻击行为，无法开口说话，但他大部分时候都很开心，开心是他的天性。只要给戴维一些时间，这也是他的天性。

她切下一大片面包，涂了厚厚一层果酱，倒了一杯美乐红酒。她舒适地坐在客厅的椅子上，对着红通通的炉火，咬了一口面包。她做的果酱甜甜的，酸酸的，可口极了。

她望着墙上安东尼的照片，脑子里回荡着戴维的声音，读着他写的信。她决定不再做饭了。半个月的煎炒烹炸煮熬炖后，她终于受够了，她要收手了。现在她有一个装满了疗愈食物的冷柜，感受到一种模糊却真实的希望。

如果戴维可以找到幸福，重新开始，也许她也可以。幸福，两个人的幸福，也许这就是人的本性，她需要做的只是张开双手拥抱它。

她一边吃着面包和果酱，考虑着这种新的可能性，一边凝望着墙上安东尼的照片。她喝着红酒，欣赏着面前咖啡桌上玻璃碗中的白石头——里面有安东尼的石头，也有她自己在楠塔基特岛上捡的石头，还有贝丝的女儿送她的那一颗。她俯下身，拿起最上面的一颗，握在手里。出乎意料的是，石头很温暖，好像刚刚被人用手握过。

啊，我漂亮的安东尼，你为什么要来到人间？

平日里紧接着这个问题出现的直入骨髓而空洞的疼痛并未出现，一种平静的力量充满了内心，让她确信了一个已经心知肚明的真相，不过那仍是一种模糊的感受，还不是可以用语言表达的事实。她一动不动地坐着，静静地倾听着，但不是通过耳朵。

她感觉自己的注意力好像被吸引到了别处。她想起了放在壁炉旁桌子上的新买来的书。她站起来走过去，蹲在桌前，注视着书脊，望着这些她会很乐意沉溺其中的推理故事、传记和小说。她把手放在书堆最上面的那本书上。不，不是它们。

她走进厨房，找到一支红笔，拿着厚厚一沓用红白色糕点绳系着的纸回到了客厅的椅子上。

未命名，伊丽莎白·埃利斯著。

她又看了看安东尼的照片，双眼满含笑意地望着他。她将那颗白石头放回玻璃碗中，拿了条毯子裹住大腿，解开绳子，开始读了起来。

第 33 章

“老天，外面真是太脏了。”吉米说。他把靴子脱下来放在门口，然后进屋坐在了贝丝对面。

外面很冷，下着雨，他的手湿漉漉的，冻得通红。他对着手心呵了口气，然后双手互相搓了搓。屋外狂风怒吼，听起来坚定而决绝，像是一只大灰狼正在附近走来走去，下定决心要把每一座房子都吹倒。一扇百叶窗发出“咔嗒”一声，贝丝感觉一阵微风拂过脸庞，一股冷气像不速之客，透过年久失修的窗户旁边的裂缝飘进客厅。她用双手握住盛着热巧克力的马克杯，感受着让人舒适的暖意。

她突然想到，去年三月那天的一切也是这样开始的：一场冬季的暴风雨，一杯热巧克力，壁炉中燃着炉火，格罗弗伏在毯子上睡觉。一切都如此熟悉，似乎已经历过一遭，她却仍旧感觉自己正踮着脚尖站在悬崖边，往外探出身子，马上就要坠落进无尽的未知。

“你气色不错。”吉米说。

她露出一丝不自然的微笑，扯下红衬衫上露出的线头：“谢谢，你也是。”

他把胡子刮了，但脸庞两侧还留着长长的鬓角，整张脸看起来光滑而年轻，她很喜欢他这副模样。他身上的气息很好闻，像柑橘的味道，来自她并不熟悉的一种须后水或古龙水。他手里握着一张从笔记本上撕下的纸，折成了扑克牌大小。

“太好了，终于等到这一天了。”他笑着说，露出兴奋和期待，就像一个马上要拆开圣诞礼物的孩子，确信盒子里装的就是自己日思夜想的那件礼物。

贝丝的那张纸只是对折了一下，放在她旁边的沙发垫上。

“你希望怎么进行?”吉米问。

“我不知道。”

“你想先念一下你的吗?”

“我们直接交换过来看看，可以吗?”

“好。”

贝丝把她的作业递给他。他把自己折好的那张纸递给她，它大概已经在他的口袋里放了两个月了，纸面上浸了油渍，折起的边缘已经磨损。她打开后看了起来。

被需要：

偶尔等我下班回家，和我一起晚点儿睡觉；

偶尔找个晚上来酒吧吃晚餐；

做爱时主动些。

开心：

看到我会很开心；

不要总是对我不满意；

不要像对小孩子说话似的和我说话。

安全感：

为我感到自豪。

被爱：

告诉我你爱我。

他列出的单子简短又合理，直接而明确，甚至有些过于简单，但她相信是出于真心。他的单子很真诚，却意外地让她感到羞耻。他需要从她这里得到的只有这些，她却还不愿给他，甚至在他还未出轨的时候就已如此。

其实，她的单子也算不上复杂。她想要的不是钻石珠宝和豪华假期，不需要玫瑰和巧克力摆在床头，更没有奢求天上的月亮——其实，如果她想要的是这些，情况反倒容易些。爱、幸福、安全感、被需要的感受，这些东西就像空气、水、土地和火一样，是最基本的存在，却在他们之间缺失了。难怪他们会像现在这样面对面坐着，腿上各放着一张可怜巴巴的纸，虽然是夫妻，却是最熟悉的陌生人。

到底从什么时候起，又出于什么原因，他们开始忽略这些彼此最基本的需求？对于她来说，他不再捕捞扇贝后，在去“索尔特”工作之前有了很多变化，忽略这些需求是她对他的变化做出的回应吗？或是对他出轨的潜意识反击？难道她之前已经在不知不觉间觉察到了他的不忠，于是收回了自己的爱？还是她将那个充满创意和热情的自己忽略了太久，将她束之高阁，以至于没有足够的爱和快乐可以和吉米分享？又或者是她先剥夺了他的需求，才让他以同样的方式回应？这或许是个“鸡生蛋还是蛋生鸡”的问题，永远没有答案。

她又看了一遍他的单子，不敢抬头看他。上面白纸黑字表达的一切看起来都不难实现——去酒吧吃晚餐显然除外，只要安杰拉在那里就不可能，绝对不可能。但这也恰好验证了她怀疑已久的一点。她望着纸上他的字迹，这些原本是他们可以大声说出的话，是可以一起坐在这张沙发上交谈或在床上低声交流的内容，是本应该通过一个眼神、一张字条，或轻拍一下肩头就可以传达和意会的需求，都能通过日常生活中无须收费、再寻常不过的时刻实现，但这从来都没发生过。他们真的不懂该如何沟通。

然而，就算他们这样做了，就算他们努力学习，掌握了沟通的方法，她的单子上依然有一条是吉米给不了的。那是一个没有任何商量余地的需求，就像她呼吸的空气一样必不可少、没有任何商量余地的需求。

她抬起头，吉米也看完了她的单子，冲她咧嘴笑着，等待着她的反应。她内心深处像被重重击了一拳，深深陷了下去。

“太好了，贝丝。我能做得到，所有这些都可以，而且我愿意去做。我想回到你身边，给你这一切。我一直特别想念你。”

他脸上依然挂着笑容，已经准备好了要庆祝一番，好像正和她一起玩着跷跷板，高高地坐在她对面的那一端。

“不行。”

“什么？我可以的，贝丝，真的，做到这些并不难。”

“那我们为什么没做到？”

“我不知道，但我们以后可以，我们……”

“我做不到，吉米。”

他的笑容僵住了。她内心深处的空洞继续变大变深。他呆呆地望着她，眨了下眼睛。

她咽了下口水，想要努力深呼吸，但心中的空洞像是吞噬了所有的氧气。她望着吉米，望着这张她依然爱慕的脸庞，害怕说出即将出口的话。但这就是事实，她很清楚。她把身体向前探去，然后伏下身来。

“我想离婚。”

“不，贝丝，求你了。我们还有机会。”

“我做不到。”

“你可以的。这上面有哪一条你做不到？”他指着她握在手里的那张纸问。

“问题不是你的单子，吉米，是我的。我放不下你出轨这件事，我需要相信你不会再犯，但我做不到。我本以为你是那种永远不会背叛妻子的男人，是我需要的丈夫。”

“那是个错误。”

“如果今天是星期一，而你以为是星期三，这叫犯了个错误；如果你只和她睡过一次，只是一时冲动，我也会觉得那是个错误。但是……”

“对不起。我错了，这件事很愚蠢。我发誓，我发誓这种事再也不会，永远也不会发生了。”

“我不相信你的话，我已经不信任你了。”

“我们重新开始吧。你会再次相信我的，因为我不会让你有任何不相信的理由。给我个机会再赢回你的信任吧。”

她摇了摇头。信任不该是他需要想办法赢得的东西，而应该是她理所当然要给他的，而且她不应该靠一项写在纸上的作业去提醒他：不要背着妻子出轨。

“我有东西要给你。”他从牛仔裤口袋里掏出了一个白色的小纸盒。

“什么东西?”贝丝问。不管里面装着什么，她都不想要。

“是个礼物。”

“吉米……”

“给，打开看看。”他递给她说。

贝丝不自在地注视了他很久，然后她掀开盖子，揭开上面一张薄薄的正方形纸片。里面露出了一条项链，银色的链子上挂着一枚又大又圆的月长石。她把它握在手里，那是一块微微发亮、光滑细腻、晶莹得几乎透明的蓝白色石头，漂亮极了。

“吉米……”

“你去酒吧的那天晚上，我看到你戴了那条项链，我开始回忆我是什么时候把它送给你的，想起来是在我们结婚那年。那个盒式吊坠让我想起我们最初给彼此的承诺，让我想起我们曾经有多么深爱对方。我知道我把这些都毁了。我对我做过的事感到深深的后悔和抱歉，贝丝。我想和你重新开始，我觉得你可能需要一条新项链，它能代表新的开始和新的承诺。”

她咬紧牙关，强忍住流泪的冲动。现在不是哭的时候。

“吉米，项链很漂亮。”

“我还注意到你那天戴的戒指，觉得这条项链会和它很配。”

“谢谢你的心意，但我不能接受。”

她把悬荡在手中的项链放回盒子里，把那张薄薄的纸盖回去，合上盖子，把盒子放到咖啡桌上。她抬头看了一眼吉米，他的脸上没有了血色和表情，她怀疑自己的脸看上去也是如此。

“求你了。”他说。

“对不起。”

“那女儿们怎么办？难道她们不值得拥有父母双方的陪伴吗？”

“你和那个女人上床的时候想过这回事吗？”

“没有，”他低头望着自己的袜子，“我之前根本没动脑子，什么都没考虑，但我很后悔。拜托，贝丝，我们至少应该想想办法，努力解决问题。”

“我一直在努力，但我不再信任你了。如果我不信任你，那么这上面写的任何一条就都没法实现。”她说着，晃了晃手中吉米写的那张单子。

“你看，我的想法恰恰相反。我觉得如果我做到了上面写的这些，信任自然就有了。我可以给你你想要的一切，贝丝。我爱你，让我再赢回你的信任吧。你可以相信我。”

她想起刚和吉米约会时，他们曾经一起参加过镇中心一家画廊的招待会。他们主要是过去喝喝酒，看看考特妮丈夫画的几幅油画。有几幅是描绘一个站在海边的女人的抽象画，贝丝喜欢上了其中的一幅，画作匪夷所思的色彩和古怪的线条深深吸引了她，让她惊叹不已。她记得吉米看到那幅画时，脸上呈现出扭曲的表情，透露着迷惑不解的厌恶和嫌弃。她想买下那幅画，但吉米说："它看着就像幼儿园的小孩画的。"她记得自己当时非常泄气，很惊奇他们看着一模一样的东西，感受却会如此天差地别。今天，那一幕再次上演。

"对不起，吉米。"

"我不敢相信，你竟然连试都不愿试。"

"我试过了。"

"怎么试的?"

她一言未发。

"我觉得我们应该再去找坎贝尔医生。"

"我不会去了，吉米。"

他又看了一遍她的单子，摇了摇头。

"你还爱我，贝丝，我知道。"

"这件事发生以后，我已经不认识你了。"

她能看得出，她的话刺痛了他，他的脸痛苦地拧成一团。她不忍看着他因自己痛苦，将目光挪开，望着壁炉架上那根当初他看了一眼就知道属于他们的浮木。海星和鹦鹉螺依然摆在原处，但老照片已经不见了，被一个相框取代。相框里面的照片上，贝丝和女儿们穿着颜色各异的背心，搂着彼此的肩膀，面带笑容。

"我还爱着你，但这是不够的。"

"足够了，必须够。我爱你，如果你也还爱我，这就够了。求你了，贝丝，求你原谅我。我知道我们能跨过这道坎。”

她低头看着放在腿上的双手，看着依然戴在手指上的钻石戒指和婚戒。婚礼上的誓言言犹在耳。

我承诺会对你忠诚。

一种曾经坚定不移的信念已经支离破碎，再也无法拼凑回去，让她觉得自己手握的并不是誓言，而是一件防御的武器。她抬头望向吉米，望着他眼中脆弱不堪的绝望和爱意。意想不到的是，也许出于本能，她卸下了防备，好像在他身上看到了自己的感情，看到了自己对他抱有的爱意和绝望。一丝犹豫在她的喉咙口徘徊了片刻，她咳嗽了一声，喝了一大口热巧克力。

“对不起，我做不到。”

看到他的眼神发生了变化，她又再次撤退到熟悉的戒备之中。

“所以就到此为止了？”

马上就要发生的沉重而残酷的一幕让她恍然大悟，这和去年三月那个上午全然不同，当时她发现了他和安杰拉的事，嘴上让他离开，其实言不由衷，陷入了失控的情绪之中，难以相信他做出了这样的事；而今天全然不同，他们真的结束了。她要失去吉米了，心中溢满深切的痛苦和悲伤，但就像在经历了一场持久而严重的疾病后目睹到生命的逝去一样，也有解脱和平静。

“到此为止了。”

他用手指梳了梳头发，摇了摇头。

“这是不对的，贝丝。我们应该在一起，我们还爱着彼此，我们值得重新来过。”他艰难地吐出每一个字，努力抑制着就要夺眶而出的泪水。

他站起来，冲出了房间。她听到他穿上靴子，拉上大衣的拉链；她听到大门打开后又关上；她听到他发动卡车然后开走。她的心脏怦怦直跳。她做到了，他们结束了。

她走进厨房，从橱柜里掏出一瓶三八牌伏特加，将装着温热的热巧克力的杯子斟满，坐回沙发上。她听着屋外的风雨声、壁炉中的炉火和暖气片发出的声响，以及屋里的寂静之声。她呷了一口热巧克力，发现自己的双手正在发抖。她凝视着留在咖啡桌上的白色纸盒，不敢拿起来。

这时门铃突然响了，把她吓了一跳，不小心将热巧克力洒在了腿上。她用手擦了擦牛仔裤，看到了他留在沙发上的那页纸，也许他是回来取它的，又或许是有别的话要说。她不安地吸了口气，走向门口。

她打开门后，再次吓了一跳，将热巧克力洒在身上那件红衬衫上，顺着衣服的前襟淌了下来。门外站的不是吉米。她愣了几秒钟，才将已被激烈情绪折磨得疲惫不堪的大脑调整过来，辨认出了面前的人。

这是奥利维娅。她浑身上下都湿透了，手里捧着一只白色的纸盒，脸上的表情像是刚刚撞到鬼一样。

第 34 章

“奥利维娅，你全身都湿透了，”贝丝说，“快进来。”

“不好意思，没和你打招呼就来了。”奥利维娅尽量让自己听起来平心静气，但没有成功。她的声音颤抖着，透露出紧张和不安，情绪有些激动。

“没关系，进来吧。”

奥利维娅走了进去，站在一块专门存放沾泥衣物的区域中——地板上铺着灰色的瓷砖和一块蓝绿相间的编织地毯，女孩们的鞋子和靴子在一条长木凳下摆成整齐的一排，墙上的挂钩上挂着外套。屋里布置得很温馨，闻起来好像有饼干的香味。

贝丝关上大门前犹豫了片刻，朝屋外空荡荡的马路看了看。现在的她心烦意乱，甚至还在瑟瑟发抖。也许现在不是一个合适的时机。

但什么时候是呢！

“我收到你的书了。”奥利维娅说，把手中的盒子紧紧抱在胸前，仿佛里面放着的是一份珍贵的礼物、一件圣物、一个心爱的婴孩，生怕弄丢了似的。

“哦，太好了！”贝丝的脸瞬间亮了起来，“把大衣给我，快进客厅吧，这样就能坐在炉火边取暖了。”

贝丝将奥利维娅的大衣挂在一只空着的挂钩上。奥利维娅脱下鞋，跟着贝丝走进客厅。

“不好意思，屋里很乱。”

奥利维娅环视着房间，仿佛所有感官都已调动起来，强烈而直接，真实而坦诚，她想要尽可能看清屋里的每一个细节——白色的墙壁，窗户上挂着米色罗马式窗帘，实木地板上铺着一小块褪色的蓝地毯，白色组合柜上放着一台不大的电视机，所有橱柜都关着门，一个小铁推车上堆着高高一摞木柴，咖啡桌上放着一支蜡烛和一个白色的小纸盒，传统的砖砌壁炉对面是两张对放的棕色沙发，壁炉架中央放着一只相框，抵着墙，里面是奥利维娅拍的贝丝和女儿们的合影，相框一侧放着一只巨大的鹦鹉螺，另一侧是个海星。沙发旁的地板上放着一个蓝色的塑料洗衣篮，里面是未叠的衣服，除此以外，整个房间一尘不染，完美无瑕。

奥利维娅坐在贝丝对面的沙发上。

“那是你给我们拍的照片，”贝丝笑着指了指壁炉架，“楼上的走廊里还挂着另外 8 张镶好的照片，我们都很喜欢。待会儿我带你去看看。”

“当然可以。很高兴你们喜欢。”奥利维娅尽量让自己的语气听起来轻松愉快，但对于这种礼貌寻常的寒暄，她不知道自己还能坚持多久。

“你想喝点什么吗？”

“呃，好。和你的一样就行。”她注意到贝丝手中的蓝色马克杯，猜测里面是咖啡。

但此刻她最不需要的就是咖啡因。昨晚，她刚开始读贝丝的手稿时，用红笔标出了会让她想起安东尼的语句和表达。看前几页时，她还边看边微笑，很欣赏贝丝对于一个自闭症男孩的描写，竟和安东尼如此相像。这一巧合让她惊叹不已，没想到贝丝这本书的主题竟然如此贴近她的内心。她很赞赏贝丝选择了从男孩的视角，用他的口吻讲述这个故事。

读到第三章时，她所看到的语句、听到的声音开始让她觉得不可思议，如此不真实，如此难以想象。她的手开始发抖，心脏咚咚直跳，身上起了一层鸡皮疙瘩，久久都未退去。她换了一支荧光笔，标出了让她感觉写的只能是安东尼而不可能是其他人的段落。等看到第四章时，她标出了每一页上每一句话中的每一个词。

她贪婪地一口气读完整本书时，已过午夜时分。她呼吸急促，无比震惊，心跳加速，泪如泉涌。她一动不动地呆坐了很久，凝望着最后一页，又哭又笑，信以为真却又难以置信。

终于，她翻过最后一页，整理好了书稿，把它放在大腿上，感受着它的重量，发自肺腑地相信：*贝丝写的这些语句就是安东尼想说的话。这个男孩的声音就是我那无法开口说话的儿子内心的声音。这本书里的男孩就是安东尼。*

她又回到开头，又接连读了两遍。她一夜未眠，却从未如此清醒过。

“这是热巧克力，”贝丝说，然后犹豫了一下，“还有，别笑话我——加了点伏特加。”

“好的。”

“可以吧?”贝丝笑了，快速奔向厨房。

奥利维娅将贝丝的书稿从盒子里拿出来，放在腿上，她握着这厚厚的一沓纸，想要再克制一下自己的情绪，却又感觉如果不马上说出自己专程来这儿想要说出的话，就可能会憋得爆炸，粉身碎骨。她听着厨房里微波炉转动的声音，听到贝丝打开又关上橱柜的门。它们随时就要脱口而出了。她的脑袋里嗡嗡作响，胃里发紧，也许这就是演员在首场演出登台前的感觉，或者是死刑犯在行刑日的感受，但实际上又毫无相似之处。她听到微波炉发出“叮”的一声。贝丝拿着另一只蓝色马克杯回来了，脸上带着热切的微笑。

“我真不敢相信你带着我的书来了，我好紧张。”

她把杯子放在奥利维娅面前的咖啡桌上，然后坐了下来，像一个好学生一样，神情专注地向前探过身去。

“你的书……”奥利维娅急促地喘息着，她的心脏猛烈撞击着胸腔，就像一个拳头在重重敲打着一扇锁起的门，要求被释放。“你的书，”她又试了一次，“你是怎么写出来的?”

“什么意思?”

“这个故事。这是我儿子的故事。”

“哦?”贝丝扬起眉毛，头轻轻歪向一边，不太明白这是怎么回事，也尚未受到惊吓。

“我儿子叫安东尼，他有自闭症。”

“哦，我的老天，”贝丝放下了手中的杯子，震惊不已，“这太不可思议了。”

“是的。”

“这真是惊人的巧合。我之前完全不知道。”

“不，这不是巧合。你不是恰巧写了个名叫安东尼的自闭症男孩吗？你写的就是我的安东尼。”

贝丝的眉毛拧成一团，一言未发。

“里面那些细节，你都写出来了：班尼、他的石头、‘三只小猪’……他八岁的时候去世了，快两年了。”

“我的天啊，奥利维娅，这太让人悲伤了。”

“你是听到了他的声音吗？”

“什么？”

“他和你说话了吗？”奥利维娅清了清嗓子，把眼泪硬憋了回去。

“我没听懂你的问题。”

“我不知道该怎么表达我的意思。你的书不是虚构的，它就是我儿子想说的话。”奥利维娅举起书稿说。

贝丝试探地仔细端详着奥利维娅的脸庞，好像在等待对方解释一个她没太听懂的笑话的笑点。

奥利维娅注视着她，等待着她的回应。她可以听到厨房里冰箱的嗡鸣声、壁炉中柴火的爆裂声和嗞嗞的响声。每眨一次眼，她都能感到自己的睫毛在动，水珠顺着她湿漉漉的头发流到她的脖子和背上。

“你看，我对你儿子的事也感到很伤心，但我没有……”

“你是怎么写出来的？”

“我不明白你的意思。”

“你是怎么了解自闭症的呢？你身边有人得了这种病吗?”

“没有，但我看过这方面的……”

“如果你只是看过这方面的东西，是不可能了解得那么清楚的。”

“我还观察过那些得了自闭症的孩子。甚至在我看这方面的资料之前，就一直觉得和这些孩子惺惺相惜。”

“这就是我儿子。”奥利维娅举起腿上的书稿说。

“很抱歉，奥利维娅。我之前不知道你有个叫安东尼的、得了自闭症儿子，更不知道我让你看的东西会那么深地触及你的隐私。故事里的男孩能唤起那么多你对儿子的回忆，我也觉得很不可思议。”

“这就是我儿子的声音。我知道我这副样子很像一个悲痛欲绝到失去理智的妈妈，非要相信有人在和我死去的儿子交流。但我没有疯，这真的是我的安东尼。”奥利维娅翻着纸页说。

贝丝注意到纸上密密麻麻的红色和粉色标记，不由得睁大了眼睛。

“对不起，我不知道该说什么。”贝丝说。

“我明白，我知道我把你吓坏了，说真的，我也吓坏了。但除此以外，没有更好的解释。”

“这只是个巧合。”

“不是的，这就是我儿子。”奥利维娅说，用手掌抚摸着书稿最上面那一页。她的手在发抖。

“你看，我很同情你的遭遇，真的很同情，但我没有听到过任何声音。这本书的灵感源自我很多年前写的一篇短篇小说，关于我在海边看到的一个摆石头的小男孩。最近我又读了一些和自闭症有关的书，发现我在短篇小说里写的那个小男孩和在海滩上见到的那个小男孩在一些方面都很符合自闭症症状，所以我就把这些都融合到了书稿里这个角色的身上。我说的是真的。”

一个在海滩上摆石头的小男孩。安东尼小时候，奥利维娅也带他来过这里，来到楠塔基特岛，去胖女士海滩和米亚科美海滩。贝丝记忆中的男孩就是安东尼，奥利维娅对这一点深信不疑。一阵触电般的寒意袭过全身，让她打了个寒战。

“这个故事是我儿子给你的，虽然我也不清楚究竟是通过什么方式、出于什么原因。这个故事不是你写的，而是通过你写出来的。”

贝丝疑惑地望着奥利维娅，什么也没说。奥利维娅紧紧握住腿上的书稿，若是无法让贝丝多少相信些她所说的话，她是不会从这张沙发上起身离开的。她缓缓呼出一口气，换了个方式去沟通。

“这么说吧，我很喜欢你的书，真的很喜欢。文字很优美，内容引人入胜，非常真实。”

一个笑容显露在贝丝的脸上，冲破了她的戒备，就好像一束阳光透过混凝土墙上的小孔照了进来。

“但你还没有写完，你这个结尾还算不上故事真正的结局。”

贝丝的笑容消失了，但她在认真倾听。

“我们需要知道安东尼是怎么看待他在人间的时光，怎么看待他的生命和他的自闭症的。他觉得他生命的意义在哪里？这是你的小说里尚未解答的核心问题。他的人生对于他来说意味着什么？”

奥利维娅非常激动，难以说出更多的话，她感觉自己迫切地需要知道这个问题的答案，它甚至比她呼吸的空气还重要。她一直在问自己这个问题，向上天祈祷能得到答案，已经祈祷了太久太久。而坐在她面前的这个已经吓得魂飞魄散的平凡女人，一个她几乎毫不了解的邻居，却不知为何，出于某些说不清道不明的原因，能够知道这个问题的答案，能够听到安东尼的声音。

“就算你觉得我疯狂得不可理喻，但请相信我的话。再回到这个故事里，再写一点儿。一定要相信我，你还没有写出正确的结局。”

贝丝的表情依然有些惊恐，但她在专心地听，点了点头。

“我会考虑一下的。”

奥利维娅探寻着贝丝的眼神，她对她的逼迫只能到此为止了。

“谢谢你，我对你感激不尽。相信我，你会明白的。等你写出了正确的结局，你能够感觉得到。”

贝丝咬着食指的指甲，盯着奥利维娅腿上的书稿：“你当真觉得我写的是你儿子？”

“一定是，我知道的。”

奥利维娅的眼睛是棕色的。这本书写的是安东尼，不是基于他的故事改编，不是和他的故事类似，也不是让她联想到了他。这就是他。

奥利维娅亚准备起身离开时，注意到贝丝正打量她手中的书稿。哦，天啊，她不能把安东尼的话留在这里，她做不到。

“我可以把这份稿子带走吗？”

贝丝有些犹豫，看起来有些不知所措、神情恍惚。

“好吧。”

“谢谢你。对于你写的这些，我怎么感谢都不够。你用一些我以前完全不可能了解他的方式，让我更加了解他。”

奥利维娅将书稿又放回纸盒中。贝丝把她送到门口。她注视着贝丝的眼睛，和她四目相对后，给了她一个拥抱。

“谢谢你。”

贝丝点点头，轻轻说：“不用谢。”

奥利维娅穿上依然湿漉漉的鞋和外套，不太情愿地说了句“再见”，然后转身离开。她刚走出门，大风就猛地一下把她外套的兜帽从头上吹了下来。她小跑着穿过草坪，跑向吉普车，但在打开车门之前站住了。她仰起头，面对广阔无垠的灰暗天空，直面着风雨，默默祈祷起来。

安东尼，妈妈知道这就是你。求你了，再和她多说一点儿，再多一点点。

她站在马路上，站在风雨中，面对着天堂和上帝。她不明白为什么安东尼选择了和贝丝而不是和她交流，但他的的确确这么做了。她相信这一切，深信不疑。她很清楚事实就是如此，这就是安东尼，而贝丝尚未写出的小说结局就是她长久以来在祈祷时希望得到的答案。

第 35 章

周日的清晨，贝丝坐在佩特拉家客厅的沙发上，等待佩特拉从厨房沏花草茶回来。她从沙发垫上揪下一撮黑色的绒毛，掸到了地上。佩特拉的沙发是白色的，已经用了很多年，却依然光洁如新。这只是表示房间里住着一位单身女性的诸多迹象之一。

沙发对面放着佩特拉的冥想椅。那是一只咖啡色的矮藤椅，有高高的靠背和白色的坐垫（同样，上面毫无污迹）。椅子上缠着一条漂亮的粉灰相间的手织毯子，显示佩特拉几分钟前还坐在这里。一张矮矮的圆咖啡桌上放着一支点燃的薰衣草蜡烛，旁边有一本《美食家》杂志和一沓塔罗牌。屋里的装饰品不多，稀稀落落散放在各处——佩特拉和父母及兄弟姐妹的黑白合影、一幅描绘海上日出的画、一个抹香鲸的木雕、一只装着五颜六色海玻璃的玻璃碗。地上有只蓝色大陶罐，里面种着一棵红边玉树，树干上挂着小金球一类的圣诞饰物。房间里没有电视机。

佩特拉走了进来，她还穿着睡衣，光着脚，脚指甲上涂着亮粉色的指甲油，递给贝丝一只冒着热气的杯子。她盘腿坐在冥想椅上，裹上毯子，呷着茶，朝贝丝的方向探过身去。

“这事儿真是太酷了，让人难以置信。”佩特拉说。

“不是酷，而是很狂。”

“嗯，是有点儿离奇古怪，但我还是觉得很酷。”

“佩特拉，这太不可思议了，不可能是真的。”

“的确需要消化一下。”佩特拉说。

“这纯粹是巧合。”

“或者不是。”

“只能是巧合。”

“为什么只能是巧合?”

“这么说，你相信那种事?”

“你说的是哪种事?”佩特拉明知故问。

“你知道的啊，和死去的灵魂交流，和鬼魂说话。”

佩特拉笑了，把头发拨到耳朵后面。

“我相信神灵的存在。”

“什么意思?”

“我相信我们不仅仅是血肉之躯，还是存在于地球上的有精神需求的灵魂。”

贝丝叹了口气，喝了一小口茶。她在宗教、灵魂及往生的概念和信仰方面经历十分有限。母亲以前不常去教堂，贝丝甚至不确定她属于哪个教派。在她十几岁时，有段时间，每逢周末母亲就会带她去很多不同的教堂，有时甚至会去其他镇上的教堂，希望至少能让她接触一下宗教组织。

然而，她对于它们的记忆几乎已经完全淡去，她只记得一些她不知道歌词的古怪赞美诗，只记得被钉在十字架上的耶稣像会吓得她晚上做噩梦。教堂的活动结束之后，她们通常会去吃果酱甜甜圈，她还记得那些甜甜圈的味道。后来有个周末，教堂的实地考察之旅戛然而止，母亲把选择权留给了贝丝自己。她当时大概16岁，选择了在以后的周日睡懒觉。

母亲去世后，贝丝希望自己当年做出了其他的选择。她猜测母亲应该是去了天堂，但她没有宗教信仰，无法真切地相信天堂的存在。她只能把天堂想象成天上一个飘浮着梦幻般白色云朵的地方，里面有长着翅膀的胖乎乎的裸体婴儿。她很难将母亲放进这幅画面里，现在依然不能。

“好吧，那你相信奥利维娅吗?”贝丝问，“你相信有这个可能吗?”

“是的，我相信。我冥想时，有时候就能感受到灵性力量的存在。”

“那你能听到真实的声音吗?”

“不能，但有人能，还有人能看到画面，会有影像闪现。拿我来说，我并不会听到或看到什么，更多的是一种顿悟，但我获得的意识并不来自我自己。”

“我们把这个过程叫作思考，佩特拉。”

“不是的，它们并不一样。我获得的那些信息是我通常不会去想的，而且那种交流也不以寻常的方式进行。那种意识不是我产生的，是我接收到的，或是通过我传达的。很难解释清楚。”

“好吧，但是就算我相信这些，那个男孩的灵魂为什么会选择我呢？我是说，他为什么不直接和他妈妈交流呢？”

“我也不知道。也许是因为他妈妈的内心没有向他敞开，无法接收他的信息。有太多悲伤堵住了交流的通道。”

贝丝环顾着佩特拉的客厅——塔罗牌、一颗挂在窗前绳子上的闪闪发亮的心形蔷薇水晶、冥想椅。若是这个叫安东尼的男孩的灵魂希望在楠塔基特岛上找到一个可以替他讲述自己故事的女人，他为什么不选择佩特拉？为什么不选择一个更容易沟通的、有灵性的女人？

“好吧，可是他为什么要选择我呢？写这本书之前，我和他以及自闭症之间没有任何关联。”

“万事万物都是有关联的，只是我们不了解背后的玄机。也许他和你交流，是想给你一些你在现阶段的生活中需要的东西。”

“给我？比如说什么？”

“我不知道。也许是开始一种新生活、开始一种富有创造力的生活的契机；也许是让你明白一些道理，让你通过写下这个故事懂得一些东西。”

写这本书让贝丝接触到了那个被遗忘的自己，那个多年前被她束之高阁的爱幻想、有梦想的自己。但什么叫让她明白一些道理？她的书写的是自闭症，又不是她自己。她摇了摇头。

“你写作时，有没有感觉和什么东西或什么人产生了联结？”佩特拉问。

“好像没有。”

贝丝语气中显而易见的迟疑把自己吓了一跳。写作时，她从没听到过真实存在的声音，从来没有。但有时候，只要动起笔来，时间就会转瞬即逝，几个小时、一整天一眨眼就过去了，感觉却只过了几分钟。有时候，当她回过头来看自己写的东西时，会忍不住想：*我是怎么想出这些来的？我怎么能写出这样的东西？*还有晚上做的那些梦，那些和安东尼有关的生动而真实的梦。

“但是，佩特拉，这本书是我写的。”

“我知道是你写的，但他的灵魂可能给你带来了灵感，引导你走上正确的轨道，让你了解到一些必要的事实。”

贝丝咬着大拇指，努力理解着佩特拉的话：“好吧，但是如果我可以成为别人的灵魂传达信息的渠道，为什么挑中我的会是这个男孩，而不是我的妈妈或者我的爷爷奶奶呢？为什么偏偏是这个孩子？”

“我不知道。还是那句话，也许你们的关联背后是有原因的；也许他的话里有你需要学习的地方；又或者，这只是因为奥利维娅很爱、很想念她的儿子，他们之间还有一些未尽的事。”

贝丝喝着茶，默默想了一会儿。

“她想知道他生命的意义。”

“这不就得了。你的书让她想到了他，她把你写的故事看作了解他为什么会来到人间的途径，然后治愈自己的伤痛。这么说你觉得怎么样？”

贝丝点了点头。

“这个说法我可以接受。”

“那好。那你怎么看待她给出的建议呢？你觉得你写出正确的结局了吗？”

熟悉的感觉再次袭来，就像奥利维娅坐在贝丝家的客厅里时，贝丝感到的那种仿佛被电击中后虚脱般的不适。

“我不知道，我现在什么都说不准。”

“换作是我的话，我会再去图书馆，试着写一写，看看安东尼是不是还有别的话要说。这样做又没什么坏处。”

“还有一点。”贝丝终于承认。

佩特拉扬起眉毛，等待她开口。

“每一次她说‘你还没有正确的结局’时，我发誓，我都像被打了一枪，胸口深深陷了下去。她进门前，我刚刚向吉米提议彻底分开。”

“有意思，”佩特拉用食指轻轻敲着杯子，“你会再重新考虑一下吗？”

“我不知道，但每一次她说‘你还没有结束’，都好像一语点醒了梦中人，好像她说的不是书，而是我和吉米。”

“所以也许你和吉米的确还没有结束。”

“佩特拉，她说的就是书。她不知道任何我和吉米的事。”

“对，她说的是书，但你听到的是吉米。”

贝丝叹了口气。她本以为这本书写完了，本以为她和吉米之间结束了，而现在这个她几乎一无所知的女人登门造访后，她突然开始怀疑一切。

“不管你信不信灵魂这类东西，”佩特拉说，“只要你愿意，你也可以把它称作惊人的巧合。我是相信的，而且我也相信你。去写吧，你还没有写出完美的结局。”

又来了，重重的一击。胃里翻江倒海。吉米。

“我不知道，我会考虑一下的，”贝丝看了看表，“我该走了。”

“过来。”

两个女人站起来，紧紧拥抱在一起，心贴着心。

“谢谢你和我谈心。”贝丝说。

“你随时可以来找我。”

贝丝穿上外套，拎起包，走到门前，和佩特拉挥手道别。对于一切，她依然举棋不定，包括此刻口袋中那条挂着光滑浑圆的月长石的项链。

第 36 章

奥利维娅正坐在餐桌旁看书。她原本打算坐下来，看看以前的日记，却先拆开了收到的信件，不由得被露易丝寄来的新样书深深吸引了，这本书叫“相信幸福——从内心找到幸福的 12 步”。她看完了简短的第一章，合上书，细细端详着封面，很意外自己竟然对它产生了兴趣。她暂时把书放在了一边。

她呷着咖啡，想着贝丝。贝丝依然杳无音信。每天，奥利维娅都在祈祷，希望贝丝会决定再写一些。奥利维娅的头脑完全被这个念头占据，她深陷其中，渴望再读到一些安东尼的话，听到他的声音，得到她需要的答案。

安东尼，你为什么来到人间？

她喝了口咖啡，叹了口气。今天只能靠看日记打发过去了。她翻开日记，找到了自己最喜爱的一篇。

/ / / / / / / / / /

2008年12月7日

/ / / / / / / / / /

今天戴维的爸爸和哥哥来到家里，和他一起观看新英格兰爱国者队的橄榄球赛。阿蒂的耳朵越来越聋，但他拒绝承认这一点，也不愿戴助听器，所以一整天电视的音量都开到最大，震耳欲聋。他们看比赛时会一直大喊大叫，更何况今天爱国者队对战的是纽约喷气机队。（反正不管输赢，他们都不会消停。）家里的动静这么大，我知道安东尼一整天都会躲开客厅。

下午的前半段，我一直在厨房里忙乎，为晚餐准备开胃小菜、帕尔马干酪鸡肉和千层面。我做饭的时候，安东尼不喜欢待在厨房里。我猜他可能是不喜欢锅碗瓢盆的丁零当啷声，或是不喜欢我毫无规律地四处走动和厨房的味道。我不确定真正的原因是什么，但我在厨房里做饭时，他都会躲得远远的。

鉴于客厅里有几个男人正对着震耳欲聋的电视大喊大叫，我又忙着在厨房做饭，我担心安东尼会在屋里闹脾气。今天天气不错，所以吃过午饭后，我就把他放到了院子里。

幸好我们买了那把精密的诺克斯堡新门锁，这样就可以让他独自在露台上或院子里玩，而不必担心他会突然跑到鬼知道是哪儿的地方去。我再也不想满小区地找他了，那简直是我这辈子最痛苦的经历：不知道他在哪儿，不知道他有没有受伤或害怕，不知道能不能在发生任何不幸之前找到他。我也讨厌去按一些邻居家的门铃，讨厌在我解释事情经过时，望着他们瞬间石化的脸。他只是个患有自闭症谱系障碍、不会说话的可爱男孩而已，又不是在逃的强奸犯。

我知道他现在就在外面，没有离开院子，但我不知道他在干什么，而且已经很久没查看过他的情况了。平时每隔几分钟，我都会探出头看看，但今天我有些贪心了——我只想多要几分钟的平静和安宁。再要几分钟，再要几分钟。

有趣的是，戴维的屁股一刻都没离开过沙发，没有去看过安东尼，当然这也并不意外，他想当然地以为我会去。我忙着煎炒烹炸，抑制住了去院子里看安东尼的冲动，也没有指使戴维去，或是因为他没想起这回事而和他吵架。

我把帕尔马干酪鸡肉做好后，把千层面放进烤箱中烘烤，甚至做好了开胃小菜，整个过程中都没受到任何干扰，屋外也从未传来过一声尖叫。很好，但有时持续太久的安静会和他的尖叫声一样让人胆战心惊。我开始担心起来，不知道他在外面怎么样。他可能正光着屁股，玩自己的大便。今年冬天，他把所有刚开花的郁金香花苞都揪了下来。你很难猜得到他的举动。但他最有可能在荡秋千、在沙坑里玩沙子，或是在摆石头。

我终于走出了屋子，发现他正躺在露台上一片洒满阳光的区域中，胳膊摊在身体两侧，手掌朝上，双脚分开，睁着眼睛。他只是躺在那里，望着天空。

那片洒满阳光的区域足够躺下两个人，于是我决定躺在他身边。今天是个凉爽的秋日，树荫下有些凉，但阳光下却温暖舒适，不穿外套也没关系；而且露台被晒得暖洋洋的，我酸痛的背躺在上面舒服极了，像置身天堂。

天空明澈湛蓝，万里无云。我看向仰望天空的安东尼，心想：他这样躺了多久？他刚才一直都这样躺着吗？他在看什么？天上没有云，没有鸟，也没有飞机，什么东西吸引了他的注意力那么久？他的脑袋里在想什么？

我开始有点焦虑，总觉得应该去做点什么事。我会忍不住想，我不该只是躺在这儿，什么都不干，而是应该干点儿什么：我还有一水池的盘子和碗要洗，我应该假装关心一下球赛，我应该陪几个男人在客厅里看会儿球，我应该把那堆脏衣服扔进洗衣机。

但我也因为忽视了安东尼那么久而感到内疚。我觉得应该让他站起来，引导他干点别的，做一些他应该努力取得进步的事情。我想到了他接下来的 IEP① 会面（一想到就害怕）。他落后太多了，需要赶上的事情有很多，需要学习的事情也有很多。

但庆幸的是，我不知怎么阻止了自己这么做，我决定继续躺在那儿，和安东尼一样，看起来似乎无所事事，一直待到他不想继续为止。于是我们一起躺在露台上，肩并着肩，身体之间只隔了几英寸，望着一成不变的蓝天。

起初我还心不在焉，惦记着水池中堆着的脏盘子，它们甚至都没被泡在水里，乞求我赶快把它们刷干净；我担忧着他的 IEP 会面，考

① IEP：即“个别化教育方案”，是美国联邦政府为每一位障碍儿童手拟的文件，由一位地方教育机构代表负责提供或督导一项专门为符合障碍儿童之特殊需要而设计的教学计划，须经该儿童的家长或监护人同意方能实施，并在适当情况下和障碍儿童本人一起通过会议商定。——译者注

虑了一遍需要做的准备工作。但我还是没有离开。最终我将这一切抛在脑后，我放空了自己，只是感受着当下——湛蓝的天空、温暖的阳光、凉爽的空气、温暖的露台和身边的安东尼。

偶尔，我会扭头看看他，他的脸上挂着最灿烂的笑容。天啊，看到他的笑容，我实在是太开心了。于是，我们母子二人就这样一起躺在露台上，笑着看天空。

后来，太阳挪开了，我们所在的阳光区变成了阴凉区。安东尼坐起来，斜着眼睛迅速瞥了我一眼，高兴地咧嘴笑着。我敢发誓，他一定是在说：刚才是不是棒极了，妈妈？你刚才和我一起看了天空，是不是度过了最美妙的时光？

然后他尖叫着，摆动着手，跑进了屋里。

是的，安东尼，的确是这样。那是我们共同拥有的最美妙的时光。

第 37 章

贝丝坐在图书馆里她一直坐的位子上，面前的桌子上放着索菲的笔记本电脑，屏幕上显示着书稿的最后一页。她重新读了一遍。这个结尾她挺喜欢，没什么不妥之处，但她也有些不太情愿地承认，它并没有精彩到让她拍案叫绝。

但她还能以什么方式结束呢？她用食指指甲轻轻敲着牙齿，又看了一遍。她靠在椅背上，茫然地望着讲台和讲台后墙上挂着的梭罗、爱默生和梅尔维尔的油画肖像。

你还没有写出正确的结局。

她为什么一定要听奥利维娅的话？结局是否完美这种事情十分主观，全凭个人感觉。她又看了一遍最后一章，这样结尾完全合情合理。

安东尼的生命有什么意义？

这个问题很有力量，直击心灵。如果贝丝坦诚一点儿，就会发现自己一直在回避这个问题，而读者看完最后一页后也难免会想到这个问题。但给读者留些思考的空间又有什么不妥？这不是件好事吗？这会让他们念念不忘，产生共鸣。

贝丝叹了口气，把电脑推到一边，从包里拿出一个崭新的笔记本，翻到了第一页。她用笔敲着牙齿，出神地望着窗外。今天图书馆里没什么人，只有玛丽·克劳福德坐在借阅台后。

图书馆里安静又闷热，钟表嘀嗒作响。她低头看向笔记本。

依然空白。

她不需要再写什么了，现在的结尾已经很好了。就算她又重新写了一个，也不见得就能让奥利维娅得到她想要的答案，贝丝无法保证这一点。她扣上笔帽，合上笔记本，却没有离开。她望向窗外，听着钟表指针嘀嗒走过，内心中各种矛盾的想法激烈地斗争着。

你还没写出完美的结局。

你写的结局没什么不好。

安东尼生命的意义是什么？

也许这个故事会让你懂得一些道理。

吉米。

嘀嗒。嘀嗒。嘀嗒。

她将胳膊举过头顶，伸展了一下，然后抻了抻背。她双脚稳稳地踏在地上，在椅子上坐得更直了些，再次打开笔记本，拔下笔帽。她盯着空白的纸。

一片空白。

自从她开始在这里写作的几个月以来，她从没碰到过这种困难，从没像现在这样反抗着内心的抗拒。但这种感觉再次袭来，比刚才还要强烈，她和新结局之间仿佛隔着一堵50英尺厚的砖墙。也许确实没什么可写的了。

安东尼生命的意义是什么？

嘀嗒。嘀嗒。嘀嗒。

“嘿，安东尼，你还有什么想说的吗？”她小声说。

她屏住呼吸，竖起耳朵。

嘀嗒。嘀嗒。嘀嗒。

她并未听到从另一个空间传来的声音，舒了口气，感觉如释重负。但接着，她确实灵光一闪，好像听到了自己问出的一个问题。

我生命的意义又是什么呢？

有个念头立刻在脑海中冒了出来，清晰而自信，虽然没有声音也没有画面，缥缈悠然，却像坐着的这把椅子一样真实而可靠——这就是她问题的答案。

它们有着同一个答案。

她闭上眼睛，安静地呼吸着。她随着钟表嘀嗒的旋律呼吸，很快，她和时间好像都慢了下来。她脑海中浮现出那堵厚厚的砖墙，高耸在她的面前，但她既没有试图攀登，也没有想去拆除，而是沿着墙边慢慢踱步。当她换了个视角去看待这堵墙时，不禁莞尔一笑：那堵高不可攀的墙原来只有几英尺宽。她缓缓从旁边绕到墙后，眼前是一片湛蓝的天空，有个孩子正笑容灿烂地望着她，他正是安东尼。她也冲他笑了，点了点头。

她睁开眼睛，拿起了笔，突然迸发出的强有力的灵感让她的笔尖在纸上飞舞起来。

第 38 章

又是一个昏暗的清晨。奥利维娅醒来，却依然疲惫，还未开始思考，也没有意识到今天的日期。她慢悠悠地洗了个热水澡，换好衣服，然后拿着一本书和一杯咖啡坐在餐桌旁，和任何一个寻常的清晨没什么两样。她喝完最后一口咖啡，突然想起今天是什么日子，就像一记耳光脸上，她一下子清醒了过来。

1 月 10 号。当她意识到今天的日期后，想要度过寻常一天的愿望立刻化为幻影。

两年前的 1 月 10 号，也像今天一样，以一个寻常的清晨开场。那天是个周日，安东尼第一个起了床，奥利维娅跟在他后面下了楼。他把自己安顿在沙发上，看着电视里的班尼，她去准备咖啡和早餐，戴维去冲澡。

她烤了三根法式面包棒，放在安东尼的蓝盘子里，浇上了枫糖浆，然后把他的盘子、葡萄汁、餐巾和叉子放在餐桌上，在他的座位前摆好。随后她上楼冲澡，这时戴维还在家。等她换好衣服，回到楼下时，安东尼已经吃完了早餐，戴维也喝完了咖啡。戴维和她告别后就出了门，带客户去参观房子，其实他再过几个小时出门也来得及——这是他每天用来躲避她的伎俩之一。

安东尼去了楼上主卧的浴室，玩浴缸里的水。这就是他们一家人平时周末的安排：吃完早餐，安东尼去玩水；奥利维娅去洗碗，然后喝杯咖啡，看一会儿《环球报》。她早就不陪他在浴室里玩了，她不在的时候，他也知道该怎么操作浴缸。在里面洗澡的时间是晚上，他知道这条规矩。他很喜欢规矩。

而且他终于能够自己上厕所了。他通常会在早餐前小便一次，午餐后再小便一次，所以他上午在浴室里玩时，她都不必担心他会使用马桶或者会大便，也不会有经常伴随大便而来的气味不悦的“冒险活动”。

每个周末都是如此。她喝着咖啡，看看报纸，安东尼在浴缸边玩。他喜欢把一个大塑料杯装满水，然后倒进下水道，一遍又一遍。他还喜欢用栓塞塞住下水口，把浴缸灌满水，然后用杯子舀起一些水再倒回去，让杯中的水流进浴缸中。

他还喜欢洗发水。她给他买了一大堆旅行装的洗发水，把自己昂贵的大瓶装藏起来，不让他够着。他会先把上衣脱掉，然后把一整瓶洗发水都倒进浴缸里，弄出很多泡沫。他还喜欢把洗发水抹到自己的胳膊和身上，他喜欢用这种液体肥皂把自己的皮肤弄得湿湿的，滑滑的。

她喝完咖啡后都会上楼，去安东尼的房间给他拿衣服，再走进浴室，递给他一条干毛巾，告诉他该换上干衣服了。然后就是最后一步——帮他穿上衣服。

两年前的1月10号，安东尼也在浴室玩水，戴维又为了躲避她而出了门，她喝了咖啡，读了报纸。如果她快点喝完咖啡，如果戴维在家里多待了一会儿，如果她看报纸时没有那么专心……

今天早上喝的咖啡的味道依然残留在她的嘴边。她很喜爱它的香味，但此刻这种味道突然变得苦涩难闻，让她作呕。她冲进卫生间，在水池边呕吐起来。她刷了牙，又用漱口水漱了口，然后坐在了卫生间冰冷的地板上。

两年前，喝下那杯咖啡时，她的心情安静而平和。她当时正读着报纸上的艺术版块，楼上死一般的寂静渗进了她的肌肤，让她不寒而栗。她放下报纸，竖起耳朵仔细听了听，没有听到任何不对劲的动静，只有水从水管中流出的声音。

他没事，她心想。紧接着，就在她把心思收回来的一瞬间，一声闷响传来。

砰！这个声音太沉太重太响，不可能是一瓶旅行装的洗发水或一只装满水的塑料杯发出的。在她的印象中，从这里到浴室之间也没放什么重东西。她依然清晰地记得那声巨响，然后就是安东尼躺在瓷砖地板上，全身抽搐的画面。

现在她好不容易从卫生间的地板上站了起来，裹上严实的棉衣，戴上帽子，穿上靴子，想要出门走走，好避免忆起接下来发生的事情。如果她动起来，而不是一动不动地坐在一个容易被发现的位置上，也许对于那天上午接下来发生之事的回忆就无法轻易找到她、侵袭她。

这个办法起初奏效了。她把注意力集中在眼前的路上，让自己振作精神，抵御户外的严寒和刺骨的寒风，但很快她就对恶劣的天气失去了知觉。一路所经之处都是灰蒙蒙的——房子、街道、树木和天空。走路变成了一连串漫长的、熟悉的、灰暗的、麻木的、渐渐变得模糊的动作，已不足以分散她身心的注意力，于是两年前的回忆再次涌来。

安东尼躺在浴室的地板上，翻着白眼，脚趾蜷缩成一团。他没穿上衣，只穿着睡裤，小小身躯上的每一块肌肉都在挤压他、摇晃他，让他的身体变得扭曲。

以前这种情况只出现过一次，那是在他4岁的时候。当时，在那一切发生之前，他脸上呈现出一种茫然古怪的神情，眼神比往日更加涣散，脸色苍白，无精打采，然后他歪倒在地，失去了意识，全身紧缩成一团，开始抽搐起来。这种情形大概持续了一分钟，这一分钟吓得她魂飞魄散，像一个小时一样漫长。后来这些症状消失了，他在一分钟后恢复了正常，虽然筋疲力尽，但已经没有大碍。

安东尼上次发作的时候，她和戴维都在旁边。戴维打了急救电话，她和安东尼一起上了救护车，戴维开车跟在后面，一起去了儿童医院。安东尼做了脑电图和其他一些她已经记不清的检查。神经科医生说安东尼刚才发生了痉挛，说痉挛是自闭症的并发症，有三分之一的自闭症儿童还会患有癫痫，他说痉挛通常用药物就能很好地得到控制，安东尼以后可能再也不会发作了。

那次发作之后，她像一只紧张的鹰一样盯了他很长一段时间，但安东尼的确没有再发作。她放下了心，以为痉挛彻底消失了，这只是一次意外，他们终于也幸运了一次。

然而，安东尼4岁时痉挛发作的经历眼下没有为她提供一点儿帮助。这次发作不同于上次，而是一直持续不止，一阵接着一阵，每一阵过后，他都蜷缩得更紧，抽搐得更剧烈，就好像有人一直往炉火中添柴，让熊熊的火焰燃烧得越来越热烈和凶猛。

她在他脑袋底下垫了条毛巾，没有意识到他的头已经过分用力地撞击了瓷砖地板。她眼睁睁地望着他，陷入了无助的恐惧中。然后他停下了，不再抽搐，只是躺在那里，翻着白眼，双脚向外分开，嘴唇失去了血色，然后变紫，再变蓝。

安东尼！

她把他抱起来，用手抚摸他的手腕和脖子，没有感觉到脉搏的跳动，她又把耳朵贴在他湿漉漉、滑溜溜的胸口，依然什么也没听到。她记得自己是从那一刻开始大声尖叫的。

她拨通了急救电话，既不记得对他们说了什么，也不记得他们让她做什么。

她捏住他的鼻子，开始给他做人工呼吸。

快呼吸！

她用手按压着他赤裸的小小胸脯，就像她十几岁时第一次学习急救，按压一个名叫安妮的没有生命的假人模型那样。

安东尼，快呼吸！

然后来了两个男人，是消防员。他们接了手，在安东尼的嘴巴里插上一个气囊，一个强壮的男人不断用他的手掌根部使劲按压安东尼的胸脯。她记得自己当时在想：住手！你把他弄疼了！

然后又来了两个人。安东尼被抬到了一块板子上，被抬下了楼，然后又被抬上了担架。又有一个男人，个头比戴维还大，双腿叉开，坐在安东尼的膝盖上，双手交叉，不停地按压着安东尼的心脏部位，他用的力气很大，一刻不停。还有一个人一直挤压着插在安东尼嘴里的气囊。整个过程中他们都在移动。安东尼和担架上的大个子被两个男人抬着走出门口，上了停在车道上的救护车。

那个画面如此不真实，却又如此清晰。即便她现在记得其中的每一个瞬间，即便她正一边走路一边哭着重现那个上午，她依然感觉如此不可思议，仿佛这一切都不可能发生过。她加快了步伐。

那天，她坐在救护车前面，扭头朝后看着，想要看到安东尼，想要看清他们对他做了什么，希望他能呼吸，能睁开眼睛。

安东尼，快睁开眼看看妈妈。

她不记得自己给戴维打了电话，但肯定是打了，或者是别人打了。他也来了，在急救室外的走廊里，站在她身边。后来，一个身材矮小、已经开始秃顶的鹰钩鼻男人朝他们走来，在她记忆中的画面里，她用同样身材矮小、秃着顶的爷爷的形象替代了他。

“对不起”，那是她在听到自己的尖叫声之前唯一记得的一句话。1月10号，她能清晰记得的最后一件事就是她歇斯底里的尖叫声。

绕着一模一样的灰暗空荡的房屋和灰暗贫瘠的荒野，她已经在社区附近走了三圈，仍然无意更改路线或是回家。每走一圈，她只会暂停一次——在贝丝·埃利斯家的门前。

黑色的卡车和蓝色的小货车都停在屋外的车道上。屋里的灯亮着，贝丝在家。奥利维娅站在门前的马路上，迫切地想去按门铃。自从上次造访后，她还没见过贝丝，也收到过她的消息。但每一次经过贝丝家，她都说服自己离开，她现在的状态不适合和任何人理智地交谈。

今天不行。

她又沿着同一路线走了三圈才停了下来。她又冷又累，看了一眼手表。

天啊，才刚到中午。

1 月 10 号还有 12 个小时才能过去。她已经走不动了，只得回家。

在回家的路上，她绕道去邮箱取信。她从里面拿出几张账单、一本商品目录和一只马尼拉纸做成的信封，上面只写着她的名字，没有邮戳。她把其他信件胡乱塞回了邮箱，怀着无比神圣的心情，满怀希望地打开了信封。

薄薄一沓打印纸出现在眼前，左上角用订书钉钉在了一起。最上面那页是空白的，但中间贴了一张粉色的便笺纸，上面写着：

奥利维娅：

送给你，也送给我。

谢谢你。

贝丝

她把便笺纸撕下，露出了两个字：

尾声。

第 39 章

今天是周日，大家要去吉尔家参加早午餐读书会。本来这次轮到贝丝张罗，但吉尔坚持做东。贝丝一早就到了，是第一个。吉尔带她走进餐厅。

“你觉得怎么样?”吉尔笑眯眯地问，满怀期待地看着贝丝，等她做出反应。

贝丝认真打量着屋里的摆设——蓝白方格餐垫上放着蓝色的主菜盘，每只盘子中央都有一张白色的书签；每条折叠整齐的蓝色亚麻布餐巾上都放着一枚光滑的、又大又圆的白石头；餐桌正中央有一个圆形的金属托盘，上面放着一只大玻璃花瓶，里面插满了紫色的郁金香，花瓶四周点缀着小小的白石头；桌上还有细长的香槟杯、一大玻璃罐橙汁和一壶咖啡；旁边的小桌上放着食物——一碗混合浆果、百吉饼、奶油芝士、一种好像是鸡蛋炖菜的东西、培根和法式面包棒。

“太漂亮了，”贝丝说，“你真是了不起。谢谢你的精心准备。”

吉尔听到赞美后摇了摇手，表示这不值一提，然后又回到了厨房里，继续料理还未出锅的食物。贝丝选了个座位坐下，拿起盘子上的自制书签。

上面写着“读书会指南”，吉尔还列出了10个问题，用优雅美观的字体印在书签上。贝丝笑了。

一年前的这个时候，同样也是在这里，她们举行了读书会。那时，她们聊的不是书，而是吉米出轨和他们夫妻分居的事。她还清晰地记得那个夜晚，仿佛就在昨日，却又遥远得恍若隔世。她记得那时的自己感觉既害怕又丢脸，忧虑重重，喝了很多伏特加。她本以为那一夜是一切分崩离析的开始。

一年的时间，竟然可以让人发生如此大的变化。

这时大门开了。

“有人吗？”一个声音传进来。

“快进来！”吉尔在厨房里大喊。

几秒钟后，考特妮和乔治娅出现在了餐厅里。她们短暂地停顿了一下，看着餐厅的布置和贝丝，脸上激动万分的表情像是马上就要炸裂开来，仿佛小孩子在圣诞节清晨看到了圣诞树下的礼物。

“贝丝！”乔治娅说，“我昨晚刚看完！其实应该说是今天早上。你这本书让我看到凌晨两点！写得实在是太好了！”

“我已经看完好几个星期了，分三次看完的。我已经迫不及待地想和你们讨论一下了。”考特妮说。

“真的吗？”贝丝咧嘴笑了起来，脸红了。

吉尔之前让所有人保证，在今天上午的聚会之前，绝不提一句和书有关的话，所有的讨论都要留到今天进行，这样大家就可以一起聊。虽然贝丝觉得这个要求即便对于吉尔这种说一不二的人来说也称得上专横，但她还是答应了，大家也都答应了。她发现这个承诺很难遵守，就好像把头深深扎进了自己的焦虑之中，喘不过气。在过去这个月中的每一天里，她都拼命克制着自己想要问每一个朋友“你看了吗？觉得怎么样？”的冲动。每一次和佩特拉聊天，她都想一口气噼里啪啦地问上十几个问题，尤其是关于小说的结尾，但还是管住了自己的嘴巴。这真是漫长难熬的30天。

下一个进来的人是佩特拉，腋下夹着厚厚一沓打印纸。今天的读书会的确和往日不同，大家带来的不是购买的平装书、从图书馆借来的书，或是电子阅读器，而是186页打印纸——贝丝的书稿。

佩特拉把她那沓纸重重地放在桌上，笑了。

“特别动人。”

“真想不到你能写出这样的书，你是怎么想出来的？你认识患有自闭症的男孩吗？”乔治娅问。

“不，”贝丝说，“算不上认识。”

“我可听到有人问问题了啊，”吉尔从厨房里出来，两只手上各拿着一个香槟杯，“人齐了才能问。”

“嗯，我读后很受启发，真的是这样。跟着你的文字进入他的思维世界，我真的可以理解他。我好爱他。”乔治娅说。

贝丝环顾四周。吉尔、佩特拉、考特妮和乔治娅都到了，平时只有她们五个人，但今天多加了一个座位，仍然空着。

恰好在这个时候，门铃响起。吉尔冲贝丝笑了一下，朝门口走去。

“你今天很漂亮。”乔治娅说。

“谢谢。”

一场专门为她举办的读书会，讨论她写的书，她的第一本小说，这样的场合当然需要一身新衣服。她专门去了一趟海恩尼斯购物中心，带上了索菲。今天她穿了一件红橙相间的印花裹身裙，一双新的米色露趾坡跟鞋，戴着索菲为她挑选的长耳环，甚至还化了点淡妆。

“我很喜欢你这条项链，”考特妮说，“是新买的吗？”

贝丝把手放在胸口，用拇指和食指摩挲着那颗晶莹剔透的蓝白色月长石。

“是。”贝丝笑着说。

吉尔回到了餐厅，奥利维娅跟在她身后，手里也拿着 186 页打印纸。贝丝站起来，走到奥利维娅——她的摄影师、邻居、编辑和朋友——身边，拥抱了她。

“谢谢你能来。”

吉尔把一只手搭在奥利维娅肩上，领她坐在贝丝旁边，把她介绍给在场的所有人。

“准备好了吗？我们举杯吧，”吉尔说，等待着每个人举起细长的香槟杯，“敬贝丝和她动人的书。”

“干杯!”

她们一起碰了杯，喝着香槟。

“你这本书我觉得只有一个问题。”考特妮说。

贝丝咽下香槟等待着，心头一紧。

“它没有书名。”

“我知道，”贝丝说，松了口气，“我定不下来。”

“她连给孩子起名都不擅长，记得吗？”吉尔说。

吉尔说得对。可怜的格蕾西出生后，在离开医院时还依然被唤作“埃利斯家的女宝宝”。等贝丝想好名字的时候，她已经一周大了。

“你是怎么想到给他起安东尼这个名字的?”乔治娅问。

贝丝看了看佩特拉，又看了看奥利维娅，然后笑了，好像在分享一个不为人知的秘密。

“我不知道，我就是喜欢这个名字。”

她也不知道自己为什么从未考虑过给书中的这个男孩起其他名字，她也不认识任何叫安东尼的人。

“那个结尾我现在想起来还想哭。”乔治娅说。

“我也看哭了，”吉尔说，“让我起了鸡皮疙瘩。”

贝丝扬起眉毛，望向佩特拉，屏住呼吸，等待着她开口。

“这个结局很完美。”佩特拉说。

贝丝松了口气，她发誓可以感觉到自己的整颗心都在笑。

“非常感谢你们。我也很喜欢这个结尾，”她注视着奥利维娅说道，“它是整本书中我最喜欢的部分。”

贝丝记得自己刚开始写这个故事的时候，感觉安东尼这个人物距离她的生活如此遥远——一个不会说话的自闭症男孩，不喜欢别人触碰他，不会和别人对视，喜欢班尼、数字“3”和摆石头。但她写得越多，越熟悉他的自闭症，就越能感觉到他们之间的相似之处——她咬指甲的动作其实是一种自我抚慰；她把房子打扫干净，把所有的相框摆正居中，内心才会感到平静；她接受不了别人坐在图书馆里她最心仪的座位上；周围太嘈杂时她会很焦虑；有时候，她也只想一个人待着。

但他们之间真正的相似之处其实和自闭症毫无关联。她在写作的过程中开始意识到，这个故事的主角是安东尼这个男孩，而不是安东尼这个得了自闭症的男孩。自闭症渐渐不再和这个故事相关，到了最后，她只是在写安东尼——一个值得拥有幸福和安全感、值得被他人需要、值得他人付出爱的男孩，就像她一样。她写得越多，就越感觉这本书其实写的是她自己。

整本书她都很喜欢，但最后一章——这差一点儿就错过的一章毫无疑问是她的最爱，而且是最不可或缺的一部分。它是她的内心需要懂得的道理，是她真正的自我希望能听到的建议。

现在，她的书正式完结了。她用拇指和食指抚摸着项链上光滑冰凉的月长石，将它紧紧按在胸口。

谢谢你，安东尼。

“我觉得我们要先讨论开头，再讨论结尾，”吉尔说，“我在书签上写了一个讨论大纲。吃的在那边。我们还有足够的香槟、咖啡和橙汁，不过要是你们想调‘含羞草’鸡尾酒喝的话，不要用酩悦香槟，要用科贝尔香槟。好了，我们一边吃，一边讨论吧！”

第 40 章

清晨时分，奥利维娅沿着胖女士海滩漫步，太阳照在她的背上，舒适温暖。今天天气晴朗，没有雾气，微风徐徐，淡蓝色的天空清澈明净，空气清新。昨天乌云密布，刮着疾风，穿着黑色紧身潜水衣的风筝冲浪手①在海滩上随处可见，他们沿着海岸线滑行，随着翻滚的波涛上下起伏，极速前进。今天，寻求冒险和刺激的冲浪手们都没有出门，取而代之的是遛狗的人们。奥利维娅已经和至少 12 个带宠物的人打过招呼或点过头了。在 4 月这个月份，胖女士海滩上如此热闹并不寻常，但这个周末注定如此，因为水仙花节又到了。

她觉得走得差不多了，但想在离开前再找到一块白石头。她穿着牛仔裤，裤腿卷到了小腿肚，食指和中指拎着鞋子，光着脚走在平滑紧实的沙地上。这里刚刚涨过潮，又湿又凉，身后留下了一串凹陷的脚印。她低头走着，眼睛盯着面前地上的金色沙粒。海滩被冲刷得很

① 风筝冲浪是一项水上极限运动，冲浪手脚踩冲浪板，将充气风筝系在手持横杆上，可在水面、沙滩或雪地上做出各种花式动作。——编者注

干净，几乎全是细沙，只有少数破损的蛤壳零星地散落其上。但她还是没有放弃寻找。

正如自己所预料的那样，她终于找到了一块石头。它从沙子里露出头，白白的，在阳光下闪耀着光芒。她把这块石头捡起来，在水边蹲下，等着海浪过来把它冲洗干净，然后把它握在掌心。它又白又圆又光滑，安东尼一定会很喜欢。她笑了，现在可以走了。

回到社区，她走在马路中央，欣赏着一朵朵水仙花。它们的颜色鲜艳明亮，欢欣地怒放着，像300万只从灰烬中涅槃重生的金色凤凰。生命回来了。今年的天气温暖得有些反常，水仙花也早开了半个月，满目皆是，漂亮极了。

现在很多房子外面的车道上都停了车，窗户也都打开了。她走在路上，听着附近割草机的轰鸣声和远处锤子的敲打声。她闻到了肥料和油漆的味道。春天来了。

她在贝丝家门前停住了脚步。车道是空的，他们大概已经出门去斯康西特了。贝丝之前提到过，今天他们全家都会去那里参加车尾野餐会。门前的草坪上并排放着两把白色的阿第伦达克椅，光洁如新，刚刚刷完漆。奥利维娅笑了，她离开前已经来不及和贝丝告别，但很快就能再见到她。

她转身回家前，最后一次去查看了邮箱。打开箱门后没有邮件，很好。

她回到自家小屋前。当初她和戴维买下它，是想把它当作日后的家。这是个温馨浪漫的计划，却终究无法实现，但它也许可以成就别人的梦想。她站在屋前的马路上，望着它的灰色雪松瓦板和白色镶边装饰、乡村式门廊和石头走道。门前草坪上，临近路边的地方竖着一个崭新的招牌，上面写着“对外出售”，反射着太阳的光辉。她叹了口气，它会成为别人的房屋。

她已经整装待发。所有的东西昨天就几乎全被运走了，剩下的都放在吉普车里。今天她所背负的其实比一年多以前要轻，没有必要再进屋了。

上车之前，她在草坪上坐下，沐浴着阳光。太阳已经比在海滩上那会儿高多了。她欣赏着她的水仙花，今年她又种下 12 株，所以现在一共有 18 株了。18 株快乐的黄色和白色花朵，在微风中起舞，庆祝水仙花节。

预示着一个新的开始。

而且今天它们还有了一个用白石头铺成的花床——安东尼的白石头均匀地铺展在它们周围的地面上。一座铺满石头的花园和 18 株水仙花，这里真是安东尼的石头的完美归宿。

今天早上捡到的那枚石头依然握在手里。她考虑过把它放进石头堆里，后来却改变了主意，又从地面上捡起了两枚，把三枚石头都握在手里。三枚，三枚石头。她只需要这些就够了。

她摘下一朵水仙花，嗅了嗅它香甜的芬芳，然后把它别在了右边耳朵后的头发里。她坐进吉普车，最后看了一眼她的小屋、水仙花和安东尼的石头，然后开车离开。

开往海恩尼斯的高速渡船并不拥挤，她选了个靠窗的座位坐下。今天离开楠塔基特岛的人不多，他们都是专程来看水仙花的，而奥利维娅已经看够了。渡船的发动机开始轰鸣，船缓缓离岸。

她把包放在座位上，沿着楼梯往上走，走出船舱，来到船尾。随着渡船靠近布兰特角灯塔，她从兜里掏出一枚一分钱的硬币，抛进了海中。这是一种传统风俗，象征还会回到岛上的承诺。她还会回来的，回来看望贝丝和吉米。

她站在栏杆旁，面朝小岛，看着它离自己越来越远。她望着海港中停靠的小船、两个教堂的塔尖、镇上的建筑，望着越变越小的、遍布在海岸线上的灰色房屋。很快，楠塔基特岛就从视线中消失了。

渡船开得越来越快。奥利维娅回到船舱里的座位上，面朝渡船行进的方向。她要回去工作了，回到之前工作过的泰勒·克瑞普斯出版社，但这次的职位是小说编辑。她已经蓄势待发，跃跃欲试，她要负责的第一本书将是她亲自带给露易丝的那本——伊丽莎白·埃利斯的处女作。她已经迫不及待地想要看到它出版上市，想把它拿在手中，感受它封面的质感和重量。

她打开包，从里面拿出厚厚一沓纸，是贝丝的书稿。她把它放在大腿上。她知道，这就是她来到楠塔基特岛的缘由：为了这本书，为了她苦苦寻觅的答案，为了她内心渴望的安宁。

当渡船带着她驶向大陆时，她翻到最后几页，重温了一遍她最喜欢的部分，嘴角露出笑容。她细细回味着每字每句，用她的灵魂倾听着安东尼动听的声音。

第 41 章

尾 声

亲爱的妈妈：

其实你已经知道了问题的答案，它们已经在你心中，只是你的思想还在抗拒。我明白，有时候我们需要得到确认，需要亲耳听到确切的话语。你希望得到回应。

我来到人世，并不是来做那些在我出生之前你就希望我做，或者担心我做的事。我不是为了参加少年棒球联赛和毕业舞会，为了上大学、参战而来；也不是为了成为一名医生、律师或数学家（这个我倒是应该会很在行）；更不是为了长大、变老、结婚、生儿育女而来。这些事都已经有人做过，还会继续有人做下去。

我来到世间，也不是为了帮助别人更加了解免疫学、肠胃病学、基因学或神经学，也不是为了解决自闭症这个谜题。这些问题的答案都尚待时日才能获得。

我来到世间只是为了存在，而自闭症只是我存在的载体。虽然我短暂的生命不时会遇到艰难，我却在作为安东尼的日子里收获了巨大的快乐。因为自闭症，我很难通过眼神、语言和行为与你、爸爸以及其他人产生联结，但我对这些方式都不感兴趣，所以我并不觉得自己被剥夺了什么或者缺乏什么。我通过其他方式和你联结在一起——你动听的声音、你感情的能量、你在我身旁时的安心舒适，有时候这种联结存在于一些我无比珍惜的时刻，在那些时刻里，我和你分享我热爱的事物，诸如蓝天、石头、“三只小猪”的故事。

还有你，妈妈，我爱你。你很想知道，我能不能明白并感觉到你爱我。我当然感觉得到，你是知道的。我爱你给我的爱，因为你的爱让我感到安全、开心，感到你需要我，而且你的爱不只存在于语言、拥抱和眼神之中。

这也是我来到人间的另一个原因。我是为你而来的，妈妈，我是为了教会你懂得爱。

大多数人都带着一颗戒备的心去爱，只有在某些特定的事发生或不发生时才去爱，而且只肯付出一部分的爱。如果我们爱的人伤害了我们，背叛了我们，抛弃了我们，让我们失望，如果他们变得很难去爱，我们通常就不再爱了。我们保护着自己柔弱的内心，我们变得封闭、退却、克制、分离、逃避，我们甚至还会去恨。

大多数人的爱都是有条件的，不会全心全意。他们的爱有所保留，适可而止。

自闭症是我送给你的礼物。因为自闭症，我无法拥抱和亲吻你，也不能注视你的眼睛，不能大声说出你如此渴望亲耳听到的话。但你还是爱着我。

看到这里，你可能会想：我当然爱你了，换作任何人都是一样。事实并非如此。想要全心全意地接受我，爱我，爱我的全部，你需要不断成长。虽然你也会心痛和失望，也有过恐惧、沮丧和悲伤，虽然你无法从我这里得到回应，你还是爱着我。

你无条件地爱着我。

你之前和爸爸，和你的父母、姐姐或其他人在一起时都没有体验过这种爱，但是现在，你懂得了什么是无条件的爱。我知道我的离去让你伤心了，你需要独处一段时间来治愈自己的伤痛。现在，你已经准备好了。你以后依然会想念我，我也会想念你，但你可以重新出发了。

用你学到的爱，再去爱别人吧。找到一个人，无条件地去爱。

这就是我们所有人来到世间的目的。

爱你的安东尼